임만택 산문집

절호의 기회 만들기

임만택 산문집

절호의 기회 만들기

지 은 이 | 임만택
펴 낸 이 | 김원중

편 집 주 간 | 김무정
기 획 | 허석기
편 집 | 손광식
디 자 인 | 옥미향
제 작 | 박준열
관 리 | 차정심, 정혜진
마 케 팅 | 박혜경

초 판 인 쇄 | 2020년 8월 18일
초 판 발 행 | 2020년 8월 25일

출 판 등 록 | 제313-2007-000172(2007.08.29)

펴 낸 곳 | 도서출판 상상나무
상상바이오(주)
주 소 | 경기도 고양시 덕양구 고양대로 1393 상상빌딩 7층
전 화 | (031) 973-5191
팩 스 | (031) 973-5020
홈 페 이 지 | http://smbooks.com
E - m a i l | ssyc973@hanmail.net

ISBN 979-11-86172-65-0(03800)

값 14,000원

* 이 도서는 한국출판문화산업진흥원의 '2020년 우수출판콘텐츠 제작 지원' 사업 선정작입니다.

절호의 기회 만들기

임만택 산문집

기회는 노력하는 자에게 온다

우리는 꿈을 품고 도전하여 성공하기도 하고 실패하기도 한다. 기회는 자주 오는 게 아니다. 그 기회를 붙잡고자 열심히 노력한다. 성공을 위한 도전에는 철저한 준비가 갖춰져야 한다. 기회는 노력하는 자에게 온다. 방심하고 있으면 기회는 지나가 버린다.

히포크라테스는 "인생은 짧고 예술은 길다. 기회는 덧없이 흘러가 버리고 시도는 불확실하며 판단은 어렵다."라고 했다. 우리는 길지 않은 인생에서 덧없이 흘러가 버릴 수 있는 기회를 놓치지 않아야 한다. 특히 도전하고 응전할 만한 '절호의 기회'(golden opportunity)를 통하여 변화와 발전을 도모할 수 있어야 한다. 삶에서, 인생에서, 지역사회에서, 통일에서 절호의 기회가 오는 시기는 언제일까. 절호의 기회에 대비하여 무엇을 어떻게 해야 할까. 절호의 기회가 오기만을 기다리지 않고 그 기회를 적극적으로 만들고 열어서 이용할 수 있어야 눈부신 변화와 발전이 이루어지

는 성과가 나타나지 않을까.

부디 기회를 소중히 여기어, 기회를 엿보다가 때마침 주어진 호기를 놓치지 않고 붙잡아야 한다. 만시지탄하지 않고, 복 들어온 날 문 닫지 않아야 하며, 장수가 나면 용마가 나고, 엎어진 김에 쉬어갈 수 있다면 다행이다. 남의 불행은 생각하지 아니하고 제 욕심만 채우려고 하는 못된 심보로 좁쌀 한 섬 두고 흉년 들기를 기다려도 안 되고, 감나무 밑에 있어도 삿갓 미사리를 대어 놓을 정도로 의당 자기에게 올 기회를 놓치지 않으려는 노력이 필요하다. 어떤 일이 이루어질 수 있는 조건이나 기회가 전혀 없는 데서는 그 일을 기대할 수 없다. 일이 잘 안 되고 실패만 거듭할 때는 쉬면서 다음 기회를 기다리는 것이 좋다. 호랑이도 곤하면 잔다지 않은가. 세월을 만나야 하고 필요하면 막차라도 타야 한다.

톨스토이는 "인간이 적응할 수 없는 환경이란 없다."라고 했다. 환경은

인류 존속의 기반이다. 환경을 건전하게 유지·창조하는 것은 현대의 우리가 담당해야 할 책임임과 아울러 차세대에 대한 책임이기도 하다. 양호한 생활환경을 형성·유지하고, 삶의 질을 높일 수 있어야 한다. 환경 부하 경감에 힘쓰고 자연과의 친화를 도모하면서 적극적으로 양호한 환경을 창출하려고 대처하는 자세가 필요하다. 글로벌 요구에 부응하여 개인이나 지자체나 건설회사 차원에서도 이를 실천하고자 하는 적극적인 의지가 뒷받침되어야 한다.

저출산, 고령화 증가 등 사회 전체의 제약 조건에서 생활환경의 질적 향상, 장수명·순환 시스템화, 건축물의 질 향상 등 지속 가능한 형태로 전환이 요구되는 이때에 삶의 질 향상에 다소라도 도움이 되기를 기대하면서 그동안 학회지, 신문, 잡지 등에 게재된 칼럼과 에세이도 일부 포함하여 산문집을 출간하는 바이다.

2020년 여름에 임 만 택

목차

제1부 꿈꾸니까 청춘이다

제2부 이루고 싶은 삶의 질

제3부 생명의 힘

제4부 꽃과 새의 만남을 그리며

제5부 소통과 배려

제6부 음악을 듣는 듯이

제1부

꿈꾸니까 청춘이다

청춘은 건강, 시험, 취직, 출세 등등 성공의 목적을 달성하기 위하여 애쓴다. 목표로 삼은 정상에 서면 자만하지 않고 또다시 새로운 도전을 위하여 긴 여정에 나선다. 희망과 용기가 샘솟는 도전은 즐거운 과정이다. 가슴 시리도록 푸른 하늘처럼 높은 이상을 품고 자신감 넘치는 모습은 든든하다. 다가올 운명을 믿으며 힘차게 나아가는 용기는 장하다. 억센 비바람에 두려워하지 않고 맞서는 패기는 대단하다. 목표를 향하여 지속적으로 애쓰는 혼백은 고귀하다. 빛나는 햇살처럼 청춘의 꿈은 아름답다.

#1
신명 나는 삶

잠이 깼다. 사흘째 아무런 꿈을 꾸지 않아 걱정했었는데 다행히 꿈을 꾸었다. 고작 사흘 꿈을 꾸지 않은 것이었지만 잠을 자면 늘 꾸던 꿈이 사라지니 이상한 생각마저 들었다. 꿈을 꾸면 어떤 의미일까 하고, 길흉화복을 놓고 해몽하느라 고민도 하는 등 소소한 즐거움을 맛보곤 했는데 아무런 꿈을 꾸지 않으니 즐거움이 사라진 듯했다.

꿈을 꾸지 않으면, 꿈이 사라지는 나날이 오래 이어진다면 이 세상에서 할일이 사라진 것이라는 의미는 아닐까. 꿈이 희망을 불러오고 은연중 희망을 주는 것은 아닐까. 아니 꿈을 꾸었는데 내가 기억하지 못한 것은 아닐까. 기억하지 못한 것이라면 뇌에 어떤 이상이 나타난 것은 아닐까. 뇌가 너무 활동하여 좀 쉬는 것이 아닐까. 대박 꿈을 준비하느라고 깨끗한 상태가 필요해서 잔챙이들이 사라진 것은 아닐까….

꿈은 꾸어도 걱정, 꾸지 않아도 걱정인가. 잠을 잔다는 것은 살아있는 한 죽은 것이 아니다. 잠을 자면서도 뇌를 비롯한 신체는 작동되고 있다. 꿈과는 상관없이 수면 중에도 인체는 신진대사가 이루어진다. 꿈은 정신적 활동일 것이다. 억지로 꿈을 꾸길 원하고, 단꿈을 꾸길 원한다고 해서 반드시 이루어지기는 어렵고, 설사 원한 대로 이루어진다 하더라도 현실과의 관련에 따른 신뢰성은 얼마나 될까.

경험은 직접 자신이 겪어나가면서 또는 책을 통해서 또는 다른 사람의 이야기를 통해서 얻을 수 있다. 게다가 꿈을 통해서 얻는 것도 상당할 것이다. 하늘을 날아보기도 하고, 절벽에서 떨어져도 보고, 남을 죽이기도 하고 살리기도 하고, 맞아 보기도 하고 때려 보기도 하고, 누군가를 만나기도 하고 누군가와 헤어지기도 하고, 심지어 죽은 사람을 만나기도 하고, 내가 죽기까지 하는 등 꿈은 실로 엉뚱한 경우도 많다. 오히려 현실에서는 이루어지기 어려운 일도 꿈속에서는 시간을 초월하여 이루어진다.

꿈은 어떤 암시를 줄 수도 있고, 현실과 하나도 맞지 않는 경우도 있다. 길몽은 우선 기쁨을 주지만 흉몽은 불쾌감을 주고 꺼림칙하기도 한다. 아무런 꿈이 없을 때에는 무슨 일이 일어날까. 썩 좋은 일도, 그다지 안 좋은 일도 일어나지 않은 대부분의 일상이 아닌가. '꿈보다 해몽'이라는 속담이 있다. 하찮거나 언짢은 일을 둘러 생각하여 좋게 풀이한다는 말이고, 사실보다 해석이 더 중요함을 비유적으로 이르는 말이다.

역시 아무런 꿈이 없는 것보다 꿈을 꾸는 것은 필요할 것 같다. 꿈을 통하여 즐거움을 느낄 수도 있고, 어떤 기대를 할 수도 있고, 조심할 수도 있지 않은가. 꿈이 없어 별다른 즐거움도 기쁨도 기대도 할 수 없다면 너무 무미건조한 삶이 되지 않겠는가.

길몽을 꾸었다고 해서 반드시 좋은 일이 생기는 것은 아닐 터이고, 반대로 흉몽을 꾸었다고 해서 반드시 안 좋은 일이 생기는 것은 아닌 것 같다. 꿈은 꿈일 뿐이고, 꿈은 반대라는 말이 있다. 꿈에 지나치게 신경을 쓰거나 매달리는 것은 오히려 정신 건강에 해로울 수 있을 것이다.

하지만 꿈을 꾸고 싶다. 길몽이면 더욱 좋겠다. 길몽을 꾸려면 어떻게 해야 하나. 경건한 마음으로 좋은 생각을 하며 잠자리에 들어야 할까. 꿈은 현실의 연장이고, 잠에서 깨어났을 때 기억하는 꿈은 현실로 이어질 수도 있다. 정말 간절히 바라면 이루어질까. 박문수는 꿈을 통하여 과거시험 사흘 전에 시험문제와 모범답안을 알게 되었다든지, 누군가는 조상이 나타나 로또 복권 당첨 번호를 알려주었다든지 하는 대박의 꿈이 왜 나에게는 꾸어지지 않은가 하고, 귀신에게 조상에게 섭섭할 수도 있지만 그와 같은 문제는 귀신도 알기 어려우리라. 귀신도 알기 어려운 문제를 허황되게 바라기보다 과욕을 부리지 않고 착실히 노력하면 하늘도 어여쁘게 여겨 꿈이 아니라 현실에서 길을 열어주지 않을까 싶다.

"안녕히 주무셨어요?"라는 아침 인사는 잠을 잘 주무셨느냐는 의미와 단꿈도 꾸었느냐는 의미가 포함된 것은 아닐까. 단꿈을 꾸고 나면 왠지 그날은 기쁜 일이 생길 것 같은 기대를 한다. 잠이 부족하거나 잠자리가 불편하여 만족할 만한 수면을 취하지 못했을 때에는 컨디션이 좋지 않게 된다.

한편 충분한 수면을 취했지만 단꿈이 아니었다면 하루 종일 찜찜한 기분에 젖어 있을 수 있다. 좋은 의미에서 기대에 부풀어 혹시나 했다가 실망하여 역시나 하는 경우가 나타나더라도 일단은 기쁜 일이 생길 것을 기대하고 싶다. 눈에 띄게 좋은 일이 생기지 않더라도 남에게 욕을 먹지 않고, 몸을 다치지 않고, 가족에게 불행한 일이 생기지 않는다면 평범한 하루이지만 결국 좋은 날이라고 할 수 있지 않겠는가.

흉몽을 꾸기는 아무도 원하지 않을 것이다. 길몽이 아닌 바에야 차라리 아무런 꿈도 꾸지 않는 게 수면에도 도움이 되고 정신건강에도 이로울지 모르겠다.

수면에 방해되지 않으면서 꾸는 꿈이라면 잠자리를 더욱 즐겁게 할 수 있지 않을까. 평소에는 가보지 못한 곳도 가보고, 경험해 보기 어려운 일도 서슴없이 해 보기도 하니 꿈은 인간을 단련시키기도 하고, 지혜롭게 성숙시키기도 하는 것 같다. 충분한 수면을 편안하게 취하면서 기분 좋은 꿈을 꾼다면 그날은 행복한 날이 될 것이다.

예를 들면, '온도조절기'의 '온도'에는 '열'과 '온도'의 의미가 포함되어 있다. 만일 '수면조절기'가 있다면 '수면'에는 '꿈'과 '수면'의 의미가 포함되어 있을 것 같다. 따라서 수면조절기라는 것은 수면과 함께 이루어지는 꿈도 편안하게 꿀 수 있는 기기가 되지 않을까. 현재 수면조절기에는 일반적으로 베개가 이용되고 있지만.

잠을 잘 때 머리를 두는 방향은 남향이나 동향이 좋다고들 한다. 내 방은 좁아서 침대 머리 쪽을 창 가까이 배치할 수밖에 없어 남향으로 머리를 두고 자는 경우 겨울에는 창에서 틈새바람이 들어와 감기에 걸리기 딱

좋았다. 그래서 할 수 없이 북쪽에 머리를 두었더니 틈새바람을 느낄 수 없어 쾌적했다. 풍수에서 좋다고 하는 남향이니 동향이니 하는 것도 상황에 따라 꼭 들어맞는 것은 아닌 것 같다.

쾌적한 수면을 위해서는 적절한 온습도 설정이라든지, 베개의 높이라든지, 잠옷 착용이라든지, 침대에서 떨어지지 않도록 주의하든지 하는 등의 노력도 필요할 것이다.

만일 불면증 때문에 쉽게 잠을 이룰 수 없다면 대단한 고통이고 고문이 되리라. 잠을 충분히 자지 못하면 수면 부족 상태가 되어 낮 동안 졸음, 피로감, 의욕 상실 등을 초래해 일상에 지장을 받을 수도 있고, 안전사고의 원인이 될 수도 있다.

누구나 편안한 잠을 통하여 휴식을 취하고 단꿈을 꾸고 내일의 활력을 충전하면서 꿈(희망)을 품고 신명 나는 삶을 꾸려 나가기 바란다.

#2
꿈꾸니까 청춘이다

청춘은 꽃이다. 반짝반짝 별처럼 빛나는 예쁜 꽃이다. 아름다운 꽃이다. 청춘은 높푸른 하늘을 훨훨 나는 새를 닮고 싶어 한다. 상상의 나래를 펼치며 파란 하늘을 날아오르거나 꿈과 희망의 날개를 달고, 일어나 뛰고 날고 싶어 한다. 구름 너머 별을 쫓아가는 불사조 같은 새가 되고 싶어 한다.

청춘이 이름을 가지듯이 꽃들도 이름을 갖고 있다. 또한 꽃은 종류에 따라 저마다 꽃말이 정해져 있는데, 먼저 꽃말을 따져보고 선호를 결정하는 것은 아닐까. 하지만 나비와 새들은 꽃이 피어 있고 향기가 있으면 즐거이 찾아들지 어디 빛깔을 가리거나 꽃말을 따져 선호도를 달리하랴.

꽃은 주로 아름다움·화려함·번영·영화로움 등 긍정적 의미를 지니고 있어 아름다운 사람이나 좋은 일, 영화로운 일에 비유되기도 한다.

꽃은 상징적인 의미를 부여하기 위해 붙인 낱말이나 경구인 꽃말로 뜻을 나타낸다면 새는 갖가지 소리로 뜻을 표현한다. 숲에 들어서면 흔히 새소리가 들려온다. 새소리를 밟으며 걷다가 새소리가 들려오지 않으면 발걸음이 왠지 무거워짐을 느낄 정도이다.

나비의 아름다운 날개는 날개에 묻은 날개 비늘인 인분(鱗粉)에 의한 것으로, 인분 자체는 무색이나 이것이 나노 단위의 기하학적인 구조로 층층이 쌓여 특정 빛을 반사하고 나머지 빛을 흡수하기 때문에 색깔을 띠게 된다. 나비 날개는 기하학적 구조 때문에 보는 각도에 따라 색깔이 조금씩 다르다.

새는 높이 날며 큰 꿈을 품고 늘 새로운 길을 날아간다. 없는 길도 만들며 간다. 새가 날아가면 앞이 터져 길이 펼쳐진다. 새는 바람을 살피고 바람에 순응하며 날갯짓을 한다. 새는 바람처럼 이리저리 순식간에 날아다닌다. 힘찬 날갯짓으로 바람 속으로 들어가고 나온다. 날고 있는 새를 보면 새처럼 날고 싶기도 한다.

꽃보다 예쁜 사람이라고 말들 하지만 꽃은 많은 사람들에게 사랑을 받는다. 생일, 입학, 졸업, 합격, 승진 등등 기쁜 일이 있을 때 마음을 담아 꽃을 선물하며 축하한다. 또한 병문안을 가서 쾌유를 빌며 꽃을 선물하기도 한다. 조문할 때에 꽃으로 슬픔을 함께 나누기도 한다. 이와 같이 꽃으로 마음을 나타낸다.

청춘은 저마다 고운 꿈을 품고 있다. 꿈을 품는다고 해서 그냥 이루어지지는 않는다. 꿈이 이루어질 때까지 계속적으로 노력해야 한다. 과정이 없이는 목표에 도달하지 못한다. 이루지 못한 꿈은 모래성에 불과하다. 비록 실수하고 실패하더라도 도전하고 분발하여 성공해야 한다. 끊임없이 꿈을 가꾸어 나가야 한다.

하지만 지나친 과욕에 의한 꿈은 삼가야 할 일이다. 자신의 능력을 과신하여 과욕으로 품은 꿈이 이루어지지 않는다고, 자신이 못났다고 자책한다든지 크게 낙심하는 경우도 있다. 부디 자신의 능력 등을 면밀히 살펴보고 판단하여 시행착오가 발생하지 않도록 주의해야 한다. 두루 경험하는 것은 좋지만 일부러 고생할 필요는 없다. 고생을 통해서 꿈이 이루어진다는 보장이 있는 것도 아니고, 고생의 세기나 횟수에 따라 꿈이 이루어지는 것도 아니다. 청춘들이 방황하지 않고, 건강한 모습으로 뜻한 바대로 꿈을 이룬다면 청춘의 꽃은 반짝반짝 빛날 것이다.

청춘은 건강, 시험, 취직, 출세 등등 성공의 목적을 달성하기 위하여 애쓴다. 목표로 삼은 정상에 서면 자만하지 않고 또다시 새로운 도전을 위하여 긴 여정에 나선다. 희망과 용기가 샘솟는 도전은 즐거운 과정이다. 가슴 시리도록 푸른 하늘처럼 높은 이상을 품고 자신감 넘치는 모습은 든든하다. 다가올 운명을 믿으며 힘차게 나아가는 용기는 장하다. 억센 비바람에 두려워하지 않고 맞서는 패기는 대단하다. 목표를 향하여 지속적으로 애쓰는 혼백은 고귀하다. 빛나는 햇살처럼 청춘의 꿈은 아름답다.

자연을 가까이했을 때 생동감을 느끼고, 위안과 희망의 메시지를 받는 꽃과 새들은 청춘이다. 청춘은 젊고 활력 넘치게 하고 자존감을 주는 힘이다. 가슴 설레며 열심히 노력하는 힘은 청춘에서 온다. 청춘은 눈앞에

이뤄진 꿈 보여주리라. 꿈꾸니까 청춘이다.

나이가 들었더라도 일을 하고자 하는 열정을 가지면 청춘이다. 꿈과 희망을 품고 그것을 실행하고자 노력한다면 누구나 청춘이다. 청춘은 젊음이다. 의욕이 넘치고 의지가 강하면 중년도 노인도 청춘이다. 젊음을 잃지 않으면 누구나 건강하다. 건강은 청춘의 자랑이다.

젊은이들이 일자리를 구하지 못하여 백수가 되고, 결혼이 늦어지고, 자립하지 못한다면 청년 발달은 멈추는 것이 아닐까. 꽃망울이 맺혔다가 피어나지 못한다면 얼마나 안타까운 일인가.

뜨거운 심장으로 막힌 벽을 뚫고 먼 길을 달려가는 야망은 내일을 약속하는 희망이다. 청춘들이 움츠리지 않고 꿈을 펼치며 새처럼 힘차게 비상하고, 기쁜 일로 웃음꽃이 자주 피어나는 모습을 기대한다. 어떠한 곤란에 부딪혀도 좌절하거나 기력을 잃지 않는 불사조 정신으로 청춘을 불태우자. 꽃처럼 곱게 피어나자.

#3
인생은 아름다워라

친한 사이이다 보면 자주 연락하고 만나게 된다. 공식적으로는 동문회, 동창회, 향우회 등, 사적으로는 소인이 모이는 동우회, 친목회 등을 통하여 자주 모임을 연다. 애경사가 있을 때 기쁨과 슬픔을 나눈다. 기쁨은 나누면 배로 늘어나고 슬픔은 나누면 반으로 줄어든다고 한다. 전화도 가능하지만 만나서 소식도 듣고 정보도 알고 수다도 떨고 회포도 푼다. 이와 같이 기쁠 때나 슬플 때나 자주 만날 수 있는 친구나 지인이 주변에 있다는 사실은 대단히 고마운 일이다.

애경사의 연락을 받고 그 장소에 찾아갔을 때 형제간이나 친척들이 많아 북적북적하면 든든함을 느낀다. 저출산에 따라 얼마나 육아의 부담이 경감되고 가정 경제가 윤택해졌는지는 표시나지 않지만 애경사가 있을 때에는 소자녀인 경우보다 다자녀인 경우가 훨씬 든든하고 다복하게 보인다.

물질적인 재산을 모아 놓은 것은 쉽게 눈에 띄지 않더라도 자녀가 많은 것은 쉽게 눈에 띄어 자녀의 성장과 교육에 애쓴 그 부모의 흔적이 고스란히 드러나 위대하게 느껴진다. 자녀가 청년으로 성장하기까지 부모에게 고생스럽지 않은 부분이 얼마나 되랴. 유아기와 소년기를 거쳐 청년이 되면 결혼 적령기에 이른다. 짝을 찾아 결혼하게 되면 또 손주 낳기를 원한다. 이 사이클은 어느 가정이나 마찬가지이다.

시니어가 되어 배우자를 잃고 혼자가 되었을 때 대개 자녀들은 이미 출가하여 단란하게 살고 있는데 어느 자녀에게 부양을 부탁하기도 껄끄러운 일이다. 그렇다고 재혼하기도 애매하다. 경제력에 문제없다면 여자는 혼자 살아도 별다른 불편이 없지만 남자는 어렵다. 이런 경우를 감안하여 사회적으로 별다른 불편 없이 살아갈 수 있는 시스템이 마련되어야 하지 않을까.

친구는 가까운 사이이다. 안 보면 보고 싶고 보아도 또 보고 싶은 사이는 연인 관계이다. 이성과 친한 사이라면 반려자가 되고, 동물이 사람과 친하다면 반려동물이 된다. 반려동물은 외로운 사람에게 큰 힘이 되고 든든한 존재가 될 수 있다. 하지만 그 반려동물이 죽게 되었을 때 깊어진 정을 갑자기 떼어내야 하니 큰 고통이 된다. 이 정 떼기의 어려움으로 아예 반려동물을 기르지 않기도 한다.

취미 생활을 한다면 그 활동을 통하여 자주 만나는 사이가 될 수 있다. 건전한 취미 활동이라면 열성적이어서 중독되었다든지 미쳤다는 소리를 들더라도 본인이 좋아서 하는 일이라 조금도 비난으로 들리지 않을 것이다.

특히 담배 중독이나 술 중독, 도박 중독에 걸린 사람은 중단하기가 무척 어렵다고 한다. 몇 년, 몇 십 년 줄기차게 즐기던 일을 갑자기 하지 못하게 되면 참아내기가 고통을 넘어 고문에 가까울 것이다. 대단한 인내와 끈기가 없이는 성공하기 어려울 것이다. 홀로 외로움이나 괴로움을 피하는 수단으로 좋지 않은 습관에 길들여질 수 있다. 그것을 완화하고 해소하는 차원에서 건강한 취미 생활과 건전하게 어울릴 수 있는 기회와 시간을 제공하는 것이 필요하지 않을까.

처음에 서먹서먹한 관계라 하더라도, 별로 좋은 관계가 아니더라도 자주 만나고 부딪치다 보면 서로 이해하고, 친해지고 정이 들지 않을까. 자주 만나다 보면 오해가 풀리고, 서로 모르고 있던 장점도 알게 되어 더욱 가까워질 수 있는 계기가 되지 않을까. 친한 사이도 연락이 뜸해지고 자주 만나지 않게 되면 멀어질 수 있다. 그래서 "가까운 이웃이 먼 친척보다 낫다"라는 속담도 있는 것인지 모른다.

자주 만나는 사이라면 아주 가까운 관계를 의미한다. 자주 만나지는 않더라도 아주 가까운 사이의 관계는 인맥, 연줄, 학연, 지연 등으로 이어진다. 공직 사회나 기업에서 이것에만 의존하여 인력을 채용하는 것은 위험할 수 있다. 특정 대학, 특정 학과 출신만을 선호하여 구성된 선후배 팀워크는 완벽하게 성공할 것 같지만 무사안일이나 부패의 나락에 빠져 실패할 수도 있다. 한 대학 출신이나 한 지역 출신으로만 구성하기보다는 여러 대학과 여러 지역의 인재들로 구성되어야 공정하고 긴장하고 경쟁하면서 발전하는 분위기가 형성될 수 있다.

우리는 일에만 매달리지 않고 가족과 함께 어울린다든지, 지인들과 즐겁게 보내는 여유를 누리는 삶을 누려야 하지 않을까. 나아가 이웃을 돌아보고 배려하여야 하지 않을까.

이러한 관계를 통해서 홀로 고독사하는 비극도 방지할 수 있고, 우울증에 빠진 사람도 도울 수 있고, 나쁜 생각을 품는 범죄를 예방하는 효과도 있지 않을까. 이웃과 모르는 척 서먹한 사이로 지내기보다는 이웃에게 먼저 다가가 인사도 나누고 안부도 묻는 사이로 출발한다면 쉽게 가까워질 수 있을 것 같다. 모임의 회원이 아니더라도 먼 곳의 지인에게는 안부 메시지도 보내보고 전화도 해 보자. 꽃보다 아름다운 사람들이지 않은가. 기쁠 때나 슬플 때나 같은 지구촌에 살면서.

#4
노화를 멈추고 젊음을 되찾고

노화(老化, aging)는 시간이 흐름에 따라 생물의 신체 기능이 퇴화하는 현상이다. 세포의 노화는 세포가 분열할 수 있는 능력을 잃어버리는 것으로 나타난다. 노화는 일반적으로 스트레스에 대처하는 능력이 감소하고 항상성을 유지하지 못하게 되며 질병에 걸리는 위험이 증가하는 것이 특징이다.

노화는 바로 활성산소에 의해 몸이 녹스는 현상이 원인의 하나이다. 우리의 몸은 호흡할 때마다 활성산소를 발생시킨다. 활성산소는 몸의 모든 부분을 산화시키는 원인 물질이다. 피부의 주름이나 좋지 않은 콜레스테롤의 증가도 이 활성산소가 하나의 원인이다.

노화의 원인이 되는 활성산소는 일상적으로 발생한다. 예를 들어 흡연·불균형한 식사·스트레스·과음 등에서도 활성산소가 발생한다. 몸에 좋은 운동도 지나치면 대량의 활성산소를 발생시키기 때문에 주의가 필요하다.

개개인의 세포 레벨에서 보이는 노화는 태어난 직후부터 시작한다고 한다. 젊을 때에는 기능이 저하한 세포는 제거되고 새로운 세포가 보충되고 조직의 기능을 유지함으로써 노화가 방어된다. 그러나 나이가 들수록 세포 교체가 늦어지고 어려워지며 조직의 기능이 저하하여 서서히 노화가 진행된다. 한편, 매우 드물지만 특정 유전자에 이상이 있어 정상적인 사람보다 빠르게 노화하는 질병도 있다.

노화에 의한 신체 변화는 성숙기에 도달한 후 40세 정도부터 시작하여 피부가 주름지고 두발이나 치아가 빠지며, 시력이나 청력이 저하되고 운동 기능이 저하되는 등의 증상이 나타난다. 또한 외견상으로는 알 수 없더라도 뇌와 소화기, 호흡기, 심장과 혈관, 비뇨기나 내분비계 등 내장의 기능 저하 및 예비 능력의 감퇴가 나타나고, 나이가 들어감과 아울러 직선적으로 저하한다. 이 외에 정신이 경직되고 기억력, 판단력 등도 저하한다. 활력의 저하가 시작되는 시기는 장기에 따라 각기 달라진다. 시력과 청력은 10세, 감염에 대한 저항력은 15세, 지적 능력은 20세, 근력과 협동 운동은 25세에 각각 피크에 도달하고 그 후에는 서서히 저하한다.

노화의 속도는 생활환경에 의해 변한다. 왜냐하면 태어나는 것은 환경에 대한 적응을 바탕으로 성립하기 때문이다.

우리는 태어난 직후부터 온도, 빛, 소리 등등 여러 가지 환경 인자들에 의해 산소를 이용하여 음식물을 분해하고, 거기에서 얻은 에너지를 이용하여 활동한다. 이 시간, 동시에 여러 노폐물이 생기고, 그중에는 활성산소와 같은 유해물질도 함유된다. 과식을 한다든지 지방이나 당분을 필요 이상으로 섭취하면 활성산소도 많아진다.

활성산소는 세포를 구성하는 단백질이나 지방질 또는 유전자를 훼손하여 세포의 기능에 영향을 미쳐 노화의 속도를 빠르게 한다. 그래서 각자의 생활양식에 따라 조로하는 조직도 다르고, 생리 기능이나 노화의 패턴 또한 사람마다 다르다.

노화는 누구에게나 찾아오는 생명 현상의 일부이다. 우리는 노화를 피할 수 없지만, 노화의 속도는 환경 요인에 큰 영향을 받으므로 자신의 생활 습관 등을 개선하는 일이 노화 예방의 첫걸음이 된다.

현재, 노화에 영향을 미치는 유전인자 등에 관한 연구가 활발히 이루어져 노화를 제어하는 많은 유전인자가 밝혀지고 있다. 복잡한 노화 메커니즘의 이해가 노화 속도를 늦출 뿐 아니라 다양한 생활습관병이나 노년병의 예방으로 이어져 무병장수하는 방법을 우리에게 가져다주길 기대한다.

늙어 보이는 원인은 운동 부족, 스트레스, 불규칙한 수면 등 여러 가지가 있는데 그중에서도 큰 영향을 끼치는 것은 '잘못된 식사'이다.

호흡에 의해서 체내에 도입된 산소는 영양소와 결부되어 에너지가 된다. 그러나 그 일부는 다른 물질의 영향을 받아 변이한다. 이 변이한 산소를 '활성산소'라고 부른다. 산소는 활성산소가 되면 주위에서 '전자'를 빼앗아 스스로를 안정시키고자 한다. 전자를 빼앗긴 세포 등은 정상적인 작용을 할 수 없어 이른바 노화가 일어난다.

노화를 앞당기는 원인으로 산화와 당화가 있다. 몸에 녹이 스는 현상을 '산화'라 하고, 당의 섭취 과잉으로 단백질이 변화하는 것을 '당화'라고 한다.

산화란 체내에서 발생한 활성산소가 증가함에 따라 몸이 녹슬어 버리는 것이다. 산화하면 세포의 노화가 빨라지고 주름, 늘어짐 등 피부 트러블이나 생활습관병 등을 일으킨다. 이 산화를 막는 것이 식품에 함유된 항산화물질이다. 활성산소의 발생을 억제하고 제거함으로써 몸의 산화를 막아 노화를 예방할 수 있다.

채소나 과일에 함유된 색소와 매운 맛, 향 등의 성분으로 제7의 영양소로서 주목받고 있는 피토케미컬은 강한 항산화력으로 활성산소를 제거할 뿐 아니라 면역력도 높여준다. 그 예로 베리류, 녹차, 참깨, 당근, 토마토, 생강 등을 들 수 있다.

당화는 체내 여분의 당분이 단백질과 결합하여 반응한다. 당질이나 단 음식을 섭취하여 당이 과잉되면 단백질과 결합하여 종말당화산물이라는 강력한 노화 촉진 물질을 만들어낸다. 그 결과 피부의 노화가 시작되고 동맥경화, 골다공증, 알츠하이머성 치매 등의 질환의 발병과 촉진에도 연결된다.

당화는 식후에 혈액 중에 여분의 당이 넘치는 상태에서 일어나기 때문에 처음에는 채소 등 식이섬유를 먹고 마지막에 탄수화물을 먹는 등 식후의 혈당치를 급속도로 올리지 않는 것이 중요하다. 또 당을 많이 먹지 않으면 고혈당 상태가 호전될 수 있다. 도움이 되는 식품은 곡물, 과일 등이다.

그런데 콜라겐이라는 단백질이 당화하면 피부의 탄력이 없어져 단번에 늙어버린다. 만약 산화와 당화가 모두 몸에 영향을 미치면 '동맥경화' 등의 무서운 병이 될 가능성도 있다. 이 외에 '과잉 염분에 의한 염해', '냉증에 의한 대사의 저하', '장의 더러움에 의한 면역력 저하'도 노화를 앞당긴다.

당질의 흡수를 완만하게 하는 기능이 있는 식물 섬유가 많이 함유된 식품은 채소나 덩이줄기, 콩류, 해조류, 버섯, 곡물, 과일 등이다. 노폐물의 배출을 촉진하는 디톡스 효과가 높다. 수용성과 불용성의 두 가지 종류가 있고, 혈당치의 상승을 방지하는 것은 수용성 식이섬유이다.

GI(Glycemic index)는 식후 혈당치의 상승도를 나타내는 지표이다. 노화 속도를 억제하는 저GI 식품은 당을 분해하고 혈당치의 상승을 완만하게 하는 대두 제품, 현미, 통밀빵, 수수설탕이나 흑설탕 등 정제하지 않고 껍질이나 배아, 껍질 등이 붙은 갈색 식품을 말한다. 생활습관병의 예방에도 효과적이다.

노화 방지에 효과적인 식품에 유의할 뿐 아니라 노화를 앞당기는 식품을 줄이는 것도 중요하다. 설탕이나 인공 감미료, 트랜스 지방산을 함유한 식품, 알코올, 영양 드링크, 탄수화물, 튀김 등은 노화를 앞당기는 식품이라고 한다.

#5

늙지 않고 즐기는 건강한 삶

인간은 왜 늙는 것일까? 원인을 알면 늙는 속도를 늦출 수 있다. 그러나 어떤 의미에서 원인은 알려져 있다. 원인은 알고 있지만, 과학적으로 무엇을 어떻게 하면 노화를 늦추거나 노화에 의해 병에 걸리지 않게 할 수 있는지는 알 수 없다.

노화는 세월의 경과와 함께 세포가 타격을 받아 일어난다. 세포는 분열하는 중에 저마다 특정 기능을 갖고 뇌, 심장, 소화기관, 피부, 기타 장기가 된다.

세포에 따라 수명이 다르다. 소화기관의 세포처럼 24시간 안에 죽어서 점점 바뀌는 세포가 있는가 하면 동맥 속의 세포처럼 아무것도 없을 때는 가만히 있고 손상되면 재생하는 세포도 있다. 심근이나 중추신경 세포처럼 재생하지 않는 세포도 있다.

젊었을 때는 몸 전체의 세포가 젊고 생생하게 활동하지만 나이가 들면 세포 자체가 타격을 받고 기능이 떨어지거나 전체적으로 수가 줄어버린다. 이것이 노화이다.

노화라는 적과 싸우려면 우선 노화의 정체를 정확히 알아두는 것이 중요하다. 노화는 몇 개의 메커니즘으로 야기되지만 현 시점에서 주요한 것으로는 세포의 수명 연장, 호르몬 수준의 저하 방지, 염증에 따른 타격 방지, 산화 방지, 당화 방지 등 5가지이다.

평균 수명에 영향을 주는 요인은 몇 가지가 있다. 유전은 질병 발생 여부에 영향을 미친다. 생활 습관으로 흡연을 하지 않고 약물 남용이나 알코올 남용을 피하고, 건강한 체중을 유지하고, 운동을 하면 기능을 양호하게 유지하여 질병을 피하는 데 도움이 된다. 환경 중의 유독물질에 노출되면 수명이 짧아질 수 있다. 질병을 예방하거나, 질병에 걸린 후 치료를 받으면 평균 수명을 늘리는 데 도움이 된다.

어느 날 문득 늙음을 느끼지 않고 늘 건강한 삶을 즐기려면 어떻게 할 것인가. 그 방법에 대하여 살펴보고자 한다.

적당히 운동하고 과잉 운동은 지양

운동은 필연적으로 활성산소를 발생시킨다. 적당한 운동은 대사를 정상화하여 전체적으로는 병의 예방이나 노화 방지에 좋은 영향을 미칠 것이다. 몸의 쓰지 않는 기능은 잃어버리므로 수명 자체보다 체력과 생활수준을 유지하기 위해서 적당한 운동은 필요불가결하다.

예를 들면 가벼운 워킹을 권장할 수 있다. 무리하게 높은 산을 오르다가는 발이 삐거나 골절되는 등의 사고를 당할 수 있다.

심호흡을 3번씩

혈액순환의 촉진에 효과적인 것이 스트레치이다. 그러나 막상 하려고 해도 허리가 무겁거나 며칠만 하다가 하지 못하는 경우가 없지 않은가?

이런 사람에게 권장하는 것이 '심호흡'이다. 심호흡을 3번 하는 것만으로도 혈액순환과 같은 스트레치에 가까운 효과가 나타나며 또 몸의 긴장을 완화시키는 릴랙스 효과도 일어난다.

"숨을 코 안으로 크게 들이쉬고, 코로 내뱉는다."

방법은 매우 쉽지만 효과는 의외로 크다. 지속하려면, "ㅇ시에 심호흡 3번" 정도로 정해두면 좋을 것이다.

뇌를 최대한 사용하기

뇌는 쓰지 않으면 노화하지만 많이 사용할수록 젊음을 유지할 수 있다. 근육과 달리 '뇌는 지치지 않는다'고 한다. 공부하다가 뇌가 피곤하다고 느낄 때는 뇌 자체가 아니라 눈이 피로한 것이 대부분이다.

뇌는 정보를 기억하고 처리할 뿐 아니라 몸 전체를 컨트롤하는 센터이기도 하다. 쓰지 않으면 쇠약해진다는 것은 뇌도 같아서 뇌가 쇠퇴하지 않도록 하는 것이 몸의 노화를 방지하는 데 중요하다.

예술가나 음악가 중에서 오래 산 사람이 많은 것도 계속 뇌를 균형 있게 쓰기 때문이라고 한다. 내면의 젊음을 유지하는 것이 노화 방지에 중요하다.

스트레스 해소

스트레스 자체가 몸을 산화시키는 요인이다. 스트레스에 의해서 체내에 활성산소가 늘어나면 피부나 땀이 '산화'하고 발생하여 냄새를 유발한다.

스트레스는 뇌의 기능을 저하시킨다. 우울증은 뇌 안의 신경 전달 물질의 흐름을 나쁘게 하는데, 뇌가 노화하면 몸도 늙어버린다.

스트레스 대처 방법에는 여러 가지가 있지만, 웃는 것만으로도 스트레스가 꽤 감소한다. 웃음은 내추럴킬러 세포를 활성화시키고 암세포를 때려눕히는 효과도 있으므로 의식적으로 웃는 기회를 늘린다.

서캐디언 리듬(circadian rhythm)

서캐디언 리듬이란 약 하루의 리듬이다. 결국 체내 시계의 이야기이다. 가장 큰 요인은 수면 시 호르몬 분비를 정상화하는 데 있다.

수면 시에 분비되는 주요 호르몬은 '멜라토닌'과 '성장 호르몬' 2가지이다.

멜라토닌은 강력한 항산화 작용이 있다. 또 다른 항산화 성분과 달리 몸의 모든 기관에 효과를 발휘한다.

성장 호르몬은 성장의 원천으로 키를 크게 할 뿐 아니라 피로를 해소하여 컨디션의 복원을 돕는 효과가 있다. 나이가 들면 피로 해소가 어려워지는 것은 성장 호르몬이 감소하기 때문이다.

서캐디언 리듬을 정상화하는 방법은 낮에 세로토닌(행복 호르몬)을 분비하는 것이다. 아침에 일어나면 햇살을 받거나 방을 밝게 하고, 걷기 등의 리듬성 운동을 하여 세로토닌을 늘릴 수 있다.

칼로리 제한

식사의 칼로리를 줄인다. 단기적인 식사 제한이 아니라 인생을 통해서 소식에 유의하는 것이 중요하다. 식사를 줄일 때에는 점차 줄이도록 한다. 일단 늙고 싶지 않으려면 너무 많이 먹지 말라는 것이다.

일반적으로 다이어트의 목적이 체중 감량이라면 소식으로 체중 감량과 건강을 잡을 수 있다는 점에 주목해야 한다. 다이어트는 일정 기간에 한정되지만 소식 다이어트는 평생 할 수 있는 건강 비법이다. 다이어트가 무조건 적게 먹는 것이라면 소식은 필요한 열량과 영양을 섭취하는 것이다.

소식을 하면 피로감이 개선되고 수면 시간이 줄어드는 효과가 있다. 적게 먹으면 소화기관이 일을 덜 하게 되니 자연히 피로를 덜 느낄 수밖에 없다. 수면은 대부분 소화기관이나 두뇌의 휴식과 회복을 위해 필요하기 때문에 그 시간이 단축되면 수면 시간도 줄어들게 된다는 것이다.

또한 소식은 치매와 같은 퇴행성 신경질환의 예방은 물론 기억력이나 학습 능력을 개선하는 등 뇌 건강에도 영향을 미친다. 즉, 뇌의 노화를 막는 데 도움이 된다는 것이다.

항산화 식품

몸의 노화란 몸이 산화함으로써 일어난다. 즉, 산화를 막게 되면 그대로 노화 방지로 이어진다. 그러면 구체적으로는 어떻게 산화를 막을 수 있을까. 항산화 지수가 높은 식품을 일상적으로 섭취함으로써 체내의 산화 손상을 줄일 수 있다.

대략 분류하면, 항산화 효과가 가장 높은 것은 베리계이며, 다음은 과일 일반, 그다음은 녹황색 채소이다. 항산화 작용은 저장되지 않으므로 매일의 산화 스트레스에 대처하기 위해서는 항산화 지수가 높은 식품을 매일 섭취하는 것이 중요하다.

저온 요리

같은 재료여도 고온에서 조리할수록 노화 리스크가 높아진다. 외식과 패스트푸드가 몸에 좋지 않은 것은 기름 때문이기도 하지만 그보다는 고온 조리가 더 큰 문제가 된다. 고온 조리의 최대 문제는 당화 최종 산물(AGEs)이 많이 발생한다는 점이다.

노화로 피부 탄력이 떨어지는 것은 피부의 콜라겐 성분이 감소하기 때문이다. 또 노인성 반점이라 불리는 피부의 기미는 피부 표면이 당화하여 리포프스틴이라는 갈색의 성분이 배어 나온 것이다. 물론 피부뿐만 아니라 내장이나 혈관으로도 당화가 진행하여 동맥경화, 심근경색 등의 원인이 된다.

고온으로 조리된 식사에는 대량의 당화 최종 산물이 포함되어 그중 10% 정도가 체내에 축적된다.

장내 환경 개선

대장은 두 번째 뇌로 불리며 몸 중에서도 신경세포가 집중되어 있는 곳이다. 특히 면역세포의 70%가 장에 모여 있으므로 병의 예방을 위해서는 장내 환경의 개선이 결정적으로 중요하다.

장내 환경을 잘 갖추기 위해서는 수분과 식이섬유가 풍부한 식사를 섭취하고 혈액순환에 도움이 되는 운동부터 시작한다. 가장 간단한 것은 빨리 걷기이다.

또한 장내에는 100억이 넘는 장내 세균이 서식하고 있어서 면역 시스템은 장내 세균의 도움이 없으면 잘 작동하지 않는다. 발효 식품을 통하여 장내의 유익균(선옥균)을 늘리고 면역 시스템을 개선할 수 있다.

자외선 피하기

피부 노화의 90%는 자외선에 의한 광노화라고 한다. 자외선은 멜라닌 색소를 축적하여 기미의 원인이 될 뿐 아니라 피부 표면의 콜라겐을 분해한다. 그 결과 크레이프 주름의 원인이 되기도 한다.

자외선을 차단하기 위해서는 최대한 햇빛에 접하지 말고, 외출 시에는 남자라도 자외선 차단제를 발라야 한다. 일반적으로 수치가 높은 자외선 차단제를 한 번 바르기보다는 낮은 것을 여러 차례 바르는 게 좋은 결과를 얻을 수 있다.

비타민 C의 섭취도 중요하다. 체내에 비타민 C가 충분히 있으면 자외선을 쬐어도 피부 타격을 최소한으로 억제할 수 있다.

#6
스트레스의 해소와 이용

스트레스는 생물학적으로 어떤 자극에 의해 생체에 생긴 왜곡 상태를 의미한다. 스트레스에 따라 뇌에서 쾌·불쾌를 느낀다. 뇌 속에 있는 대뇌변연계의 편도체에는 기분 좋은 자극에 반응하는 세포와 불쾌한 자극에 반응하는 세포가 존재한다. 이 중 불쾌한 자극에 반응하는 세포에 의해 스트레스 상태가 된다. 그 자극은 시상하부 등을 거쳐 자율신경 및 내분비에 영향을 미친다. 외부의 자극에는 통증과 질병은 물론 날씨와 폭력, 일도 포함된다.

스트레스는 나쁜 것이라는 이미지가 있지만 반드시 그렇지는 않다. 적당한 긴장이 있으면 기능이 충분히 발휘되는 등 긍정적인 측면의 스트레스도 있다.

스트레스 요인은 스트레스원(stressor)이라고 하는 외부 자극의 종류에 따라 물리적 스트레스원(한랭, 소음, 방사선 등), 화학적 스트레스원(산소, 약물 등), 생물적 스트레스원(염증, 감염), 심리적 스트레스원(분노, 불안 등)으로 분류된다. 스트레스원이 작용하면, 생체는 자극의 종류에 따른 특이적 반응과 자극의 종류와 무관한 일련의 비특이적 생체 반응(스트레스 반응)을 일으킨다.

스트레스 반응은 항상성에 의해 일정하게 유지되는 생체의 여러 균형이 무너진 상태(스트레스 상태)에서 회복할 때 발생하는 반응을 말한다. 스트레스는 생체적으로 유익한 쾌 스트레스와 유익하지 않은 불쾌 스트레스의 두 가지 종류가 있다. 이러한 스트레스가 적당한 양만큼 존재하지 않으면 본래적으로 갖는 적응성을 잃어버리기 때문에 적절한 스트레스가 필요하다. 그러나 과도한 스트레스로 균형이 상실될 수 있으므로 다양한 스트레스 반응이 생긴다. 스트레스가 일정한 한계를 넘으면 몸과 마음에 마모가 일어난다.

일상생활에서 고려되는 원인으로는 일이 많고 작업 시간이 길어 휴일이 적는 등 양에 의해 생기는 스트레스가 있다. 또한 일을 하면서 보람이 느껴지지 않고, 할당량이 많거나 책임이 무겁고, 기술적으로 어려움을 겪는 등 일의 질에 따라서도 스트레스를 느낀다. 일이 너무 바쁘거나 일에 적응하지 못하거나 하면 스트레스가 생길 수 있지만, 반대로 너무 한가해도 스트레스가 발생할 수 있다.

직장이나 사적 장소에서 인간관계에 의한 스트레스는 큰 타격을 준다.

인간관계는 직장에서 느끼는 스트레스의 제1 원인으로 들 수 있다.

컴퓨터에 약하여 익숙하지 않은 상태에서 장시간에 걸쳐 모니터를 응시하며 작업을 계속하면 불안이나 초조 등으로 테크노 스트레스가 발생한다. 이와 반대로 컴퓨터가 없는 생활에 불안을 느끼고 대인 관계에도 지장을 초래하는 테크노 의존증이라는 스트레스도 있다.

경쟁심이 강하고 공격적이고 성미 급한 사람이나 성실하며 어떤 일도 완벽하게 처리하지 않으면 만족하지 못하는 사람은 스트레스가 쌓이기 쉽다고 한다. 또한 긴장과 불안, 불쾌한 감정 등을 직설적으로 표현하지 못하고 자신의 감정을 억제한 채 과도하게 적응하려고 하는 사람도 스트레스가 쌓이기 쉬운 타입이다.

수면에 의해 심신을 쉬게 함으로써 스트레스를 치유할 수 있다. 하지만 어떤 계기로 수면 부족이 계속되면 그 자체가 큰 스트레스가 되고, 그러면 불면을 일으키는 악순환에 빠질 수 있다.

스트레스는 외부의 다양한 자극(스트레스 요인)으로 마음과 몸에 부담을 주어 심신이 왜곡되도록 한다. 스트레스는 불면과 우울, 복통이나 두통, 심지어는 위·십이지장 궤양 등 몸과 마음에 질병을 일으킨다.

일상생활에서 할 수 있는 예방법으로는 기분 전환을 도모하는 방법이 있다. 이것은 스포츠와 취미에 몰두하는 등 실생활과 동떨어진 활동에 집중하고, 평소의 생활권을 떠나 자연 속에서 삼림욕을 하는 등 심신의 재생을 도모하여 스트레스를 개선하는 것으로, 이렇게 하면 평상시의 상태를 되찾을 수 있다.

혼자 고민하면 불안의 씨는 커진다. 누군가에게 스트레스의 원인을 토로하면 스트레스를 경감할 수 있다. 자신을 이해하고 정신적으로 지지해 주는 사람을 만나는 것이 중요하다.

눈앞의 일에만 집중하고, 휴일에는 일을 잊어버리고, 고민이 있으면 가까운 사람을 만나 빨리 상담하는 등 나름대로 해결책을 도모하여 몸에 스트레스가 쌓이지 않도록 한다.

양질의 수면은 스트레스로부터 심신을 지키는 것과 연결된다. 자기 전에는 너무 많은 식사와 과도한 알코올을 피하고 마음을 편안하게 하며 싫은 것은 생각하지 않도록 한다. 취침 전에 욕조에 미지근한 물을 채우고 들어가는 것도 효과적이다.

좋아하는 음악을 들으면 근육의 긴장이 풀리고 편안한 느낌을 얻을 수 있다. 또한 애완동물을 기르면 혼자 사는 외로움을 치유하는 데 도움이 되며, 함께 놀이를 하며 취하는 휴식은 스트레스 해소에 도움이 된다.

스트레스에 지지 않는 마음을 만들기 위해서는 자신과 마주 보는 것이 중요하다. 스트레스의 원인이 어디에 있는지, 현상의 문제점을 냉정하게 살펴본다. 한 가지 일에 집중하여 최선을 다하고, 긍정적인 생각에 유의하며 부정적인 것을 말하지 않고, 성공한 자신을 반복적으로 이미지화하는 등의 방법도 효과적이다. 갑자기 생각을 바꾸는 것은 어려운 일이므로, 무리하지 않고 조금씩 시작하면 좋을 것이다.

스트레스 대처(또는 스트레스 스코핑, 스트레스 관리)는 스트레스원을 처리하기 위해 의식적으로 행해지는 행동과 생각을 말한다. 몸의 힘을 빼고 배를 들이밀면서 숨을 천천히 내쉬고, 숨을 가득 들이마시는 복식 호흡을 반복하는 습관을 길들이면 좋을 것이다. 이렇게 하면 자율신경의 균형을 갖춘 편안한 상태를 만들어 낼 수 있다.

스트레스에는 충분한 휴식이 필요하다. 마음을 편하게 하고 아무것도 하지 않는 시간을 만들도록 한다.

두통에는 진통제, 설사에는 지사제, 불면증에는 수면 도입 의약품을 사용하는 것처럼, 대증 요법으로 OTC(의사 처방 없이 직접 팔리는) 의약품을 사용할 수 있다. 또한 스트레스 때문에 위장에 문제가 발생할 경우에 한방 처방의 위장약을 복용한다. 몸의 피로를 느낄 때 영양을 보급하는 방법으로는 비타민이나 영양 보충제 등 여러 가지를 활용할 수 있다. 비타민 B_1 유도체, 비타민 B_6, B_{12} 등의 성분은 몸의 피로에 효과를 나타낸다.

스트레스에 의해 위장의 통증이 심할 때는 내과와 소화기 전문의를, 기분이 크게 저하할 때는 심료내과 및 정신과를 찾아가 수진한다. 제대로 이야기를 들어주는 의사나 임상 심리사를 선택하면 좋을 것이다. 또한 주치의와 상담하는 것도 하나의 방법이다.

#7
욕구 실현을 위한 지혜

눈은 좋은 것을 보려 하고, 귀는 좋은 소리를 들으려 하고, 입은 맛있는 음식을 먹으려 하고, 몸은 편안함을 추구하고, 마음은 명예를 추구하는 것이 인지상정이다.

예로부터 의식(衣食)이 충족되어야 예절을 안다고 했다. 먹을 것도 없는 기아 상황에서는 어떤 사람이라도 공복을 채우고 싶어 한다. 그것이 만족되면 이번에는 명예나 존경 등 사회적 욕구를 요구하게 된다.

우리의 욕구는 크게 보면 이와 같이 하나의 계층을 형성하고 있다. 우리는 지금 어떤 욕구에 따라 움직이고 있지만, 그 욕구가 충족되면 거기에서 그치는 것이 아니라 그 욕구가 사라지는 동시에 또다시 새로운 단계의 욕구가 생기며, 그 새로운 욕구에 따라 새로운 목표를 정하고 새로운 행동을 전개한다.

매슬로(Maslow, Abraham Harold)는 인간의 내면적 욕구에는 계층이 있다고 보고 욕구의 발달 계층 이론을 제창하였다. 이 설에 의하면 우리는 8가지의 욕구 계층을 하나하나 밑에서부터 순서대로 충족해 갈 때 계단을 올라가는 것처럼 욕구를 충족한다고 한다. 때로는 계단을 반대로 내려가는 경우도 있지만….

① 먹고사는 문제에 관한 생리적 욕구

② 환경적인 위협으로부터 목숨을 부지하고자 하는 안전에 대한 욕구

③ 동료들과 관계를 형성하고 사랑을 주고받고자 하는 사회적 욕구

④ 다른 사람으로부터 인정받고 존중받고자 하는 자기 존중의 욕구

⑤ 무엇을 알고 배우고 이해하고 싶은 호기심이나 열망 등 인지적 욕구

⑥ 추한 것을 피하고 아름다운 것을 추구하는 심미적 욕구

⑦ 자기 발전, 창의, 인류 공동체에 대한 기여 등 자아실현의 욕구

⑧ 목적의 수행·달성만을 순수하게 추구하는 초월의 욕구

아무것도 충족되어 있지 않은 때에는 먼저 뭐니 뭐니 해도 자기의 생물적 생명을 유지하기 위하여 생리적 욕구를 만족시키고자 한다. 생리적 욕구에는 호흡 욕구, 음수 욕구, 배설 욕구, 수면·휴식 욕구, 식 욕구 등 갖가지가 있다. 이와 같은 생리적 욕구의 대부분은 배설 욕구 등을 고려하면 알 수 있듯이, 일시적으로는 결핍되거나 과잉되더라도 곧 충족되는

것이 보통이다. 만일 장시간 충족되지 않으면 생활체를 유지할 수 없어 죽음에 이르게 된다.

외국 여행을 하는 경우에 외국에서 자유로이 밤을 즐길 것으로 생각하지만 돌연 밤중에 비상벨이 울리고, 밖에서는 사이렌을 울리는 자동차가 질주하는 소리를 들으면 외출할 수 없게 된다. 게다가 총소리도 들린다면 자유로이 밤을 즐기고자 하는 호기 욕구나 탐색 욕구는 사라지고, 고국으로 곧 돌아오고 싶어 하는 사람도 많다. 안전 욕구의 쪽이 우선시되는 결과이다.

매슬로에 따르면 생리적 욕구 다음의 기본적인 욕구는 안전 욕구다. 생리적 욕구가 만족되지 않으면 안전 욕구는 중심이 되지 못한다. 식량난 시대에는 어떤 위험을 무릅쓰더라도 식량을 찾는다. 그러나 어느 정도 식량이 확보되면 곧 그러한 위험한 것은 아무도 신경 쓰지 않는다.

일상생활을 하고 있을 때에는 이와 같은 안전 욕구는 충족되고 있는 것이며, 정말 가끔씩만 표면에 나타난다. 그러나 이 욕구를 무서움이나 두려움 등 불안한 감정과 연결되어 있는 욕구로 보면 이해하기 쉬울 것이다. 누구라도 지진이나 번개, 태풍 등이 일어나면 무서워져 안전을 생각한다. 그때 이 욕구가 매우 기본적이라는 점을 깨달을 것이다.

그런데 생리적 욕구와 안전 욕구가 충족되면 사람은 쓸쓸함을 느끼기 시작한다. 스스로 고독하며 쓸쓸하다고 생각하는 사람은 이미 이 계층에 있다고 여겨도 좋다. 이 계층에서 욕구는 대인적 욕구가 되고, 우리의 행동은 인간관계를 중심으로 결정된다. 우리의 마음속에 쓸쓸함이라든가, 친구를 원한다든가, 연인을 원한다는 바람이 생기고, 그것이 주요하며 중

대한 것이 되며, 충족되지 않으면 심각한 문제가 된다.

사랑과 소속의 욕구 계층에서는 타인과 친밀한 관계를 맺고 사랑을 하거나 사랑을 받고 싶어 하는 욕구가 강하게 느껴지게 된다. 이는 친구나 연인, 동료들과의 관계나 특정 단체 내에서 형성된 사회적 관계를 통하여 표현된다.

학문이나 연구 활동을 하는 사람들은 학회나 교수 단체를 선망하고, 돈을 버는 사람들은 경제단체나 경제인연합회와 같은 집단에 소속되기를 바란다. 이러한 집단들은 공식 집단이지만, 공식적이지 않은 조직도 집단이 될 수 있다. 가령 청소년 계층, 히피족, 신세대, X세대 등도 그 구분은 명확하지 않지만 하나의 집단이라고 할 수 있다. 사람들은 이러한 집단 속에서 자신의 존재를 느끼려 하고, 그 집단의 규범과 행동 양식을 따르게 된다.

교육개혁 중심의 하나로서 평생교육, 평생학습이 요구되고 있다. 그러나 평생학습이 계산을 더 잘할 수 있다든가 글자를 더 많이 기억하는 것은 아닐 것이다. 그것은 자기 자신을 발전시키고 자기실현의 욕구에 바탕을 둔 학습이라고 할 수 있다.

매슬로는 소속이나 애정의 욕구가 충족되면 다음 계층은 승인·존경 욕구와 표리일체가 되는 것으로 자기 자신을 존경하는 것, 결국 자존심으로 연결된다고 한다. 이 계층에서는 프라이드나 명예가 중요시되고, 그것을 충족하고 강화하기 위한 행동이 중심이 된다. 이 단계에서는 단지 집단에 소속되고 있다는 사실만으로 만족하지 않는다. 모든 사람에게 존경받고 높이 평가받으며, 사회적으로 칭송받기를 강하게 바란다.

매슬로는 이러한 존경·승인의 욕구가 충족되어야 비로소 자아실현 욕구가 중심 욕구가 된다고 본다. 자아실현 욕구란 자기 자신을 성장시키고 풍요롭게 하는 욕구이다. 매슬로는 자아실현 욕구에 따라 행동하는 것이 인간에게 가장 인간다운 삶의 방식이라고 한다. 매슬로의 심리학을 인간성의 심리학이라고 말하는 이유가 여기에 있다.

인간은 이러한 욕구에 의하여 행동하지만, 순차보다 상위의 욕구를 충족함으로써 최종적으로 자아실현의 욕구가 생기고 이것을 바탕으로 하여 살게 된다. 이 자아실현 욕구에 기초하여 행동하는 것이 진실로 인간적이라는 것이다.

매슬로는 자아실현 욕구의 목표로서 진·선·미·완전성 등의 항목을 들고, 이 덕목을 목표로 하는 것이 인간성의 본질이라고 본다.

#8
유통 기한

오래전 젊은 시절에 자취할 때의 일이다. 직장 주변의 식당에서 하는 식사가 시원치 않아 집에서 도시락을 준비하여 가지고 다닌 적이 있었다. 콩밥을 즐겼다. 그날따라 콩에서 실이 많이 나왔다. 먹고 나서 탈이 났다. 콩이 쉰 모양이었다. 식중독에 걸렸다. 밥에 콩을 섞지 않았으면 괜찮았을 텐데 콩의 유통 기한을 간과했던 것이다. 밥을 해 놓은 시간이 좀 오래된 탓이었을까, 전자밥통의 성능에 문제가 있었던 탓이었을까.

또 한 번은 김에도 유통 기한이 있는 줄을 몰랐다는 것이다. 맛이 없는 김을 몇 장 먹어보다가 아무래도 이상하여 포장지를 살펴보니 유통 기한이 한참 지난 것이었다. 유통 기한이 지난 김은 힘이 없고 색깔도 변하고 냄새도 이상했다. 이를 계기로 상품으로 판매되는 식품을 살펴보니 거의 유통 기한이 표시되어 있었다. 유통 기한이 표시되어 있지 않고 오래되어도 멀쩡한 식품은 혹시 방부제가 상당량 첨가되어 있는 것은 아닐까 하는 의심이 들기도 했다.

식품에는 특별히 유통 기한이 표시되지 않은 것도 많다. 유통 기한이 표시되지 않았더라도 한정 없이 유효한 것은 아니다. 의복에도 유통 기한이 있다. 계절과 유행 따라 옷차림이 달라지고, 키가 크고 작음에 따라, 살이 찌고 빠짐에 따라 의복이 달라진다.

유통 기한은 시간과 밀접한 관련을 맺는다. 하루, 한 달, 일 년 등 시간이 정해져 있다. 경우에 따라 접수 기간, 응모 기간, 심사 기간, 시험 기간, 시합 기간, 발표 기간, 계약 기간 등 설렘과 도전의 시간이 있는가 하면 밀월 기간과 같은 행복한 시간도 있고, 휴가 기간, 방학 기간 등과 같은 휴식의 시간도 있다. 또한 질병에 따른 투병 기간도 있고, 슬픔과 번민의 시간도 있다.

유통 기한은 종류와 용도에 따라 다르다. 유통 기한은 주변 환경과 관리자의 태도에 따라 길어질 수도 있고 짧아질 수도 있다. 물건은 유지 관리를 게을리하지 않고 품격을 존중하면 그 아름다운 시간이 길어질 수 있다. 그렇지 않으면 박리되고, 녹슬고, 흠집이 생기고, 균열이 나타나고, 깨어지고, 노후해져 볼품없어진다.

사람들은 대부분 학교를 졸업하고 취업하여, 한창 팔팔하고 희망에 넘치고 건강할 때 직장 생활을 시작한다. 직장에서 정년을 맞으면 60대가 된다. 정년이란 이제 유통 기한이 다 되었다는 의미일까. 청춘을 바친 직장에서 유통 기한이 다 되었다는 선고를 받으면 그다음에는 무엇을 어떻게 하여야 하나. 유통 기한이 지났는데 재활용이 가능할까. 재활용이 가능하더라도 전처럼 효율적일까.

인생의 경우는 탄생하여 죽음에 이르기까지 전 생애 기간이 유통 기한이라고 할 수 있다. 이 유통 기한 내에 보람된 일을 하고, 건강하기를 원한다. 유통 기한이 무한한 줄 알고 함부로 몸을 움직이다가 건강을 쉽게 해치기도 한다. 살아생전의 유통 기한뿐만 아니라 사후에도 유통 기한이 있다. 매장하는 공동묘지에서나 화장하는 봉안당에서도 대부분 시효가 정해져 있다.

나의 유통 기한은 점점 짧아지고 있다. 짧아지고 있는 유통 기한 내에서 나는 후회 없는 삶을 영위하고 싶다. 주어진 시간 내에서 후회 없는 삶을 산다면 참으로 행복한 인생일 것이다. 물건은 아끼고 사랑한다면 내구연한을 연장할 수 있다. 하지만 사람의 생명은 원하는 대로 연장할 수 없다.

젊은 시절의 유통 기한은 길었지만 시니어가 되니 유통 기한이 짧게 느껴진다. 우리는 길고 짧은 유통 기한의 끝까지 오느라 참 애쓰고 있다. 지인들로부터 자녀 출생의 기쁜 소식이 들려오더니 언제부터인지 본인 별세의 슬픈 소식이 들려오고 있다. 내 삶의 유통 기한은 언제까지일지, 여생은 얼마일지 알 수 없으나 많지 않을 것이다. 사는 날까지 건강하고 보람 있는 일을 많이 하고 싶다.

#9
아리랑 고개

아리랑은 한민족을 상징하는 대표적인 민요이다. 시간적·공간적으로 가장 널리 불리는 민족의 노래이다. 아리랑은 우리 민족의 혼(魂)과 한(恨)이 담겨 있으며, 우리 민족의 애환을 간직한 민족의 숨길, 역사의 맥박 소리이다. 한국의 서정민요인 아리랑은 인류무형문화유산으로 2012년 유네스코에 등재되었다.

아리랑에는 한국 민족의 정서적 사랑을 불러온 역사의 삶이 배어 있다. 또한 인간의 창조적 재능의 걸작으로서 뛰어난 가치를 지니고 문화사회의 전통에 근거한 구전 및 무형유산으로, 언어·문학·음악·춤·놀이 등 기타 예술 형태를 포함하고 있다.

근대 이전의 아리랑은 전통 사회의 서민들이 느끼는 기쁨과 슬픔을 담고 있었다. 일제강점기에는 한민족이 겪어야 했던 개인적·국가적 차원의 고난, 가슴속에 품은 독립을 향한 열망을 표현하는 수단이었다. 한국인들이 부르는 아리랑의 가락을 타고 전달되는 이러한 희망과 바람 덕분에 아리랑은 여전히 살아 숨 쉬는 문화유산으로서 현 세대에서 다음 세대로 면면히 전승되고 있다.

옛날 우리의 전통사회에서는 마을 공동체의 활동 범위를 차단하는 것을 고개라고 했다. 따라서 고개를 넘어간다는 것은 다시 만나기 어려운 공간으로 이별하는 것을 의미했다.

민요 '아리랑'에는 "아리랑 고개를 넘어간다"라는 가사가 나온다. 아리랑의 '아리'는 '장(長)'이라는 뜻이 있고, '랑'은 령(嶺)의 변음이므로 '아리랑'은 곧 '긴 고개'를 뜻하는 것으로, 지역마다 가장 큰 고개를 부르는 이름이었다.

우리 조상들은 고개 오르내리는 것을 인생에 비유했다. 아리랑 고개를 열두 고개로 표현한 것은 시련과 고난의 연속인 인생을 비유한 것이다. 12수는 12지(十二支)와 일 년 열두 달을 상징하는 수로, 우리 민족이 저승에 이르기 위해 지나야 하는 열두 대문을 상징하기도 한다. 열두 대문은 지날 때마다 갖가지 시련이 있으며, 통과하기가 매우 어려운 것으로 여겼다. 이와 같이 아리랑 고개는 넘기 힘든 고개, 눈물 고개이며, 님 가신 고개인 아리랑 고개를 열두 고비라고 표현한 것은 시련과 고난의 연속인 인생을 묘사한 것이다.

아리랑 고개는 미지의 세계로 나아가는 길목이기에 언제나 두려움과 기대감이 교차하는 곳이다. 우리 민족의 삶 속에서 아리랑 고개는 좌절과 시련의 역사이고, 고난을 극복한 역사임을 드러낸다. 또한 아리랑 고개는 슬픔에서 기쁨으로, 좌절에서 극복으로, 어둠에서 밝음으로 넘어가는 인생의 분수령이라고도 할 수 있다.

희망을 붙들고 있을 때, 삶에서 어떤 어려움이 있어도 우리는 위기를 기회로 반전시킬 능력이 있다. 행운도 노력하는 사람에게 오는 법이다. 어려운 환경에서도 밝은 내일을 꿈꾸는 것은 행복하고 투명한 자기의 모습을 그리는 것이다.

언덕길은 장애물이 될 수 있다. 장애물을 잘 극복하지 못하면 이길 수 없고 만족할 만한 완주가 될 수 없다. 평탄한 길보다는 가파른 고갯길에서 승부가 결정되는 것 같다. 무슨 일이든지 어려움에 부딪혔을 때 얼마나 지혜롭고 슬기롭게 참아내고 극복해내는가에 따라 성패가 갈릴 것이다.

오랜 세월 서민들에 의해 끊임없이 불려온 아리랑에는 민족의 혼이 담겨 있다. 아리랑은 우리 강산과 우리 민족과 함께하여 우리의 애환을 간직한 민족의 숨결, 역사의 맥박 소리이다. 우리는 아리랑을 통하여 시름을 달랠 줄 알고 있다.

기쁜 일에 대하여 그 주인은 당당히 나이기를 바라지만 원하지 않은 슬픈 일에도 나는 크게 그 자리를 차지하는 경우가 많은 것 같다. 운명이란 신에게 기쁜 일은 투명인간이 되어 나는 자주 외면당하지만 슬픈 일에는 내가 뚜렷하게 눈에 띄는 모양이다. 어김없이 내 차지가 되는 경우가 많으니까 말이다.

인생은 모르는 곳에서 시작해 모르는 곳으로 향하는 기차가 아닐까.

단 한 번도 쉬지 않고, 한 번 지나간 곳은 두 번 다시 들르지 않고, 그렇기에 두 번 다시 같은 강에 발을 담글 수 없다. 강물이 언제나 흐르듯 세월도 변하고 나 자신도 변하고 있다. 하지만 자연은 무한의 반복과 무한의 기회가 가능하다는 희망을 주지 않은가. 겨울에 사라진 생명이 봄에 다시 태어나듯 새해가 되면 다시 희망이 돌아올 것만 같아 보이니 말이다.

생각에는 행동이 따르고, 행동에는 습성이 따르고, 습성에는 인격이 따르고, 인격에는 운명이 따른다. 인간의 외적 운명은 신이 좌우하지만 인간의 내적 운명은 인간이 개척할 수 있다. 밤이 숱한 걱정을 감추고 사라지고 있다면 새벽은 많은 설렘을 지닌 채 다가온다. 인생은 완벽하고 다 차 있을 때보다 부족하고 모자라고 갈증 날 때 더욱 부지런해지고 노력하며 삶을 사랑하게 된다. 사람은 무엇을 가지고 사느냐보다는 어떻게 살아가느냐가 더 중요하다.

어제가 반복 재생되는 것 같은 오늘의 무대, 치열한 삶 속에서 마음에도 근시와 난시가 생기고, 불안한 잠 속으로 하루의 환청과 이명이 걸어들어온다. 지친 눈과 귀를 달래어 아기보다 더 짙푸른 영혼으로, 햇살보다 더 강한 숨결로 오늘을 살아가리라. 뜨거운 가슴이 아닌 차가운 머리로 헤아리는 것은 내일의 방패가 된다.

#10
인생에서 절호의 기회

우리는 꽃을 보면 마음이 먼저 웃는다. 꽃을 보면 즐겁다. 우리는 파란 하늘을 보고 꿈을 품고, 그 꿈을 실현하기 위하여 노력한다. 그 결과 꿈을 실현하기도 하고 좌절하기도 한다. 좌절할 때에는 어딘가에 벽이 있어 펼치려던 꿈이 그 벽에 가로막힌 탓이라는 생각이 들기도 한다. 사람과 사람 사이, 지역과 지역 사이, 나라와 나라 사이에도 보이거나 보이지 않은 벽이 있는 것 같다. 그리하여 벽에 막히면 서로 미워하고 토라지고 싸우는 것이 아닐까?

때로는 얇거나 두꺼운 벽, 높고 낮은 벽을 만드는가 하면, 애써 만든 벽을 넘어가거나 허물어뜨리려고 무진 애를 쓰기도 한다. 벽이 안전, 보호,

방어가 아니라 갇힘, 경계, 공격의 수단이 된다면 아프지 않겠는가. 벽에 막히어 파란 꿈이 좌절되고, 소통이 이루어지지 못하고, 교류가 단절된다면 슬픈 일이지 않겠는가. 우리는 얼마나 많은 벽을 가지고 있고, 그 벽들의 구조는 어떻게 이루어지고 있는지 헤아려보고 있는가. 벽을 쌓았다가 허물었다가, 높였다가 낮췄다가, 열었다가 닫았다가 하는 등 감정적으로 변덕을 부리고 있지는 않은가.

우리에게 자연을 가까이할 수 있게 하고, 생동감을 느끼게 하고, 위안과 희망의 메시지를 주는 꽃은 청춘이다. 청춘은 우리를 젊고 활력 넘치게 하고 자신감을 주는 힘이다.

인생의 포물선을 반으로 나누면 반절은 달콤한 맛이고, 절반은 씁쓸한 맛이라고 한다. 그래도 부부가 꼭 안고 마주 보면 두 얼굴은 하트 모양이 되고, 두 몸이 맞닿아 포물선 모양을 이룬다. 뜨거운 사랑도, 빛바랜 사랑도 사랑의 한 형태로 포물선 상에 있다. 사랑이든 연민이든 서로를 꼭 안아 보면, 어깨 위에서 엇갈린 두 얼굴은 하트 모양이 되고 두 몸은 맞닿아 포물선 모양이 된다.

우리의 인생에서 절호의 기회는 어느 때일까? 젊어서 계획을 세우고 실천하는 때가 절호의 기회일까? 나이에 상관없이 결과가 좋으면 그 과정이 절호의 기회이고, 결과가 좋지 않으면 절호의 기회는 없었던 것으로 보아야 할까? 성공한 사람은 절호의 기회가 자주 찾아왔을까? 절호의 기회를 놓치지 않고 활용했을까?

목표를 향하여 열심히 땀 흘리는 때가 절호의 기회 아닐까? 목표 없는 절호의 기회는 존재할 수가 없다. 절호의 기회가 전제 조건이 아니라 목표가 전제 조건이다. 정한 목표를 향하고 성공을 위한 전략으로 계획표에 따라 노력하여 알찬 결과를 도출하는 과정 속에 절호의 기회가 존재한다. 알찬 결과가 도출되지 않으면 결국 절호의 기회는 무의미하다고 할 수밖에 없다.

자기가 필요로 하고, 해 보고 싶은 일, 그것은 젊어서도 나이를 상당히 먹고서도 시작할 수 있고 성취할 수도 있다. 목표를 세우고 실천한다면 비록 늦더라도 절호의 기회를 만들어낼 수 있을 것이다. 성공을 위해서는 절호의 기회도 중요하지만 성공하기 위한 전략, 노력, 열정, 정보 등이 어우러진다면 빛나는 결과를 도출할 수 있을 것으로 여겨진다.

그렇다면 절호의 기회는 언제 오는 걸까? 누군가 지금이 절호의 기회라고 암시라도 주거나 자각한다면 효율적이고 빠르고 원활하게 이루어내기 위한 욕구가 솟아나지 않을까?

바다에서는 아침저녁으로 바닷물이 들고 나고, 수위가 높아지고 낮아지는 물때가 있다. 물때에 맞추어 배는 출항하고 고기를 잡는다. 우리의 일상에서 하루의 시간은 아침, 낮, 저녁으로 나뉘고, 매일은 오늘, 내일, 모레 등으로 계속되고, 매일매일이 한 달, 두 달, 세 달 등으로 연속되고, 한 해가 일 년, 이 년, 삼 년 등으로 점점 이어지는 속에서 절호의 기회는 다가오고 지나간다. 길고 짧은 시간 속에서 날마다 새로운 마음으로 활기차게 시작하라고 아침은 찾아오며, 그날을 돌아보고 정리하고 내일을 준비하라고 저녁은 다가온다.

시간의 효율적인 이용은 일의 성패를 좌우한다. 시간은 인생에서 어린 시절, 청소년 시절, 청년 시절, 장년 시절, 노년 시절로 구분할 수 있다. 누구나 청년 시절에 품었던 꿈을 실현하기 위해서 젊음을 불사르며 열정적으로 노력한다.

인생은 눈 쌓인 벌판과 같아서 한 발자국 한 발자국 고스란히 흔적을 남긴다. 청춘은 눈과 같아서 잠시 동안이라도 소홀히 하면 금세 온데간데없이 스러져버린다. 청춘은 한없이 길지 않다. 일반적으로 청춘이 인생의 절호의 기회라고 할 수 있다.

뒤늦게 품었던 꿈을 찾아 하던 일을 중단하거나 바꾸어 다시 시작하기도 한다. 뒤늦게라도 자기가 하고 싶었던 일을 하고 만족을 느끼며 성과를 올리는 경우도 많다. 언제 어느 때라도 절호의 기회는 찾아온다.

절호의 기회를 붙잡는 시기도 중요하지만 내용이 알차지 않으면 결과는 보잘것없게 된다. 개인적인 측면에서나 공공적인 측면에서도 계획이나 정책이 합리적, 합목적적, 과학적이지 않으면 아무 소용이 없다.

성공과 실패는 절호의 기회를 어떻게 적절하게 이용하고 가치 있게 운용하느냐에 달려 있다. 자주 오지 않는 절호의 기회를 인식하고, 놓치지 않고, 활용하는 지혜가 요구된다고 하겠다.

제2부

이루고 싶은 삶의 질

목표를 향하여 만들어 가고 개척해 가는 것이 절호의 기회라고 할 때, 목표가 없으면 절호의 기회는 존재할 수 없다. 절호의 기회가 전제 조건이 아니라 목표가 전제 조건이다. 정한 목표를 향하고 성공을 위한 전략으로 계획표에 따라 노력하여 알찬 결과를 도출하는 과정 속에 절호의 기회는 존재한다. 알찬 결과가 도출되지 않으면 결국 절호의 기회는 무의미하다고 할 수밖에 없다.

#11
건강 영향 요인

지금과 같은 포장이사 시스템이 없던 시절에는 이삿짐을 손수 포장하고 일일이 차에 싣고 내리고 운반해야 했다. 또한 지금은 빌트인이라고 하여 집에 냉장고, 전자레인지 및 오븐, 식탁 등이 내장되고 있어 이사하기가 수월해지고 있지만 전에는 한 번씩 이사하려면 큰마음을 먹어야 했다. 이삿짐 중에 부피가 얼마 되지 않으면서 무게가 많이 나가는 것은 책인 것 같다. 책이 많은 우리 집은 책의 포장과 운반이 힘들어 이사를 일부러 자주 다니지 않았다.

공동주택의 하나인 아파트는 장점도 많으나 단점도 있다. 단점을 어떻게 해소하고 대처하느냐에 따라 단점을 장점으로 바꿀 수도 있다. 단점으로는 첫째 곡식의 보관을 들 수 있다. 쌀의 경우, 조금씩 사 먹기도 한다. 그런데 시골에서 농사짓는 친척이 가끔 보내주기라도 하면 묵은 쌀이 생기는 때가 있다. 시원한 환경을 유지하는 수납공간이 마련되어 있다면 쌀벌레가 생기는 문제가 해소될 수 있지만 아파트에는 그것이 부족하기 쉽다. 곡식 보관뿐만 아니라 수납공간 부족은 가재도구를 줄이도록 요구한다. 살다 보면 살림은 늘어나게 마련이다. 그렇지만 건축 규모에 어울린 살림살이여야지 지나치게 가재도구가 많으면 가재도구를 모시고 사는 경우가 된다. 한정된 규모에 가재도구가 차지하는 면적이 너무 많으면 오히려 생활하기가 불편해질 수 있다.

요즈음 확장형 아파트가 널리 보급되고 있다. 베란다를 없애고 방이나 거실의 공간을 넓힌 확장형은 작은 면적의 세대에서는 공간이 좁아서 베란다를 없애 방이나 거실로 확장하는 것이니 이해된다. 하지만 큰 면적의 세대에서도 확장형을 선호하고 그렇게 사용하도록 허용하는 것은 문제가 있지 않을까. 사실은 규모에 관계없이 베란다는 필요하다. 베란다에 빨래도 널고 화분도 가꾸는데, 그 공간이 없어지면 빨래 널기나 화분 관리가 어려워진다. 또한 화재가 발생하면 연기와 열기가 밖으로 배출되어 바로 위층 세대의 방에 영향을 미치게 되어 연소 우려가 커져 피해를 줄 수 있다.

아파트는 환기 부족이 되기 쉽다. 기밀성이 높은 개구부로 설계되어 틈새가 거의 없어서 일부러 창을 열거나 배풍기를 작동하지 않으면 환기가 이루어지기 어렵다.

음식을 요리할 때 끓이고, 삶고, 굽는 과정에서 냄새가 많이 발생한다. 이렇듯 발생한 냄새를 배출하지 않으면 집안 곳곳에 냄새가 퍼져나가 온통 가득 차고 배어들게 된다.

주부들은 처녀 때 건강했던 몸이 결혼하여 출산하다 보면 약해져서 추위에 민감해지는 경우가 있다. 특히 겨울에는 춥다고 창을 자주 열지 않아 환기가 부족해지기 쉽고, 자연환기를 게을리하면서 기계환기마저 잘 하지 않는 것 같다. 환기는 실내에서 발생한 냄새와 가스 및 먼지 등으로 더러워진 실내공기를 신선한 외부공기와 교환하는 것이다. 실내에 있을 때에도 창을 자주 열지 않고, 외출할 적에도 창을 닫은 상태가 지속된다면 환기 부족으로 실내공기질의 악화는 가중된다.

이웃 간의 층간 소음 때문에 화목하지 못하고 불화가 되는 경우가 있다. 내 아이들이 우리 집에서 뛰어노는 것은 괜찮고 남의 아이들이 뛰어놀아 소음이 발생하는 것은 안 된다든지, 이 정도 소음 가지고 뭐 어떠냐는 식으로 나온다면, 공동주택 거주자로서 지켜야 할 매너를 전혀 모르거나 무시하는 경우여서 답답해진다.

공동주택에 사는 거주자들은 특히 공동생활의 룰을 반드시 지켜야 한다. 혹시라도 나의 가족 때문에 이웃과 불화가 발생하여 이사까지 가도록 하는 경우가 일어나지 않도록 유념해야 한다. 불화가 발생하지 않고, 화목하여 살기 좋은 아파트, 살고 싶은 아파트는 건축적 요소뿐만 아니라 거주자 자신에게도 달려있지 않을까.

일반적으로 건강하게 생활할 수 없는 거주의 원인은 주거 환경과 아울러 거주자에게도 원인이 있는 경우가 적지 않다.

주거 환경에 원인이 있는 건강 장애는 건강 피해, 거주 방식과 거주자에게 원인이 있는 건강 장애는 거주자가 건강을 막고 있는 점에서 건강 저해라고 정의할 수 있다.

건강 피해 요인으로는 단열·급배기·냉난방·조명·주변 환경·차음 등을 들 수 있다. 또한 건강 저해 요인으로는 수증기 발생·통풍·환기·가구·일용품류의 공기오염·청소 및 정리 정돈·온습도 제어·일조 조절·소음 등을 들 수 있다.

건강하게 생활할 수 있는 주거 환경을 확보하기 위해서는 부지의 선정과 건물 계획 시에 건강 피해 요인을 검토하고, 입주 후에는 건강 저해 요인을 배려하여 생활하는 것이 중요하다. 남의 세대도 나의 세대처럼, 공용 공간도 나의 공간처럼 배려한다면 살기 좋은 주거 환경의 실현은 어렵지 않을 것 같다.

#12
건강 건축의 효과

우리의 실내 환경이 건강에 미치는 영향에 대한 지식은 건축의 디자인과 기술 혁신을 촉진한다. 건강 건축을 실현하기 위해서는 건강성, 쾌적성, 지속 가능성 등을 검토한다.

건강성을 고려하여 적절한 온습도를 도모하면 질병에 걸리기 어렵고, 곰팡이와 진드기가 적고 건강하게 생활할 수 있다. 건축 자재는 새집증후군의 원인 중 하나인 포름알데히드의 방출량을 줄인 친환경 제품, 건강을 해치는 휘발성 화합물을 포함하지 않는 접착제를 사용한다.

한국은 급속히 고령사회로 향하는 길을 걷고 있다. 주거 환경에서도 다양한 연구가 이루어지고, 노화를 배려하는 배리어프리가 널리 적용되고 있다. 변화하는 신체 기능에 대응한 배리어프리에 더하여 문화·언어의 차이, 남녀노소 등의 차이, 장애·능력의 여하를 불문하고 모두를 위한 설계로 유니버설디자인을 검토한다.

쾌적성은 거주성, 편안함을 의미한다. 실 배치나 설비 등 건물의 기능뿐만 아니라 디자인, 주변 환경, 사회적 조건까지 포함하여 생활에 관련된 환경 전반의 편리성과 안락함을 말한다.

지속 가능성은 인간 사회의 환경, 경제, 사회적 양상의 연속성에 관련된 체계적 개념으로 지역의 이웃에서부터 지구 전체에까지 영향을 미친다. 생태학적 측면에서 지속 가능성은 생태계가 생태의 작용, 기능, 생물다양성, 생산을 미래로 이끌 수 있는 능력이다.

지속 가능한 건축은 건축물 및 기타 건설 공사에서 요구되는 성능과 기능을 계획, 설계, 건설, 사용, 보수 및 해체하는 것을 비롯하여 건축의 라이프사이클과 관련된 모든 과정을 통하여 환경 부하를 최소화하면서 달성하는 것을 목표로 한다.

지속 가능한 건축은 새로운 트렌드 또는 건축 스타일이 아니라 오히려 친환경적인 재료·제품의 검토, 물·폐기물 관리, 건설 단계에서 환경에 미치는 영향을 고려함과 아울러 에너지 소비 및 대체 에너지원의 이용에 관한 합리적 기준의 적용으로 볼 수 있다.

거주자 또는 이용자를 위해서는 '지키는 건강'과 '만드는 건강'으로 대별할 수 있다. 지키는 건강에서는 건강을 훼손하는 환경에서 어떻게 거주자를 지킬 것인가, 만드는 건강에서는 적극적으로 건강을 이루는 공간의 설계, 건강한 공간을 어떻게 유지할 것인가에 대하여 검토하여야 한다.

이와 같이 건강 건축을 실현하기 위해서는 인간공학, 건축 환경, 건축 재료, 건축 설계, 건축물의 유지 관리 등 여러 가지 측면에서 쾌적하고 건강한 거주 공간을 창조하고, 이것을 유지하는 방법을 강구하여야 한다.

건강이란 신체적·정신적·사회적으로 튼튼한 상태이고, 도달할 수 있는 최고의 건강을 향유하는 것은 인종이나 종교, 정치적 신념, 경제적 사회적 조건을 초월하여 모든 사람에게 기본적 권리이다.

건강 대책에는 2가지의 의미가 있다. 첫째는 거주자가 건강하고, 둘째는 주택이 건강할 것이라는 의미이다. 쾌적하며 건강한 거주 환경의 개념으로서, ① 재해에 대한 안전성 ② 생리적 쾌적성 ③ 정신적인 충족 ④ 사회적 활동에 대한 만족의 달성이 성립하는 것을 기본으로 하고 있다.

세계보건기구(WHO)에서는 건강에 대하여 '육체적, 정신적, 사회적, 심리적으로 양호하고, 증진하는 상태'라고 정의하고 있다. 건강하게 생활하는 것은 다만 육체적으로 양호한 것만으로는 만족할 수 없다. 건강은 육체뿐만 아니라 가족이나 지역, 학교나 직장에서의 인간관계나 정신생활에서도 양호함이 필요하다. 원활한 가족의 커뮤니케이션을 촉진하고, 가족 구성원이 건전한 자아실현을 이룰 수 있는 장을 제공하는 주거가 요구되고 있다.

주거 구조는 끊임없는 기술 개발로 새로운 소재나 공법이 점차 채용되고 있다. 또한 우리의 생활 방식도 크게 변화하고 있다. 주거의 무인화나 개실화가 추진되고, 사계절의 영향을 받지 않는 균일한 환경에서 생활하는 것이 가능하게 되었다. 그에 비하여 실내에서 사용되는 화학물질은 많아지고, 그것이 감소하기 어려운 실내 환경을 초래하고 있다.

이와 같은 관계에서 지속 가능성을 고려한 지속 가능한 건축은 기존 건축의 대안으로 매우 매력적이다. 지속 가능한 건축에는 자연 채광, 공기 및 물 등 자연에너지를 도입하고, 재활용 가능한 재료 또는 유해성이 낮은 재료가 사용된다. 이러한 건축은 건강하고 에너지 절약형이며, 환경에 부담이 적다.

지금까지 주거 건축에서는 쾌적성이나 기능성을 추구하면서 건강하며 안전한 실내 환경을 제공하는 인식이 그다지 충분하지 않았다. 또한 거주자 측에서도 건강하며 안전하게 살고자 하는 인식이 부족하였다.

설계·시공자는 물론 거주자도 인생의 많은 시간을 보내는 주거에서 건강 불안을 회피하기 위하여 건강과 안전의 요소를 갖춘 주거 건축을 검토해 왔다.

건축 자재나 접착제 등에 함유되는 화학물질의 종류나 양은 제품에 따라 여러 가지이지만, 거기에서 약간씩 휘발하여 실내의 공기를 오염한다. 또한 방의 용도나 시공 방법에 따라 화학물질의 종류나 발생량이 다르므로 재료의 품질이나 그것이 사용되는 장소 등을 검토하는 것이 중요하다.

이와 같이 주거의 '어디에', '어떤' 화학물질이 함유되어 있는가를 정확히 파악하는 것이 건강을 배려한 주거 건축의 제일보이다.

실내공기질의 오염과 관련하여 화학물질의 발생을 고려하는 경우에는, '발생하는 화학물질의 인체에 대한 유해성' 및 '화학물질의 발생량'이 중요하다. 즉 '유해성'×'발생량'이 적은 것이 건강 확보를 위하여 필요하다.

앞으로 누구나 건강한 건축 환경에서 쾌적한 생활의 영위가 지속 가능해야 할 것이다.

#13
건강 문제, 지자체가 앞장서 해결해야

건강을 유지하는 일은 지금까지 개인의 노력과 책임으로 간주되어 왔다. 그러나 전 세계적으로 급속히 진행되는 도시화는 물과 공기·안전한 먹거리의 확보·거주 환경·도시 정비·교육 등 생활에 관련되는 요소까지 바꾸고 있다. 또한 교통 시스템의 발달은 사람이나 물건의 이동을 촉진한 반면 전염병의 확산도 일으켰다.

워킹맘, 야간 근로자의 증가도 도시화에 따른 노동 환경의 변화를 보여준다. 이처럼 도시화는 생활환경과 노동환경의 모습을 크게 바꾸어 사람의 건강에도 영향을 주게 되었다. 코로나19의 사례에서도 보듯이 도시에 사는 사람은 개인의 노력만으로 건강을 유지하는 것이 어려워지고 있다.

도시화는 인구의 증가, 대기 오염, 수질 저하, 주택 밀집, 교통 정체, 폐기물 관리 등을 통해 주민의 생활 습관이나 생활환경을 크게 변화시켰다. 건강 도시는 건강을 지원하는 물리적 및 사회적 환경을 만들어 향상하고 그곳에 사는 사람들이 서로 협력하면서 생활하는 기능을 최대한 살릴 수 있도록 지역 자원을 지속적으로 발달시키는 도시로 정의할 수 있다.

WHO(세계보건기구)에서 제창하는 건강 도시는 도시화의 진전에 따른 각종 건강 문제는 시민에게 가장 가까운 지자체가 솔선해서 해결해야 한다는 것이다. 도시에 사는 사람들의 신체적·정신적·사회적 건강 수준을 높이기 위해 지자체는 모든 구조를 구축하고 수단을 강구해야 한다고 WHO는 호소한다.

WHO는 건강 도시 프로그램을 추진하는 도시에 대해 모든 공공 정책은 건강에 관한 문제나 현안을 포함하도록 하고 있다. 이러한 인식을 바탕으로 주민의 건강과 삶의 질을 향상하기 위해 물리적·사회적 환경을 조성하고 그것을 유지할 수 있다면, 어떤 도시든지 건강 도시에 대한 프로세스를 시작할 수 있는 것이다. 이를 위해 보건·의료와 무관한 활동 영역에 있는 사람들도 건강 문제에 깊이 관련되어 건강을 확보하기 위한 구조를 구축해야 한다.

'모든 사람들에게 건강을'이라는 목표를 세우고 공공 정책을 전개할 필요가 있다. 여기에 공중 보건 정책과 경제의 촉진, 지역 사회의 발전 등 도시의 정책을 연관 지어 건강한 직장, 건강한 학교 등의 형태로 확산되어야 한다.

건강과 관련된 공간은 20세기에는 병원에서, 21세기에는 거시적으로는 도시적 환경으로, 미시적으로는 주택 등의 거주 공간에서 직장 등 생활공간으로 옮겨가고 있음을 알 수 있다. 건강 도시의 측면에서 볼 때 20세기에는 보건의료 서비스 환경에서, 21세기에는 거시적으로는 도시 기반 환경으로, 미시적으로는 평생 생활환경으로 건강과 관련된 물리적 공간의 중요성이 더욱 높아지고 있다.

건강 도시란 결과물이 아닌 하나의 과정으로 어떤 특별한 건강 상태에 도달했다는 것이 아니라 건강을 인식하고 있고, 그것을 개선하려고 노력하는 것으로 이해할 수 있다.

건강은 병원이 아닌 복지 주거 시설, 스포츠 센터, 건강관리 센터, 직장, 주택 등 일상의 환경과 매우 밀접하게 연관되어 있다. 도시 기능의 모든 분야에 걸쳐 건강 개념이 적용되어야 한다. 보건·의료 분야는 보건 의료 서비스에 대한 주민들의 증대된 욕구를 충족하기 위해 더욱 향상된 서비스를 제공할 필요가 있다.

건강 도시 프로젝트는 건강 도시의 기획, 공공 서비스의 생산과 소비, 평가 등 일련의 과정을 통해 이루어진다. 따라서 건강 도시 프로젝트의 조직 구조, 행정 체계, 업무와 우선순위는 지역사회를 지원하는 방향으로 이루어지고 있다.

나아가 시민 모두가 건강하고 활기찬 도시를 지속하기 위해서는 "자신의 건강은 스스로 지킨다"를 기본으로 하는 '건강 도시 선언'을 할 필요가 있다.

#14
새집증후군

일반주택을 건축할 때에는 물통 2통 정도의 접착제가 사용된다고 한다. 특히 합성고무계· 용제계 접착제나 초산비닐수지계 접착제에서는 대량의 휘발성유기화합물(VOC)이 발생한다. 목재의 보존제, 벽재, 바닥재에는 DOP, DEP라고 불리는 가소제가 함유되어 있다. 또한 거주자가 사용하는 여러 가지 생활용품에서도 오염 화학물질이 발생한다.

실내에서 화학물질 오염을 일으키는 대표적인 오염 화학물질이 포름알데히드와 VOC이다. 포름알데히드는 상온에서 무색이며 강한 자극취가 있는 가연성의 기체이다. 합판은 얇은 판을 접착제로 붙여 제작하는데, 합판을 만들 때에 사용되는 접착제에는 페놀수지, 다가알코올 등이 함유되어 있으며, 고농도에서는 발암성이 우려되는 오염 화학물질의 하나이다.

VOC의 대표적인 오염 화학물질은 톨루엔, 자일렌이다. 톨루엔은 벤젠과 같은 냄새를 풍기는 무색의 가연성액체로서, 페인트의 유기용제, 향료, 합성섬유의 원료로 사용된다. 자일렌은 무색투명의 액체이며 자극치를 지니고 있다. 용제, 염료, 합성섬유, 가소제, 의약품의 원료로 사용된다.

새집증후군은 주거 환경에 무엇인가 원인이 있지만, 그 증상의 예가 폭넓어 원인 물질의 특정도 어렵고, 의학적 정의도 애매하다. 또한 주거 환경이 요인이 되는 질병에는 화학물질과민증, 아토피성피부염, 전자파과민증 등이 있다.

화학물질과민증은 화학물질에 의하여 과민 반응을 나타내는 것으로, 여러 가지 증상을 유발한다. 현재 1/1000명의 비율로 발증을 보이며, 현대인 가운데 화학물질에 노출되어 있지 않은 사람은 없기 때문에 화학물질과민증 예비군은 확률이 한층 더 높다. 또한 한번이라도 발증하면 미량의 화학물질에도 반응하고, 반응하는 물질의 종류가 증가하는 경우도 있다. 화학물질과민증은 병명도 정의도 완전히 정해져 있지 않다. 치료법도 아직 없기 때문에 가능한 한 화학물질이 함유된 것을 멀리하는 것이 중요하다.

아토피성피부염은 알레르기성 과민성 질환으로 악화하거나 쾌복을 반복하는 강한 가려움증을 수반하는 습진이 특징이다. 지금까지는 유아에게 많이 나타났으나 최근에는 성인형 아토피성피부염이 증가하고 있다. 성인형 아토피성피부염은 '알레르기에 의한 심신증'과 과도한 스트레스 사회가 원인이라는 의견도 있으며, 주거환경이나 식생활의 개선이 필요하다고 한다.

생물의 신체는 온갖 환경요소와 교감하여 영향을 받고 있으므로 가전제품에 둘러싸인 우리의 신체도 무엇인가의 영향을 받고 있는 것이 틀림없다. 그러나 전자기파와의 인과관계는 아직 해명되어 있지 않다. 과도하게 위험시할 필요는 없을지도 모르지만 100% 완전하다고 할 수는 없다. 불안 요인으로 생각되면 사용하지 않은 가전제품은 플러그를 콘센트에서 빼어 놓고, 침대 주위에서 가전제품을 멀리하는 등의 대처가 필요하다.

화학물질과민증도 아토피성피부염과 마찬가지로 최초에 어느 정도 양의 화학물질에 노출되면 알레르기 질환인 '감작(感作)'과 같은 증상을 보이고, 그 이후 같은 물질에 소량이라도 노출되면 과민 증상을 일으킨다. 임상환경의학계에서는 '토탈 보디 로드(total body load)'(신체가 받아들이는 허용 한계)라는 용어로 화학물질과 건강의 관계를 설명하고 있다.

실내공기, 대기오염, 건자재, 식품첨가물, 화장품, 농약, 일용품 등 개개에 함유되어 있는 화학물질은 미량이더라도 장기간에 걸치면 체내에 축적된 양이 용기에서 넘쳐 나오듯 토탈 보디 로드를 넘는다.

라돈은 우리 생활 주변 어디서나 존재하는 방사성물질이다. 라돈은 암석이나 토양 등에 자연적으로 존재하는 우라늄이 방사성 붕괴를 하면서 생성된다. 라돈은 공기보다 9배 정도 무겁기 때문에 지표 가까이에 존재하고 인체에 쉽게 흡입될 수 있으며, 흡입된 후 여러 물질로 붕괴하면서 알파선을 방출하여 폐 조직을 파괴하며 폐암을 유발하는 것으로 알려져 있다. 세계보건기구(WHO)에서는 전 세계 폐암 발생의 6~15%가 라돈에 기인하는 것으로 평가하고 있다.

화학물질에 의한 공기오염은 건물이나 가구 등의 집기에 의한 것뿐만 아니라 일상생활에서 사용되는 살충제, 방충제, 화장품, 세제, 왁스 등에 의해서도 발생한다.

인간의 건강에 영향을 미치는 화학물질은 신경이나 호르몬 등 체내의 정보전달을 교란하는 신경독과 세포의 활동을 저해하는 생물독의 두 종류가 있다. 비교적 저농도에서도 약효가 있는 살충제나 방충제 등 주로 곤충을 구제하는 약제는 곤충의 체내에서 이루어지는 신경 등의 정보전달을 저해하는 신경독이 많이 사용된다. 곤충의 신경 정보전달과 인간의 그것은 상위점이 있으나 유사점도 많다. 곤충의 독은 신경 등에 의한 정보전달이 체내에서 이루어지지 않는 식물에도 문제가 없지 않지만 인간에게도 기본적으로 독이 된다. 살충제와 방충제 가운데 인간의 건강에 영향이 전혀 없는 것을 탐구하기란 대단히 어렵다.

이와 같은 살충제와 방충제의 사용은 인간의 건강에 위해성을 높인다. 살충제와 방충제도 그 약효의 기본 원리가 화학적으로 합성된 것과 같기 때문에 건강 영향의 위해성은 같다. 파리잡이종이로 파리를 구제하는 약제가 아니라 물리적으로 구제하는 방법이 인간의 건강 영향 위해성을 저감한다.

왁스나 세제, 화장품 등에도 여러 가지 휘발성유기화합물이 함유되어 있으며, 농도에 따라서는 건강에 미치는 영향의 위해성이 높다.

#15
신선한 공기

겨울철에 주방에서 요리할 때 춥다고 창을 열어두지 않거나 아주 조금만 열어두면 냄새가 금방 실내에 퍼진다. 주방에서 발생하는 유해가스와 미세먼지는 실내공기질 오염의 주범으로 꼽히는 만큼, 조리할 때는 대표적인 주방 환기 기구인 후드를 가동하여 냄새를 빠르게 제거해야 한다.

가스 등이 연소할 때는 산소가 소모되면서 공기 오염도가 높아지므로 환기를 통하여 개선해 주어야 한다. 기밀성이 양호한 공동주택에서는 배풍기를 가동하더라도 창과 같은 개구부를 열고 환기를 하지 않으면 환기 효과가 낮아질 수 있다. 환기 효과가 낮은 경우 아파트 현관을 들어서면 실내에 머물던 냄새가 나를 맞이하러 쫓아 나온다. 현관을 나설 때에는 그 냄새들이 배웅한다고 따라 나오고.

공기도 수명이 있다. 환기를 위하여 창을 열면 신선한 외부 공기가 실내에 유입된다. 환기를 위하여 유입한 공기는 나이가 있다. 공기에 웬 나이? 하겠지만 일반적으로 가장 새로운 공기(공기령이 낮음)는 금방 유입한 곳에 존재하고, 오래된 공기(공기령이 높음)는 실내의 공기가 탁한 곳에서 보인다. 즉, 공기령의 값이 작을수록 그 지점의 공기 신선도는 높고, 공기령이 길수록 환기 효율은 낮아진다.

실내 각 지점을 통과한 공기가 배출되기까지 걸리는 시간을 공기여명이라고 한다. 즉, 공기여명은 공기가 어느 지점에서 배기구에 이르기까지 걸리는 시간을 말한다. 공기여명이 짧을수록 오염된 공기가 빨리 배출된다는 것을 나타낸다. 따라서 공기 수명이 짧을수록 오염된 공기가 빨리 배출되어 환기 효율이 높아진다. 환기 효율을 살펴보고자 공기령, 공기여명, 공기 수명으로 구분하는 것은 오염된 공기가 신선한 공기로 얼마나 효과적으로 교체되었나를 알아보는 분석 방법이다.

실내에 공기청정기를 설치했더라도 환기를 위해서는 창을 열고 외부의 신선한 공기를 유입해야 한다. 공기령이 어린 젊고 신선한 공기는 건강을 가져다준다. 맑은 공기를 마시려 일부러 교외로 나가거나 산이나 숲을 찾아가기도 한다. 외국의 어느 곳에서는 맑은 공기를 캔에 담아 판매하기도 하지 않은가.

실내에서 화재가 발생했을 때에는 불완전연소에 의해 발생한 유독가스가 재실자를 질식시킨다. 유해 성분이 강한 가스를 3분 이상 들이마시면 심정지가 와서 질식해 숨진다고 한다. 이때 창을 열거나, 열 수 없는 붙박

이창이라면 유리를 깨뜨려서라도 독한 연기의 배출을 도모한다면 상당한 도움이 될 것이다. 화재가 발생한 장소에서 연기와 열기를 신속하게 배출하기 위해서는 급기와 배기를 동시에 실시해야 한다. 따라서 배출한 배기량 이상으로 급기를 하여 피난과 소화 활동을 할 수 있도록 하여야 한다.

공기는 무슨 색깔일까. 투명하여 아무런 색깔이 없는 것 같다. 하지만 먼지는 검은색으로 나타난다. 공기 중에 부유하는 미세먼지가 공기와 똑같은 색깔이라면 구분되지 않아 불편할 텐데 눈에 띄는 색깔로 나타나니 다행이다. 공기 중에 함유된 냄새도 배기구를 통하여 배출되므로 그 냄새의 색깔도 아울러 나타나는 것은 아닐까.

오래전에 내가 일본의 한 대학에 연구하러 갔을 때 숙소로 대학 기숙사를 이용했다. 밤에 분명히 기숙사의 창을 닫았는데 어디선가 찬바람이 들어오는 것 같았다. 확인해 보고 깜짝 놀랐다. 창은 일반적으로 채광에 목적이 있으므로 환기를 위해서는 일부러 창을 개방해야 한다. 그런데 그 창은 닫아두면서도 환기를 할 수 있는 기능을 갖춘 것이었다. 유리창의 위쪽 한 부분에 아주 작은 사각형의 구멍을 내어 필요하면 그 개구부를 열어 소규모로 환기하고, 필요 없으면 닫을 수 있도록 문까지 만들어 두었다. 창에 창을 만든 것이었다. 환기를 위한 배려이었다.

얼마 전 겨울철에 지인의 축사를 방문했다가 깜짝 놀랐다. 우사에서는 바닥의 소똥을 치우지 않아 냄새가 지독했다. 돈사의 좁은 공간에 갇힌 돼지는 몸집이 너무 커서 거의 움직이지 못하는가 하면, 새끼를 키우는 어미 돼지는 낮게 드리운 난방기 아래의 탁한 공기 속에서 숨을 헐떡이고 있었다. 창은 외부 찬 공기의 침입을 막는다고 모포로 덮어 햇볕도 쬘 수 없고, 환기도 막힌 상황이었다.

전국의 모든 축사가 이와 같은 모습은 아닐 거라고 믿지만, 사람도 햇볕이 들지 않는 집에 거주하면 질병이 찾아오는데 하물며 공기마저 오염된 실내 환경에서 짐승이라고 다를 것인가. 방역도 좋지만 청결해야 바이러스가 번식하지 않게 되고, 실내공기질이 개선될 것이다. 육류 상품에 원산지 표시와 아울러 사육 환경도 등급화하여 표시한다면 더불어 사육 환경도 개선되고 상품의 품질도 훨씬 나아지지 않을까.

새들은 추운 날씨에도 높은 산에서 하늘을 빙빙 돌며 날고 있는 모습을 본다. 지상에서 높이 올라갈수록 대기온도가 낮아져 상당히 추울 텐데도 낮은 곳으로 내려오지 않는다. 새들은 늘 신선한 공기, 상쾌한 공기, 깨끗한 공기가 좋아 산에서 살고 하늘을 날고 있지 않을까. 건강한 모습으로.

새집증후군으로 실내 공기질이 좋지 않으면 아토피 피부염이 나타나고, 두드러기가 발생하기도 하며, 눈이 아프거나 가렵고, 목이 따갑거나 쉬고, 기침이나 두통 등의 증상이 두드러진다. 흡연은 폐질환의 가장 흔한 발병 원인이라고 한다. 최근에는 대기 오염물질에 의한 미세먼지, 황사 등이 심해지고 있다. 공기오염이 심하면 뇌질환 발병률도 높아진다고 한다. 과학자들은 오염된 공기가 폐질환과 심혈관질환의 원인이 될 뿐 아니라 뇌에도 나쁜 영향을 끼치게 될 것이라고 경고하고 있다.

최근 통계청에서 발표한 한국인의 사망 원인 순위를 보면 암, 심장질환, 뇌혈관질환, 폐렴, 자살로 나타난다. 폐렴이 4위인 것은 공기 환경의 중요성을 일깨워주고 있지 않은가.

소통을 가로 막는 오염된 공기가 있다면 신속하게 퇴출하여 공기의 투명한 본 모습을 되찾아야 한다. 사방 천지 신선한 공기로 가득 채워야 한다. 우리 주변의 공기가 맑아지도록 노력해야 한다.

나아가 우리는 늘 생생한 모습을 보여줄 수 있어야 한다. 싱싱한 활력을 불러일으키는 건강하고 창조적인 공기가 되어야 한다. 여러 곳에 소용되는 필요한 공기가 되어야 한다. 향기로운 매력을 발산할 수 있어야 한다.

#16
생활환경과 질병

인생은 모르는 곳에서 시작해 모르는 곳으로 향하는 기차가 아닐까. 단 한 번도 쉬지 않고, 한 번 지나간 곳은 두 번 다시 들르지 않고, 그렇기에 두 번 다시 같은 강에 발을 담글 수 없다. 강물이 언제나 흐르듯 세월도 변하고 나 자신도 변하고 있다. 하지만 자연은 무한의 반복과 무한의 기회가 가능하다는 희망을 주지 않은가.

어제가 반복 재생되는 것 같은 오늘의 무대, 치열한 삶 속에서 마음에도 근시와 난시가 생기고, 불안한 잠 속으로 하루의 환청과 이명이 걸어들어온다. 지친 눈과 귀를 달래어 아기보다 더 짙푸른 영혼으로, 햇살보다 더 강한 숨결로 오늘을 살아가리라. 뜨거운 가슴이 아닌 차가운 머리로 헤아리는 것은 내일의 방패가 된다.

인간의 눈이 너무 밝아 깨알 같은 글자를 비롯하여 작은 벌레에다가 박테리아까지도 아주 자세히 볼 수 있다면 어떻게 될까? 세상의 깨끗하고 아름다운 모습은 사라지고 온통 지저분하고 징그럽고 거추장스러운 장애물로 뒤죽박죽되어 보이지 않을까? 육안으로 보는 달의 매끈한 표면이 사실은 울퉁불퉁한 크고 작은 무수한 분화구로 구성되었음을 알게 되면 신비로운 이미지가 훼손될 수 있듯이 너무 자세히 보이는 것은 좋지 않을 수 있다.

인간은 나이가 들면 눈이 침침해지고 귀가 어두워지기 마련이다. 오랜 세월 사용했으니 내구연한이 다 되어간다는 신호다. 어쩌면 즐거운 것만 보고, 필요한 말만 듣고 살라는 조물주의 배려가 아닐까? 세상은 유리처럼 완전히 노출되는 것보다 어느 정도는 가려지는 편이 좋을지도 모르겠다.

인간은 생활 과정의 최종 단계에 돌입하게 되면 신체적, 정신적, 사회적 및 경제적인 측면에서 그 능력이나 적응성의 퇴화 현상이 나타나 사회 기능 수행에 장애를 초래한다.

생활환경의 변화는 질병과도 관계가 있다. 예를 들면 우리의 몸을 보호하고 유지하기 위한 식품에는 식품 첨가물이나 상품으로서의 가치를 유지하기 위한 방충제 등이 분별없이 투입되고 있다. 식품 첨가물을 대량 함유한 식품의 섭취는 알레르기 증가와 무관하지 않다.

패스트푸드점에서 판매하는 식사나 편의점의 음식 대부분은 유지나 식품 첨가물 덩어리와 같은 것임을 잊어서는 안 된다. 이와 같은 유지나 동물성 단백질의 섭취 증가는 성인병의 증가를 초래한다.

신체 조직은 세포 집단으로 구성되어 있는데 세포막은 지질 분자가 인접하고 있다. 이 지질 분자는 튀김 기름처럼 산화되기 쉽다. 산화되면 과산화지질로 변하는데 이 과산화지질이 세포막 안으로 들어가면 단백질을 변성시키거나 세포막에 장애를 일으킨다. 이것은 동맥경화, 용혈, 혈전증, 염증, 폐기종, 간장애, 백내장 등의 원인물질로 구성되어 있다.

체내를 순환하는 산소와 유도체는 산화반응으로 혈관벽이나 심장 등의 조직을 손상시키는 힘이 있다. 젊은 육체는 손상을 복원하고 회복하는 힘도 강하지만 나이가 듦에 따라 회복력이 약해지고 마침내 이들 손상에 의하여 죽음에 이를 수 있다.

계절적으로 질병에 미치는 영향 때문에 변동하는 외적 환경은 여러 가지인데 큰 영향력이 있는 자연환경에서 계절의 변동은 중요한 요인이다. 또 하나의 원인은 기상의 간접적 영향에 의하여 동계에는 실내에서 지내는 시간이 많다는 점이다. 좁은 공간에 많은 사람이 밀집하면 감염의 기회도 당연히 많아진다. 예를 들어 뇌출혈, 심장병 또는 신장염도 동계의 한랭이 원인이다. 한랭한 외기에 접촉하면 말초 혈류가 많이 감소하고 나머지는 체내 깊이 보류된다. 이 때문에 혈관의 저항이 증대하여 혈관이 손상을 받기 쉬운 상태가 된다.

기온이 높고 습도가 높은 기상 상태에서는 세균이나 곰팡이가 번식하기 쉽고, 그 때문에 식품류의 부패, 식기류의 오염이 많아지는 등 소화기계의 질환이 다발하는 일반적인 조건이 된다. 이질, 장티푸스 등을 일으키는 특유한 균이나 일반적인 설사, 장염을 일으키는 세균류는 병원성 호염균, 살모넬라균, 포도상구균 등이다. 특히 염분을 좋아하는 호염균에 의한 식중독은 여름철 고온다습한 시기에 많아진다.

봄에서 고온다습한 여름으로 넘어가면 신진대사가 높아져 비타민 B1의 소비가 많아지고, 체내에 비타민 B1의 부족 상태가 나타난다. 이것이 여름철에 각기의 악화를 초래하는 원인이다.

봄철의 건조한 공기 중에 꽃가루나 곰팡이 포자, 미세먼지가 많아지는데 이것이 일종의 알레르기가 되어 결막에 유두가 돋아나 각막 주변에 변질을 일으키는 경우가 많고, 디프테리아, 홍진이나 수포 등도 봄에 많이 발생한다.

봄, 가을에는 기단의 교체가 활발하며, 생체와 외계의 균형이 흔들리기 때문에 각종 질병이 이 시기에 다발한다. 특히 어린이는 두드러기, 습진이나 천식성 기관지염과 같은 피부점막의 알레르기 증상이 봄에 발생하기 쉽고, 성인은 평활근의 강한 수축을 수반하는 기관지 수축과 같은 알레르기성 증상이 가을에 발생하기 쉽다.

암에 의한 사망은 가을에 많은데, 피부암은 자외선이 적은 지역에서 적게 생기고, 일사가 강한 지역에서 많이 생긴다.

#17
건강 거리 확보

인류학자 에드워드 홀은 근접공간학(Proxemics)에서 인간관계의 거리를 4가지로 분류한다. 친밀한 거리, 개인적 거리, 사회적 거리, 공적인 거리가 그것이다. 가령 친밀한 거리는 45㎝ 이내로 지극히 사적인 영역이다. 연인이나 가족 이외에 허락 없이 누군가 그 영역 안으로 들어오면 본능적 거부감이 드는 거리다. 개인적 거리는 45~120㎝ 이내의 팔을 뻗으면 닿을 수 있는 거리로 평소 호감이 있는 지인들과의 관계다. 공적인 거리는 3.5~7.5m 이상으로 상대의 상태를 알 수 없게 되고, 개인적인 관계가 성립하기 어려워진다.

사회적 거리는 1.2~2.0m 정도로 상대의 몸과 접촉해도 상대 얼굴의 미묘한 변화를 볼 수 없는 거리이다. 파티 등의 사교 모임이나 비서 또는 손님을 응대할 때에 흔히 사용되는 거리이다. 이 거리에서 이야기하면 형식적인 커뮤니케이션의 의미가 강하다고 한다.

2.0~3.5m는 얼굴의 상세한 부분은 보이지 않지만 상대의 모습 전체가 보기 쉬워지는 거리이다. 업무상의 대화 등 형식적인 인간관계에서 자주 이용된다. 지위가 높은 사람의 오피스에 있는 큰 테이블은 이 거리를 확보하는 데 도움이 되는 것으로 고려된다. 결국 방문자를 세워둔 채 자기의 일을 계속할 수 있다는 것이다.

코로나바이러스감염증-19 확산을 막거나 늦추기 위해 '사회적 거리두기'나 '생활 속 거리두기' 등을 강조하고 있다. 감염의학에서 '개인 또는 집단 간 접촉을 최소화해서 감염병 전파를 감소시키는 통제 전략'이다.

쉽게 수그러들지 않는 전염병의 위세에 외출 및 집단 활동을 삼가고, 마스크 속에 감춰진 얼굴만큼이나 서로를 믿지 못하는 불신의 악성 바이러스가 만연되어 있다. 안전 운전을 위해서는 제동 거리만큼 앞차와 거리를 확보하고 유지해야 하듯이 안전한 건강을 위하여 사회적 거리 확보가 필요하다. 거리두기라고 하면 마음의 거리마저 멀어진 듯한 느낌을 준다.

자동차를 운전할 때는 안전거리 확보가 중요하다. 방어운전은 안전거리 확보에서부터 시작된다. 안전거리 유지는 갑작스레 일어나는 추돌사고를 예방할 수 있으며, 운전 중 인지 및 판단을 통해 급브레이크나 급 핸들 조작을 예방할 수 있다. 그렇기에 운전할 때에는 기본적으로 안전거리를 유지해야 한다.

자동차가 속도를 내고 움직이는 것은 운동에너지를 갖고 있기 때문이다. 운동에너지에는 관성력과 원심력, 충격력 등이 있다, 관성력은 계속 나아가고자 하는 힘으로, 주행 중인 차는 브레이크를 밟아도 그 자리에 서지 못하고 일정 거리를 가서 멈추게 된다. 원심력은 회전 시 바깥쪽으로 튀어가려는 힘, 충격력은 물체에 부딪쳤을 때 생기는 힘을 말한다. 그렇기 때문에 자동차를 멈추기 위해서는 정지할 거리를 미리 생각해야 한다.

이와 같이 자동차를 운전할 때 '안전거리 두기'가 아니라 '안전거리 확보'라고 하듯이 전염병 예방 측면에서도 '사회적 거리두기'보다는 '사회적 거리 확보'라고 해야 옳지 않을까.

사회적 존재인 사람은 사회적으로 거리를 두게 되면 고립감과 외로움을 느끼게 된다. '사회적 거리두기'는 다른 사람들과 2m 정도 간격을 두고 상호작용하라는 것이지, 다른 사람들과 만나는 것을 기피하거나 거부하라는 게 아니다.

따라서 거리를 유지하는 것이기 때문에 '사회적 거리 확보'라고 하는 편이 좋을 것 같고, 전염병 예방을 위한 거리 확보이므로 오히려 '건강 거리 확보'란 표현이 더 적합할 것 같다.

#18
이루고 싶은 삶의 질

사람들은 보금자리가 되는 주거에서 생활하면서 휴식하고, 자녀를 양육한다. 주거는 거주자의 성격과 개성을 반영한다. 이것은 자신의 영역 행동에 따라 공간을 자신에 맞게 꾸며 자신의 존재를 나타내기 위함이다.

주거에서 자기표현의 예는 일상생활에서도 볼 수 있다. 정원을 꾸며 취미와 취향을 표현하거나 사회적, 경제적 지위의 높음을 과시하려고 큰 저택을 선호하는 것도 그 하나이다.

오랜 세월 정든 주거에 애착을 나타냄은 거기에 자신이나 가족의 추억이 많이 깃들어 있기 때문이며, 주거를 옮길 때 공간을 자신의 취미와 가치관에 맞게 다시 만들 수 있다고 여긴다. 공간과 장소에 대한 애착이 이루어지고, 애착의 대상을 가까이하면 심리적으로 편안해지고, 반대로 그렇지 못하면 불안해진다.

주거 공간은 타인을 배제하기도 하고, 타인과의 교류를 촉진하기도 한다. 주거의 개성화는 거주자의 자아와 사회 적응에 좋은 영향을 미친다. 장소와 공간이 주는 안정은 편안함을 주고, 취미나 기호에 따른 장식, 추억의 물건 등은 거주자 특성을 구체화할 수 있다.

주거 이동을 하게 되면 지금까지 맺은 인간관계가 끊길 뿐 아니라 심리적으로 강하게 결합된 장소에서 떠날 수도 있다. 애착이 있는 주거나 가구와의 관계가 두절되면 이주가 스트레스를 낳게 된다. 이주를 기회로 오래된 물건을 버리는 경우가 있는데, 가족의 삶이 배어 든 가구를 가지고 가면 이전 생활의 연속을 유지하는 효과가 있다.

거주자의 라이프 스타일, 가족 구성 등에 의한 거주 구분으로 고층에는 이웃 사귀기를 별로 좋아하지 않는 사람들이 거주하고, 저층은 어린이나 노인이 있는 세대와 이웃 사귀기를 즐기고 싶은 사람들이 거주하는 것이 바람직할지 모른다. 하지만 건축 기술의 발달에 따라 편리한 주거 환경이 갖추어지고 거기에 적응한다면 별다른 문제는 나타나지 않을 것으로 보인다.

주거의 집적화·고층화는 토지 이용과 건설 비용의 측면에서 유효하고, 공동시설이나 설비가 갖추어지면 쾌적한 도시 생활을 기대할 수 있다. 초고층에서는 멋진 야경도 볼 수 있다. 그러나 그 생활공간은 자극이 단조롭고 폐쇄적이며, 정신건강에도 영향을 미친다는 지적이 있다. 사실은 그보다 화재와 지진에 따른 안전성의 우려 해소가 중요할 것이다.

생활상의 편리성과 쾌적성을 위하여 주거 환경을 개선하지만, 새롭고 다양한 환경 스트레스에 부딪혀 스스로 창조한 인공 환경에 적응하는 데 곤란한 경우도 많다. 주거 공간은 실생활의 장임과 아울러 거주자의 마음의 장인 점을 고려하면 광의의 주거 환경이 인간에게 주어지는 영향을 깊이 인식할 필요가 있을 것이다.

직장 전근으로, 생활 형편의 곤란으로 어쩔 수 없이 주거 이동을 자주 하는 경우가 있지만, 투기 목적으로 시세 차익을 노리고 주소지를 자주 옮기는 경우도 있다.

주거지의 선택 조건으로는 교통 편리, 학군, 자연환경, 소음 진동 등을 고려하게 되는데 특히 공동주택에서는 이웃을 배려하는 마음이 중요할 것 같다. 자기나 가족 때문에 이웃과 트러블이 생기고 이웃에게 피해를 주어 정나미가 떨어져 주거지를 옮기는 사례가 발생하지 않아야 할 것이다.

주택을 신축하기 위하여 건축사 사무소에 의뢰하여 마련한 설계 도면을 나에게 가져와 검토해 달라는 지인이 있었다. 완공하면 집들이에 초대하고 싶다던 그가 한참 동안 소식이 없었다. 몇 년이 지나서야 소식을 알게 되었다. 공사하는 중에 너무나 속을 썩여 마음고생이 이만저만 아니었다고 한다. 그 모든 시행착오는 시공업체 선정을 잘못한 탓에 일어난 것이어서 제대로 공사가 안 된 건축물을 나에게 보여주기가 무척 미안했다는 것이다. 그리고 여생을 보내기 위하여 신축한 그 주택을 매물로 내놓았다는 것이다. 주거 환경에서 소박하게 삶의 질을 향상하고 싶은 소망은 쉽게 이루어지지 않은 것일까.

시골에 거주하고 있는 친지가 주변에서 고속도로 교각 공사를 하며 발생한 발파 진동으로 주택의 벽체 등에 균열이 발생했는데 보상은 얼마나 받을 수 있으며, 보상금 받는 데 도와주겠다고 나선 건축사 사무소에서는 착수금을 요구하는데 얼마를 주어야 하느냐고 문의해 왔다. 착수금은 계약금이 아니고 그냥 날리는 돈에 불과하다.

주택건설업체를 운영하는 대표라면서 멀리서 전화로 주택의 방위를 어느 쪽으로 하는 것이 좋으냐고 문의해 온 적이 있었다. 한번 건축이 이루어지면 그 수명이 다할 때까지 고정되어 움직이지 못하는 특성상 입지가 대단히 중요하다. 대체로 하루 종일 햇볕을 충분하게 받을 수 있는 방향은 남향이나 남동향으로 거주자의 건강 요인이 된다. 수요자가 선호하는 방향이 아니면 분양이 어려워질 것이다. 좋은 주거(상품)는 공급자나 수요자 모두에게 중요하다.

최근에 관공서 건축공사만을 수주하여 건설업체를 운영하는 제자를 만난 적이 있다. 그는 자기 아버지에게 이어받은 사업을 조심조심 안전하게 운영하고 있었다. 그런데 나는 사업을 확장해 보라고 권유했다. 건축을 제대로 공부하지 않은 사람이 아파트 건설업체를 운영하는 경우도 많은데 건축을 제대로 전공하고 대학원까지 나온 입장에서 아파트와 같은 공동주택의 건설은 왜 하지 않느냐고, 한 번 해 보라고 권유한 것이다.

교통이 불편하지 않은 입지 환경에 멋진 설계안에 따라 공사를 꼼꼼히 한다면 분양하는 데는 문제가 없을 것이다. 다만 너무 많은 이윤을 창출하려 하지 말고 성실하게 시공하고 사후 서비스까지 야무지게 마무리한다면 평가가 좋아져 회사의 브랜드 가치가 높아지고, 앞으로 크게 성공할 것이라는 조언을 해 주었다.

그 자리에서 그는 시큰둥한 반응을 보였다. 처음 시도해 보는 사업에 혹시라도 분양이 잘 안 되어 부도라도 난다면 어쩔 것인가 걱정이 앞서는 모양이었다. 그렇지만 나는 지금까지의 노하우를 바탕으로 저력을 보여 줄 수 있을 거라고 격려했다.

그 후 그를 만났더니 아파트 건축 사업을 시작해서 성공리에 분양이 이루어졌다고 얼굴 가득히 환한 웃음을 보여주었다. 내가 사업에 성공한 것 같은 기분이 들었다.

#19
삶을 건축하며

우리는 인생을 설계하고 삶을 디자인하며 공간에서 생활한다. 목표를 정하고 일을 추진하는 과정에는 건축물을 신축·증축·개축·재축하거나 이전하는 행위가 따른다. 건축물을 처음 짓는 것이 신축이고, 기존 건축물에 공간을 늘리는 것이 증축이다. 사용 중에 결함이 생기면 개축을 한다. 개축의 범위는 수선, 대수선, 리모델링으로 나뉜다. 수선이란 간단한 결함 부위를 고치는 것이고, 대수선이란 구조나 외부 형태를 수선·변경하거나 증설하는 것이다. 리모델링이란 건축물의 노후화를 억제하거나 기능 등을 향상하기 위하여 대수선하거나 일부 증축하는 행위를 말한다. 경우에 따라 재축을 하거나 이전을 하기도 한다.

삶을 품은 시간은 건축의 시간이다. 어떻게 건축할 것인가. 어떻게 하면 아름답고, 넉넉한 공간으로 만들 수 있는가. 외양도 내부도 건강하고 수명이 오래가도록 하기 위해서는 어떻게 형성할 것인가. 우리는 남과 같은 일을 하고 기계적인 틀 속에서 생활하더라도 각자의 건축을 위하여 애쓴다.

그 건축은 모양도 다르고 내부 구조도 다르며 여기저기 묻은 손때와 배어 든 냄새가 다르다. 때로는 주변 사람들의 조언을 듣고 도움도 받고, 남들의 건축도 참조하면서 자신의 건축을 개선해 가며 가꾸어 아름답게 만든다. 개성에 따른 독특한 디자인이 나타난다.

우리의 삶은 환경의 혜택을 받고 영향을 받으며 이어진다. 건축은 눈에 보이는 부분도 있고 보이지 않은 부분도 있다. 물리적인 공간과 정신적인 공간이 있는 것이다. 공간에는 혼이 깃들고, 그곳은 정성을 쏟은 만큼 멋지고 보람되며 빛나게 된다.

우리가 짓고 사용하는 건축물은 형태·구조·기능 등에 따라 우리의 행동에 영향을 미친다. 건강하고 행복한 삶을 위해서는 건축하는 노하우를 충분히 알지 않으면 안 된다. 제대로 건축하지 못하면 남에게 도움을 주기는커녕 자신에게도 버겁고 보잘것없는 건축물이 될 수밖에 없을 것이다. 결국 우리가 만드는 건축은 훌륭한 작품이어야 한다.

건축의 질이 삶의 질에 영향을 미치는 점을 감안하면 건축은 삶을 디자인하는 것이고 삶은 인생을 설계하는 것이라고 할 수 있다.

사람에게는 휴식의 장이 필요하며, 주택이 그 역할을 담당한다. 밖의 더위나 추위로부터 보호받을 수 있는 셸터로서의 역할에 부족함이 없어야 한다. 그렇지 않으면 스트레스가 모이고, 움직이기 어렵게 된다. 사람이 움직일 수 없다면 어떻게 될까. 고령자는 특히 체력이 저하하고, 뼈의 무기질과 단백질이 줄어들어 골다공증 등의 원인이 된다. 인체는 사용하지 않으면 급속히 쇠퇴한다. 이상적인 환경은 적절한 온습도를 유지하며 집 안에 단 차이나 장애물이 없는 것처럼 배리어가 없는 주택이다.

주택은 가족의 건강과 안전을 지킴과 아울러 양호한 가족관계를 유지하고 발전시키는 장이다. 어린이의 성장과 아울러 사회생활을 훈련하는 장으로서 유익한 활동이 가정에서 제공되어야 한다.

주택은 어린이가 건강하게 자랄 수 있는 장이다. 기능적인 문제가 어린이에게 발생한다면 건축가나 주택건설회사 또는 부모 탓이 아닐까. 문제가 있는 어린이가 거주하는 주택의 방 배치를 보면, 가족의 얼굴을 볼 수 없고, 자기의 방에서 문을 잠그고 있는 경우가 많다고 많은 사람이 지적한다.

가족이 단란하게 보내는 장이 없고 개인실만이 배치된 주택은 닫힌 공간이다. 원만한 가족관계를 형성하기 위해서는 가족 내 인간관계에서 서로 마음의 교류를 할 수 있어야 한다.

주택은 보금자리이다. 주택의 장수명화는 신축 때의 주택 그대로를 유지하는 것만이 아니다. 주택은 거주자와 아울러 성장하면서 그때그때 가장 생활하기 편리하도록 모습을 바꾸면서 유지 관리한다. 사용하기 편리하고, 삶과 일체가 된 보금자리로 오래 유지되도록 하는 데 삶의 의미가 있다.

#20
작물 재배

도시에서 자라 농사를 거의 모르는 나는 시골 출신 여자를 만나 결혼한 덕분으로 가끔 장모님 혼자 생활하시는 처가댁에 가서 농사일을 거들었다.

텃밭에는 때에 맞춰 콩이나 고구마를 심는다. 고구마를 심기 위해서는 먼저 관리기를 이용하여 두둑을 만든다. 두둑(이랑)은 씨앗을 넣거나 모종을 옮겨서 작물을 키우는 곳으로 햇볕을 잘 받아 작물이 빨리 성장하게 하고, 비가 많이 와도 고랑으로 물이 빠져 뿌리가 썩지 않게 해준다. 고랑은 바람의 통로와 배수로 역할을 하는 곳으로, 사람이 다니는 길이기도 하다. 두둑에는 멀칭비닐을 깐다. 비닐을 까는 이유는 냉해를 방지하고 수분 증발을 막으며 잡초 번식을 억제하기 위함이다.

고구마를 심으려면 종묘장이나 장에 가서 고구마 모종을 사온다. 모종에서 제법 자란 가지를 꺾어 심는다. 구멍을 파고 그 구멍에 고구마 줄기를 심고 흙으로 꾹꾹 눌러준다. 나는 처음 고구마를 심을 때 실수를 하였다. 양쪽이 꺾어진 경우 한쪽만 심어주면 되는 줄 알았다. 그런데 그게 아니었다. 양쪽을 흙에 심어주어야 한다는 것이었다. 고구마 가지 심기가 끝나면 물을 뿌려준다. 고구마는 일단 심어만 놓으면 잘 자란다. 흙의 영양 성분이 충분히 기능한 덕분인지, 고구마 생태가 생명력이 강한 덕분인지, 그늘이 지지 않고 햇볕을 잘 받고 비가 적당히 오면 가을에 수확의 기쁨이 커진다.

씨앗은 흙냄새를 맡고 물기에 젖어보며 움트기를 기다리는 꿈을 꾼다. 온통 흙으로 둘러싸인 캄캄한 땅속에서 씨앗은 가야 할 길을 용케용케 알아차린다. 새싹이 쏘옥, 눈뜰 수 있게 흙은 빗장을 열어 준다. 떡잎은 흙덩이를 헤집어 위로 향하고 뿌리는 흙덩이를 파고들어 밑으로 향한다. 흙은 작물을 무럭무럭 키워 많은 수확의 실적을 올린다. 주어진 일을 끝내면 흙은 너무 지쳐 겨우내 잠을 잔다. 찬바람이 몰아쳐도 곤하게 잠을 잔다. 잠을 자면서도 에너지를 충전하여 또 다음 한 해의 일을 준비한다.

건강한 작물의 기초가 되는 것은 건강한 토양 관리이다. 작물 생산에서 토양은 가장 근본적인 요소이다. 생명을 키우는 흙을 토지와 소재에서 구별하여 토양이라고 한다. 흙은 땅위(표토층)와 땅속(저토층)으로 이루어져 땅속에서 땅위로 식물이 성장하도록 한다. 사람은 만물을 성장시키는 흙[土]을 갈고 작물을 심어 키운다(壤).

식물을 자라도록 하는 좋은 흙은 투수와 보수의 양 기능을 가진 단립(團粒) 구조의 형성이 요구된다. 토양 개개의 미세입자가 모여서 덩어리를 이룬 것을 단립이라고 한다.

건강한 토양은 다양한 토양의 생물 군락을 유지하고, 식물의 병충해 방지에 도움을 주며, 토양의 수분 섭취 능력과 자양분 공급 용량에 대한 긍정적인 영향으로 토양 구조를 개선하고, 궁극적으로 작물의 생산력을 향상해 준다.

비료는 작물 생산에 기여하면서도 막대한 환경 비용을 초래한다. 과도한 화학 비료의 사용은 토양오염과 수질오염, 지표와 지하수 오염을 비롯해 온실가스 배출량의 급증에도 영향을 미친다.

작물은 시기에 맞추어 씨를 심고 정성 들여 돌보지 않으면 병이 들거나 제대로 성장하지 못할 수 있다. 한 잎 한 잎의 채소, 한 알 한 알의 알곡, 토실토실한 과일 모두는 농부들의 피와 땀으로 일구어낸 기다림에 의한 결실이다. 어찌 그들의 수고에 감사한 마음을 가지지 않을쏘냐.

생명의 힘

물은 낮은 곳을 찾아 흐르면서 목마름을 축여주고, 빈 곳을 차근차근 채워준다. 약한 듯하면서 강하고, 부드러운 듯하면서 거칠고, 얕은 듯하면서 깊고, 낮은 듯하면서 높다. 메마른 대지를 살아나게 하고, 식물의 싹을 틔우고, 수중의 생물도 서식하도록 심장을 하나씩 달아준다. 물은 생명을 잉태한다.

#21
빛의 이용

아기는 어둡고 답답한 아기집 안에 갇혀 있다가 밖으로 나오면서 가장 먼저 빛을 만나게 된다. 밝은 빛을 보고 탄성을 지르는 게 으앙! 하고 울음을 터뜨리는 것이다. 말을 못 하니 울음소리로 느낌을 표현하는 것이리라.

모든 생명체는 대체로 밤에 잠을 자고 아침이 밝아오면 일어나 활동을 시작한다. 생체 리듬이나 생활 패턴은 빛의 유무에 따라 조절된다. 단순히 물리적인 조건에서만이 아니라 정신적인 측면에서도 어둠은 구속과 억압과 속박을 의미하는 데 비하여 밝음은 개방과 자유와 해방으로 나타낼 수 있어 어둠보다 밝음을 선호한다.

선과 악의 측면에서 살펴보면 악이 어둠을 상징한다면, 선은 밝음을 상징한다. 죄를 짓는 것은 어둠 속에 빠지는 것이고, 선을 행하는 것은 밝음을 누리는 것이다. 멀쩡한 대낮의 범죄 발생률은 야간에 비하여 훨씬 적을 것이다. 선행은 남을 배려하고 돕는 일이지만 그 일에서 자신도 큰 기쁨과 행복을 얻게 된다.

우리는 일조와 일사를 통하여 빛을 이용하고 있다. 일조와 일사, 이 두 가지 용어는 비슷하지만 의미는 전혀 다르다. 일조는 직사일광이 지면에 비추고 있는 상태를 나타내고, 일사는 태양의 복사에너지를 말한다.

일조는 대기 중에 구름이나 안개가 있으면 직사광의 세기가 현저히 약해진다. 기상 분야에서는 지물의 그림자가 인지될 정도의 직사광이 있는 경우에 일조가 있다고 한다. 일조는 천기와 운량의 지표로 이용되는 것 외에 농업, 건축 등에 널리 이용된다.

일조의 효과는 아주 다양하다. 특히 인간에게는 보건·위생적 효과가 매우 중요하다. 그 이유는 인간이 생활하는 데 절대적으로 필요한 위생과 성장·발육에 영향을 미치기 때문이다.

빛은 우리가 눈을 통하여 물체의 형태와 색채를 분별할 수 있도록 한다. 이 가시광선은 진한 적색에서 자색에 이르는 일곱 가지의 다른 색깔을 나타내는 빛을 말한다. 이 빛들을 모두 합하면 흰색으로 보이게 되는데, 바로 이러한 까닭에 태양이 희게[白光] 보이는 것이다. 마찬가지로 태양광 아래에서 하얀 색깔의 종이가 하얗게 보이는 이유는 일곱 가지의 색을 다 반사하기 때문이고, 파란색의 종이가 파란 것은 가시광선 중에서 파란색만을 반사하여 그 색깔만 눈에 감지되기 때문이다.

일광욕을 통하여 곱사병, 빈혈, 피부결핵, 탈모증 등을 예방하거나 치료할 수 있다. 또한 일광소독을 할 때 침구나 의류, 건물 바닥 등의 소독에 일광이 이용되는 이유는 자외선의 살균력에 의하기 때문이다. 직사일광에 쬐면 결핵균도 1~2시간 만에 사멸한다.

양지 바른 건물은 건조하여 기분이 좋고 건강에 이롭지만 볕이 들기 어려운 건물은 눅눅하고 불쾌하여 건강상 바람직하지 않다. 볕이 듦의 양부(良否)는 건물의 일조 시간에 의하며, 일조 시간의 길이는 벽면의 방위에 따라 상당한 차이가 있다. 또 같은 방위의 벽면에서도 그날의 날씨에 따라 변화한다.

창은 다만 채광이나 통풍의 목적만 있는 것이 아니다. 재실자는 창을 통하여 밖을 바라보고 자연과 먼 실내라는 인공적인 공간에 들어앉아서 심리적으로 자연과 연속하고 폐쇄감이 없이 마음의 안정을 얻는다. 창은 건물의 외관에도 영향을 미친다. 창의 기능은 다양하다. 창에 의하여 일조조절을 할 수도 있다.

기본 계획의 고안에는 건물 전체의 형태와 방향, 지형, 지물, 수목 등이 관련된다. 건물의 형태는 하계 수열의 점에서는 남북으로 면하는 판상체가 유리하지만, 동서로 면하는 판상체는 입방체보다 불리하다. 건물이 산이나 주변 건물에 의하여 일조를 방해받는 경우가 있다. 수목의 나뭇잎은 대부분 적외선을 거의 반사하므로 하계에 쾌적한 그늘을 만든다. 동계에 잎이 떨어지는 낙엽수는 겨울 해를 가리지 않으므로 환경을 한층 양호하게 한다.

주거 등에서 햇빛을 받을 수 있는 생활이익으로 일조권(日照權)을 들 수 있다. 일조권은 건물을 지을 때 인접 건물에 일정량의 햇빛이 들도록 보장하는 권리이며, 일상생활에서 자연의 혜택을 온전하게 누릴 수 있도록 하는 일종의 환경권에 해당한다.

도시의 과밀화, 고층 건물의 증가와 함께 주거 환경에 대한 관심이 증대되면서 일조권이 새로운 삶의 질 문제로 대두되었고, 이에 따라 이웃 간 분쟁 등 각종 시비가 끊이지 않고 있다.

법원의 판례에 따르면 통상적으로 일조권이 지켜지려면 동짓날을 기준으로 오전 9시부터 오후 3시 사이에 2시간 연속으로, 또는 오전 8시부터 오후 4시 사이에 4시간 이상의 일조 시간이 확보돼야 한다.

일조는 쾌적하고 건강한 생활에 필요한 생활이익이므로, 토지의 소유자 등이 종전부터 향유하던 일조이익(日照利益)이 객관적인 생활이익으로서 가치가 있다고 인정되면 법적인 보호 대상이 될 수 있다.

이와 관련하여, 해당 주거 등의 인근에서 건물이나 구조물 등이 신축됨으로써 햇빛이 차단되어 생기는 그늘, 즉 일영(日影)이 증가하여 해당 토지에서 종래 향유하던 일조량이 감소하는 일조 방해가 어느 한도에서 허용되고, 또 어느 한도를 넘으면 금지되는지가 문제가 된다.

일조권과는 어떤 의미에서 상반되지만 통유리 건물이 인근에 반사광 피해를 입히는 경우도 들 수 있다. 빌딩 주변의 아파트 주민들이 빌딩의 유리에 반사되는 태양광 때문에 피해를 입고 있다는 민원이 발생하기도 한다.

또한 여름의 폭염에 의한 열 취득을 줄여 실내의 온도 상승을 억제하고자 지붕을 흰색 페인트로 칠하는 경우도 있다. 하지만 모든 저층 건축물에서 지붕을 흰색으로 칠한다면 고층 건축물에서 볼 때 흰색에 의한 햇빛의 반사로 눈부심이 심해져 빛 공해 문제로 이어질 수 있다. 일사 감소 요구는 한여름 단기간에 충족하는 요소이지만 빛 공해는 일 년 내내 영향을 미칠 수 있다. 빛은 필요하지만 이것이 생활에 피해를 끼치면 곤란하다.

일사는 지구대기를 통하여 오는 동안에 공기 분자나 먼지에 의해 산란되는 한편, 오존, 이산화탄소, 수증기에 의해 흡수된다. 남은 일사는 지표에 도달하여 지표와 해면을 따뜻하게 한다. 따라서 일사 에너지는 대기와 해양에서 일어나는 여러 가지 자연현상의 근원이 될 뿐 아니라 농작물의 생육이나 보건위생 등과 깊은 관련을 맺는다.

일사에 의한 건물의 수열이나 흡열을 작게 하여 하계의 실내 기후 악화를 방지하기 위하여 일사조절을 한다. 이를 위해서는 건물의 구조나 사용재료의 선택, 사용 시간대를 고려한 실의 배치 등 건물에 의한 대책과 이것을 보완하기 위한 각종 구조물의 부설이나 설비의 배치가 고려된다. 옥상과 벽면의 녹화는 일사 차단과 단열에도 도움이 된다.

"오뉴월 하룻볕도 무섭다."라는 속담은 음력 오뉴월에 하룻볕이라도 쬐면 동식물이 부쩍부쩍 자라게 된다는 뜻으로, 짧은 동안에 자라는 정도가 아주 뚜렷함을 비유적으로 이르는 말이다.

우리는 날마다 해를 만나고, 달을 하나씩 품고, 별을 자꾸 찾고 있어서 빛을 향하는 마음이 반짝반짝 빛나지 않은가. 날마다 만나고 품고 찾은 빛은 세월이 갈수록 점점 차곡차곡 쌓이리니 그 수효가 얼마나 많겠는가. 식물의 향일성처럼 빛을 향하는 우리는 눈부신 빛으로 밝은 마음, 밝은 생각을 가슴에 품고 먼 날을 가까이서 살고 있다. 우리가 빛을 선호하고 이용하기를 원하면 나아가는 길은 늘 밝으리라.

#22
바람의 이용

기압차에 의하여 발생하는 바람은 기압이 높은 곳에서 낮은 곳으로 분다. 바람은 인간이 거주하는 모든 지역에서 분다. 어느 때에는 시원하게, 어느 때에는 맹렬한 기세로 분다. 바람은 없어서는 안 되는 것이지만, 한서를 견디어 내고 조금이라도 쾌적하게 생활하기 위하여 각 지역에서 바람을 이용하는 지혜를 모아왔다. 벽이나 지붕의 소재를 선택하고, 형태나 풍향을 검토하고, 가옥 주변이나 담 주변에 부지림을 조성하는 등 지역 전체의 방풍도 배려하면서 바람을 이해하고, 바람에 따라 생활하여 왔다. 그 결과 지역마다 다른 주거 형태를 만들고, 풍토마다 경관을 창출하여 왔다. 최근에는 세계적으로 풍력발전에 관심을 기울여 바람을 전력원,

에너지원으로 활용하고 있다.

바람은 공기의 지표면에 대한 상대적 운동을 말한다. 지표는 같은 양의 햇볕을 받더라도 지표 상태에 따라 온도가 다르게 나타나며, 그에 따라 공기의 밀도도 달라진다. 바람은 결국 대기의 균형을 이루기 위하여 밀도가 높은 곳에서 낮은 곳으로 흐르는 공기의 움직임이고, 그 밀도 차가 클수록 바람의 세기도 강해진다. 기온과 기압의 차이가 생기는 곳이면 바람은 어디에서나 불고, 바람의 속도는 공기의 온도차가 클수록, 기압의 차가 클수록 빠르고 강해진다.

우리가 보통 거주하고 있는 주택지나 시가지에서는 주변 건물의 높이나 크기가 거의 비슷하다. 이와 같은 장소에서 부는 바람은 도로를 따라 점점 강해지고, 어디로 가더라도 같은 정도의 세기로만 불지 않는다. 지상에서는 다소 흐트러진 저풍속의 바람이 부는 정도이어도 주택지나 시가지에서는 상공의 바람이 빠른 속도로 건물 위를 통과한다.

주위 건물보다 눈에 띄게 높은 건물이나 큰 건물이 건축되면 그 주변에서는 국소적으로 강한 바람이 불게 된다. 이것이 보통 빌딩풍이라고 하는 바람이다. 빌딩풍은 초고층 건물의 주위에서만 발생하는 것이 아니라 중고층 건물 또는 저층 건물의 주위에서도 발생한다.

빌딩풍은 건물의 형상·배치나 주변의 상황 등에 의해 매우 복잡한 흐름을 형성한다. 풍속의 증가가 예측되어 이것이 빌딩풍으로 발생하여 그것이 보행자나 주변 건물에 영향을 미칠 것으로 판단되는 경우에는 대책을 행할 필요가 있다. 대책에 따라 빌딩풍해가 간단히 제거되면 문제가 없지만, 반드시 충분한 효과가 있다고는 할 수 없으므로 설계 단계에서 충분히 빌딩풍을 검토하는 것이 중요하다.

바람길은 본디 현대 도시의 국지적 고온화, 이른바 열섬현상을 경감하기 위하여 고안된 것이다. 대기오염에 의한 우산 현상, 자동차나 냉방의 배열, 콘크리트의 태양열 흡수, 인구가 밀집된 빌딩군에서 체류하는 공기의 온난화에 대하여 하천, 도로, 광장, 공원 등의 공간을 이용하여 일종의 바람구멍을 만들어 통풍을 양호하게 하는 방법이다. 이 방법은 바람을 차단하는 것이 아니라 오히려 활용하는 것으로, 이것을 역이용하여 바람의 방향을 돌리고 유도할 수 있다.

먼저 국지바람이 지나는 길이나 대기의 흐름을 계속 조사하여 그 최대공약수에 대응하여 광장이나 가로나 건축군을 도시계획에 따라 정비한다. 가로수의 조성에서부터 건물의 구조까지 경제활동, 거주환경, 방화역 등으로 조절하면서 바람길을 만들고, 바람이 필요 없는 장소에서는 바람의 방향을 바꾸고 다른 방향으로 유도한다.

빌딩풍의 풍동 실험이나 실제에서 분명해진 것처럼 바람은 건물 높이의 4분의 3 정도에서 상하좌우로 구분되고, 벽면에 따라 불어 오르고 불어 내리면서 역류, 박리류, 와류, 곡간풍을 형성한다.

이렇듯 형태가 다양한 바람에 대해 건물의 구조상 풍속을 약하게 한다든지 흐름을 바꾸는 일은 그다지 어려운 것이 아니다. 바람이 불어오기 쉬운 방향에 대하여 건물 폭을 좁게 하거나 원형으로 하거나, 내리 부는 것을 방지하기 위하여 저층부에도 건물을 배치하고, 벽면에 요철을 만들고, 아케이드나 차양을 설치하는 것은 이미 빌딩풍 대책으로 채용되고 있는 방법이다. 나아가 바람구멍을 만들고 방풍네트나 방풍벽을 설치하여 바람을 유도하거나 그 방향을 돌릴 수 있을 것이다. 또한 이렇게 유도된 바람의 출구에 발전용 풍차를 장착하여 바람을 이용할 수도 있다.

강풍이나 태풍이 불면 대기오염 물질을 비산시켜 공기를 맑게 하지만 육상이나 해상에서 인명 및 재산상 손실을 가져올 수 있다. 하지만 해저에서는 쌓인 오염물질이 바다 물결에 의하여 해소될 수 있어 물고기의 양호한 서식 환경이 형성된다고 한다.

#23
벽면 녹화

녹지공간으로 이용할 수 있는 토지는 한정되어 있으며, 적절한 토지가 존재하더라도 지가 상승으로 인해 녹지공간을 확보하기가 곤란한 실정이므로 벽면을 이용한 녹화 방법은 공간을 효율적으로 활용할 수 있는 도시녹화 방법이다.

벽면 녹화는 건축물의 벽면, 각종 울타리, 방음벽, 콘크리트 옹벽 등의 수직면과 사면처럼 인공적으로 만들어진 입면에 식물을 도입하여 녹음으로 피복하는 것이다. 기존의 등반형, 하수형 벽면 녹화 유형과 아울러 설치 높이에 관계없이 고층(10m 이상)에도 설치가 가능하고, 높은 녹화 효과와 경관상 다양한 녹화 연출이 가능한 플랜터 설치형과 패널형 녹화의 수요가 증가하고 있다.

녹화 대상 공간으로서 콘크리트 담장, 회색 블록담은 경관상으로 보기 흉하고 맑은 날에는 햇빛의 반사가 심하며 도괴의 위험도 있으므로 녹화가 바람직하다. 담장의 기부에 담쟁이덩굴, 송악, 모람, 줄사철나무 등의 흡착형 식물을 식재하여 녹화하는 것이 가장 쉬운 방법이다. 담장 안쪽에 식재하면 식물이 자라서 바깥쪽으로 뻗어 늘어지므로, 담장 안팎을 모두 녹화할 수 있다.

소음 차단을 위해 설치하는 도로변의 방음벽은 도시 경관을 저해하고, 빛을 반사하여 운전자의 시력에 영향을 준다. 콘크리트로 만들어진 방음벽은 흡착형 덩굴식물의 부착이 가능하고, 금속으로 만들어진 방음벽은 표면이 매끄럽고 하계에는 대단히 고온이 되므로 덩굴식물을 감아올리기 위한 격자를 방음벽 전면에 설치하여 녹화한다.

도시 내에 즐비한 건축물 벽면이 모두 녹화 대상이 될 수 있다. 특히 에너지 절감 효과를 위해 중요하다. 벽면 기부에 흡착형 식물 또는 줄기 감기형 식물을 식재하거나, 건축물 옥상 또는 벽면 등에 식재용기를 설치하고 식재하여 신장하는 덩굴을 하수(下垂)시키는 방법이 있다. 건축물 설계 단계에서부터 덩굴식물을 등반시킬 수 있도록 등반 보조재를 설치하도록 설계하거나, 부착근형 식물을 위한 헤고(다공질 섬유 덩어리로서 수분을 장기간 보유하고 있음)를 설치하는 것이 바람직하다.

남쪽 벽면은 낙엽성 식물이 바람직하다. 낙엽성 식물은 여름철에는 태양광을 차단하며, 식물의 증산 작용으로 냉방 효과를 거둘 수 있고, 겨울철에는 낙엽이 져서 태양광을 차단하지 않는다. 북쪽, 서쪽, 동쪽 벽면은 겨울에 보온 효과를 위해 상록성 식물을 가능한 한 벽면에 밀착해서 녹화하고, 식물층을 두껍게 유지하는 것이 바람직하다.

창문이 많은 경우, 식물이 부착되지 않도록 하수형 녹화 기법이나 격자에 유인하는 기법을 도입하는 것이 바람직하나, 경관상의 이유 및 시공비 등으로 부착등반형을 사용할 경우 전정과 유인 등의 관리가 필요하다.

고가 구조의 도로, 철도 교각 등 콘크리트 옹벽을 덩굴식물로 녹화할 수 있다. 옹벽의 기부에 덩굴식물을 식재하여 부착 등반시키거나 등반 보조재를 이용하여 줄기 감기형 식물을 식재한다. 옹벽면의 군데군데에 주머니 모양의 식재 공간을 설치하고 담쟁이덩굴 등을 식재하여 덩굴을 사방으로 부착하는 방식으로 녹화할 수 있다. 고가도로의 교각을 녹화하는 경우 일조가 차단되어 녹화 공간이 음지가 되는 경우가 많으므로 내음성이 강한 식물을 선택하여 식재하고, 댐 부근의 거대한 콘크리트 옹벽 등은 덩굴의 신장력이 큰 담쟁이덩굴, 등나무, 칡덩굴 등이 용이하다.

도시 내 중소 하천의 수직 호안은 대부분 콘크리트로 만들어져 경관상 보기가 좋지 않다. 호안의 하부가 수면을 접하고 있는 경우 상부에 덩굴 신장력이 큰 송악 등을 식재하여 덩굴을 하수시킨다. 수직 호안이 직접 수면과 접하지 않고 공간이 있는 경우, 담장이나 방음벽 녹화와 같이 호안 기부에 흡착형 또는 감기형 식물을 심어 덩굴을 등반시킴으로써 녹화가 가능하다.

#24
옥상 녹화

인공적인 구조물 위에 인위적인 지형과 지질의 토양층을 새로이 형성하고 식물을 주로 이용한 식재를 하거나 수공간을 만들어서 녹지공간을 조성하는 것을 옥상 녹화라고 한다. 옥상 녹화는 건축물의 단열성이나 경관 향상 등을 목적으로 지붕이나 옥상에 식물을 심어 녹화하는 것이다.

콘크리트 구조물의 상부 노출면이면서 대부분의 경우 방치되는 공간인 옥상을 녹화하게 되면 회색 도시를 녹색으로 변화시켜 부족한 녹지를 확보할 수 있을 뿐 아니라 생물 서식 공간으로서 새나 곤충의 서식지와 이동 통로가 될 수 있다. 그리고 옥상에 자리 잡은 식물은 호흡과 광합성 작용을 통하여 이산화황, 이산화탄소, 이산화질소 등 대기오염물질을 정화하고 산소를 대기 중에 공급함으로써 대기 환경 개선에 기여하게 된다.

환경 문제에 대응하기를 요구하는 현대에서 창안된 기법으로 보이지만 옥상 정원, 잔디로 덮인 지붕, 담쟁이덩굴이 휘감긴 벽이 있는 건축물은 각국에서 예로부터 존재해 왔다. 극한의 나라에서는 지붕에 자란 풀이 단열재가 되어 추위를 막았고, 한국에서는 여름에 표주박이나 수세미로 시원한 그늘을 만들었다.

열섬 현상은 도심부의 기온이 교외에 비해서 섬 모양으로 높아지는 현상으로, 옥상 녹화는 이 열섬 현상에 직접 효과를 발휘한다. 초록은 증산 작용 등에 따라 기온 상승을 억제하는 효과가 있으므로 열섬 현상의 완화에는 녹화 추진 등이 유효하다. 또한 간접 효과로는 차열 효과가 있으며 건물 안의 열 부하를 저감하고 냉방량을 줄이는 효과가 있다.

옥상 녹화가 된 건물에서는 아래층 방의 실내 온도가 낮아진다. 이에 따라 여름철 온도 상승이 경감되어 냉방 에너지의 절약 효과를 기대할 수 있다. 또 겨울에는 보온으로 난방 에너지의 절약 효과도 있다.

옥상 녹화와 벽면 녹화를 하면 산성비와 자외선 등에 의해 방수층과 벽면 등이 열화되는 현상이 경감되는 효과를 얻게 되며, 이에 따라 건축물의 내구성이 향상된다. 또 옥상 녹화를 함으로써 바닥의 온도 변화가 적어지고 팽창이나 수축 등의 열 수축이 적어진다.

옥상 녹화는 온도차를 경감하고 열화 속도를 억제하는 효과가 있고, 균열이나 중성화 등을 억제함으로써 건축물의 내구성을 향상하고 라이프 사이클 코스트를 저감하는 데 효과가 있다.

흙이 적고 콘크리트와 아스팔트 면이 많은 도시 지역에서는 집중 호우나 빗물의 급격한 유출에 따른 도시형 수해가 문제가 된다. 순간적인 폭우로 지하상가나 지하철 등에 빗물이 침투하는 트러블이 전형적인데, 대규모 옥상 녹화에 의해 도시 전체에서 빗물의 급격한 유출을 억제할 수 있다.

녹화의 생리·심리 효과로는 초록을 보며 식물이 전달하는 휘발 성분을 호흡함으로써 정신의 안정화, 육체 피로의 회복 촉진과 같은 스트레스 해소 효과를 들 수 있다. 또 초록을 사용한 요법으로 아로마 세러피 및 원예 요법, 정서 교육의 장으로 활용되고 있다.

어린이들은 식물과 자연스럽게 접촉하는 체험을 통하여 생명의 탄생과 성장, 죽음 등을 이해하며 생명의 고귀함과 강인함에 감동한다. 자연의 생명은 모두 체험 학습이 가능한 대상이다.

생나무에는 원래 강한 내화성이 있어서 화재 시 극적인 방화 효과가 있다. 옥상 녹화와 벽면 녹화는 화재 시 연소 차단 효과가 기대된다. 또한 화재 시에 건축물을 보호하는 효과가 있다. 특히 벽면 녹화는 유효하다. 식물에 의해서 발화를 막고 화재 시의 복사열을 크게 저감할 수 있다.

이용하지 않은 건축물 옥상에 정원 등을 만들어 휴게 공간과 같은 후생 시설로 활용하거나 그곳을 지역 주민들에게도 개방하여 쉼터나, 커뮤니케이션장으로 활용할 수 있다. 또 사시사철 꽃이 피고 새가 찾아드는 나무를 식재함으로써 도시에 자연을 불러올 수 있다. 병원에서는 환자와 스태프 그리고 내방자에게 치유, 평온함, 안심감을 주는 장소가 된다.

이와 같이 옥상 녹화란 건물의 옥상과 지붕을 활용하여 식물을 기르고 녹화를 도모하는 것이다. 무기질인 건물에 치유의 공간을 확보하고, 도시 지역의 환경 개선에도 도움이 된다.

옥상 녹화에 따른 기술적인 사항을 살펴본다.

1. 수목의 선정: 수목의 종류와 규모를 검토하고, 낙엽수는 최대한 안쪽에 심는다. 식물 각각의 성장 속도와 생육환경을 고려해 전체적인 균형을 유지한다.

2. 지붕의 방수 시공: 큰 나무는 방수층을 뚫고 건물이 있는 부분까지 깊고 굵게 뿌리를 내릴 수도 있다. 철저한 방수 시공을 한다.

3. 토양과 적재 하중: 꽃나무와 수목에 따른 토양의 종류와 두께를 결정한다. 토양의 두께가 두꺼워질수록 건물이 받는 하중은 커진다. 건물의 적재 하중을 초과하지 않도록 한다.

4. 배수 관리: 배수 장치에 문제가 발생하면 실내로 빗물이 스며들 수 있다. 배수의 흐름을 파악해 효과적으로 컨트롤할 수 있는 장치를 마련하고, 배수구가 낙엽이나 흙으로 막히지 않도록 관리한다.

5. 급수 장치: 바람이 많이 불면 흙이 건조해지기 쉽고, 흙이 건조해지면 식물들에게 필요한 수분 공급이 힘들어진다. 자동 관수 설비를 갖추어 적절하게 물을 뿌려주는 것도 좋은 방법이다.

#25
인공지반 녹화

주택지 계획에서 종래의 평면적인 토지 이용은 용지 취득 사정의 복잡화와 더불어 점차 고층화, 고밀화하고 있다. 이와 같은 상황에서 오픈스페이스나 녹지를 확보하기 위하여 공간의 겹친 이용을 어떻게 효율적으로 도모할 것인가가 큰 과제가 되고 있다. 이 점에서 각종 시설 상부를 인공지반의 오픈스페이스로 확보하여 녹화하는 것이 바람직하다.

그러나 인공지반은 건물에 의존하는 특수한 환경에 놓여 있는데 종래의 녹화는 적정한 공법에 대한 기초적 기준이 없이 경험에 의존하고 있는 상황이다. 이와 같은 배경에서 인공지반의 녹화 공법 기준이 요구된다.

인공지반이란 자연지반과는 공간적으로 분리된 상태에서 인위적으로 자연적인 지반의 조성 상태와 유사한 재료적, 형태적 여건을 조성하여 인간의 적극적인 이용을 도모하는 공간이다. 인공지반은 인공적으로 구축된 지반으로서 토목, 건축 구조물로 형성된 식재를 위한 지반이다.

현대는 건축물이 대형화, 고층화하고, 건축 형태도 다양해지면서 옥상정원의 양식에 따라 헤아릴 수 없을 만큼이나 많은 여러 가지 인공지반의 식재가 이루어지고 있다.

종래 인공지반의 식재는 건축 계획과 구조 계획 등이 완료된 후 검토되는 경우가 많았기 때문에 하중 외에 환경 조건에 의한 제약이 매우 컸고, 설계자의 식재 이미지는 제압되었으며, 이미지를 살린 경우에도 수세(樹勢)가 저하하는 등의 문제가 발생하였다.

물론 인공지반 녹화 시에는 수목이 양호하게 생육하도록 계획하는 것이 원칙이고, 식재 외에 시설도 포함한 평면 계획을 적극적으로 활용하는 것을 전제로 하는 것이 바람직하다.

식재지는 건축물의 옥상, 주차장, 처리조의 상부, 데크, 테라스 등 비교적 넓은 면적에 평탄면이 확보되는 시설 위에 설치되는 예가 많다.

사계절을 통하여 약풍 내지 무풍 조건에 있는 식재지를 제외하고, 바람의 영향을 배려하는 것이 필요하다. 교목과 과목 식재의 밀도는 2~4m 간격 이상의 밀도에서 식재한 후 수년이 지나 수관이 맞닿는 정도가 가장 바람직하다. 군식을 표준으로 하지만, 소식이나 열식을 하는 경우에는 식재지 내에서도 바람이 약한 지점을 선정하거나 내건성이 강한 수종을 식재한다.

상기 어느 경우에도 다른 나무의 밑에 서식하는 작은 나무와 지피로 식재하고, 교목의 수관이 높고 넓어 함께 거의 연속하게 하는 것이 바람직하다.

관목을 식재할 때도 0.5~1m 정도의 간격으로 적극적으로 밀식한다(녹피율 100% 정도 이상).

관목과 교목을 식재할 때의 형상은 지주 등을 고려하여 수고 3m 정도까지로 하고, 그 이상의 경우에는 주립상을 사용하는 것이 바람직하다.

인공지반에는 건조한 기후와 바람에 강한 수종으로서 초화류(바위연꽃, 민들레, 난쟁이붓꽃, 한국 잔디류 등), 관목류(철쭉류, 회양목, 사철나무, 무궁화 등), 교목류(단풍나무, 향나무, 섬잣나무, 비자나무 등)를 식재하여야 한다.

아관목 수종 선정에서는 일반 식재지에서 식재 가능한 수종에 준거한다. 바람의 영향이 강한 식재지에서는 풍향 측에 비교적 견고하며 두꺼운 잎 또는 작은 잎을 밀집시켜 생육하도록 내건성이 강한 상록 관목·교목을 중심으로 선정한다. 이 중에서 주로 동계 계절풍이 크게 영향을 미치는 경우에는 내한성 수종을 선정한다.

상기의 수목 특성이 있는 식물 중에서도 2~3종의 한정된 수종만을 대량으로 식재하면 병충해가 대량으로 발생할 수도 있으므로 방제 차원에서도 이를 피해야 한다.

#26
생명의 힘

물은 낮은 곳을 찾아 흐르면서 목마름을 축여주고, 빈 곳을 차근차근 채워준다. 약한 듯하면서 강하고, 부드러운 듯하면서 거칠고, 얕은 듯하면서 깊고, 낮은 듯하면서 높다. 메마른 대지를 살아나게 하고, 식물의 싹을 틔우고, 수중의 생물도 서식하도록 심장을 하나씩 달아준다. 물은 생명을 잉태한다.

지구상에는 많은 물이 존재하며, 생물의 생육과 열 순환에 중요한 역할을 담당하고 있다. 수증기는 최대의 온실가스이기도 하다.

태양계의 행성과 위성의 표면에 존재하는 물의 대부분은 얼음이나 수증기이며, 지구 이외에서 액체 상태의 물이 존재하는 곳은 적다. 액체 상태의 물이 존재할 수 있는 온도 범위는 고압일수록 넓어진다. 반대로, 화성처럼 기압이 낮은 환경에서는 액체 상태의 물은 안정적으로 존재할 수 없다.

생물체를 구성하는 물질로 가장 많이 차지하는 것이 물이다. 핵과 세포질에서 가장 많은 물질이며, 세포 내 물질대사의 매체로도 사용되고 있다. 일반적으로 질량 면에서 생물체의 70~80%가 물에 의해 점유되고 있으며, 그중 몇 %라도 부족하면 갈증이나 열사병 등 생명 활동에 불편함이 드러난다. 살아있는 세포(이상적인 용매)에는 물이 많이 포함되어 있어 생명 현상을 관장하는 화학 반응의 장을 제공하며, 물 자체 또한 다양한 화학 반응의 기질이 되고 있다. 즉, 체액으로 체내의 물질 수송이나 분비물, 점막에 사용된다.

인체의 수분 함량은 연령과 성별에 따라 다르다. 신생아가 약 80%, 성인은 60% 전후, 노인은 50% 대이다. 또한 여성은 남성에 비해 체내 지방이 많아서 수분 함량이 또래의 남성에 비해 다소 적다. 그리고 인체의 물 중에서 45%까지는 세포 내에 갇힌 물이고, 나머지 15%가 혈액과 림프액 등 세포 외부의 물로 알려져 있다. 세포내액과 세포외액을 합하여 체액이라고 하며, 이 체액이 생명 유지와 활동에 중요한 역할을 한다. 땀은 매우 효율적으로 체온을 낮추는 기능을 한다.

안전하지 못한 물은 인간의 건강에 큰 영향을 미친다. 오물 등과 접촉한 비위생적인 물을 마시면 콜레라·장티푸스·이질 등에 걸려 목숨을 잃을 수 있다. 그리고 이러한 질병은 감염된다. 체력이 약한 유유아가 비위생적인 물을 섭취하면 종종 심한 설사를 일으켜 탈수로 사망한다. 노인도 면역력이 약하여 비위생적인 물로 생명을 잃기 쉽다. 또한 비위생적인 물은 기생충의 문제도 일으킨다.

그렇다면 우리 몸에 '건강한 물'이란 어떤 것일까? 건강한 물이란 위생학적으로 깨끗한 환경에서 생산되고 수질 기준을 충족하여 유해 물질로부터 안전성이 보장되는 동시에 인체에 유익한 미네랄 성분을 균형 있게 포함한 물을 의미한다. 미네랄은 생명 유지에 필요한 인체의 5대 필수 영양소(단백질, 지방, 탄수화물, 비타민, 미네랄) 중 하나이며, 체내에서 생성되지 않아 건강을 위해 섭취해야 하는 영양소이다. 칼슘, 철, 나트륨, 칼륨, 마그네슘 등이 모두 미네랄에 해당한다.

인체의 건강성 측면에서 다양한 미네랄 성분이 포함된 건강한 물은 언제 어디서나 쉽게 이용이 가능한 수돗물이라고 할 수 있다. 특정 미네랄 양의 많고 적음은 있겠지만, 우리나라 국토의 3분의 2가 화산암 지대임을 감안하면 하천수와 호소수를 이용한 국내 수돗물은 미네랄이 적정하게 포함되어 있다고 할 수 있다.

우리 몸의 70%, 혈액의 90%를 차지하는 물은 우리 몸 안에서 영양소를 소화하고 흡수하며 노폐물을 배출하고 체온을 유지하는 등 생명 유지에 절대적인 성분이다. 우리가 생명을 유지하기 위해서는 매일 2ℓ 정도의 물을 섭취해야 하며, 체내의 물이 5%만 부족해도 우리 몸은 탈수 상태에 빠지고, 12% 이상 모자라면 생명을 잃게 된다. 이처럼 물은 사람이 생명을 유지하는 데 없어서는 안 될 필수 요소이다.

인체는 콩팥에서 물을 통해 노폐물을 제거하며 혈액과 체액의 농도를 일정하게 유지하여 각 기관이 균형 있게 활동하도록 한다. 물이 부족하면 신체 기능이 떨어지고 몸속에 독소가 쌓이게 마련이고, 또 기관지에서 먼

지나 세균을 제거하는 섬모세포가 비실거려 면역력이 떨어지게 된다.

목욕은 혈류의 흐름을 좋게 할 뿐만 아니라 경혈과 경락에 열 자극을 가함으로써 기의 순환을 돕는다. 뜨거운 탕은 활동 신경이라 일컫는 교감신경을 자극하고, 미지근한 탕은 휴식 신경인 부교감신경을 자극한다. 탕에 몸을 담그면 혈관이 확장되어 혈행이 좋아지고 뇌에서 알파파가 나와 심신이 편안해진다.

목욕으로 몸이 따뜻해지면 산소나 영양소가 혈액에 의해 원활하게 내장이나 근육으로 흘러가고 신장이나 폐의 노폐물 배설작용도 촉진되어 혈액이 깨끗해진다. 온열 효과에 의해 혈전을 녹이는 산소 플라스민이 늘어 혈액순환이 원활해진다.

물방울들은 도란도란 모여 손잡고, 서로서로 어깨동무하고, 업고 안고, 높은 둑도 거센 바람도 타고 넘으며 간다. 먼 길을 쉬지 않고 달려온 물이 헉헉헉 거칠게 숨을 몰아쉬며 마침내 도착한 높은 벼랑 끝에서 폭포가 되어 하늘문을 열고 앞서거니 뒤서거니 밀고 당기며 겁도 없이 뛰어내려 쏴아쏴아 하얀 거품으로 웃으면 빛나는 물방울들은 무지개를 그린다.

또한 듬직한 등마다 한 짐씩 지고 쿵덕쿵덕 빙글빙글 돌아가는 물레방아를 만나 이끄는 대로 가면 또바기 힘을 뿜어내는 방아확에 의해 곱게곱게 찧어져 쌓이는 낟알들은 구수한 냄새를 물씬물씬 풍긴다.

물의 흐름처럼 순조롭게 이루어지도록 우리는 인생을 설계하고, 삶을 건축하기 원한다. 우리는 삶을 아름답고 넉넉하고 건강한 공간으로 만들기 위해서 고민하고 사랑한다. 각자의 삶은 모양, 구조, 색깔이 다르다. 개성과 처한 환경에 따라 독특한 디자인이 나타난다. 공간에는 혼이 깃들고, 정성을 쏟은 만큼 건축은 멋지고 아름답고 빛나게 꾸며지리라.

처음에는 우리가 건축을 하지만 나중에는 건축이 우리를 지배한다. 우리가 짓고 사용하는 건축물은 우리의 행동에 영향을 미친다. 결국 우리가 만든 건축물과 그것을 둘러싸는 환경에는 생명이 살아 있어야 한다. 거기에서 생명의 힘을 느낄 수 있어야 한다.

#27
피톤치드의 신비한 효능

피톤치드(phytoncide)란 미생물의 활동을 억제하는 작용을 하며 수목 등에서 발산하는 화학물질로서, 식물이 상처를 입었을 때 방출하는, 살균력을 지닌 휘발성 물질을 가리킨다.

삼림욕은 여기에 접하여 건강을 유지하는 방법이지만, 건강뿐만 아니라 치유나 안정을 주는 효과도 있다. 피톤치드는 살균성이나 삼림의 향기 성분이라는 점에서 좋은 이미지가 있으며, 삼림욕의 효능을 소개할 때에 자주 이용된다.

피톤치드는 '식물'을 의미하는 'Phyto'와 '죽인다'를 의미하는 'cide'의 조어이다. 피톤치드란 한마디로 설명하면 '삼림의 향기'이다. 자연과 접촉

할 기회가 적은 현대에는 '삼림의 향기'라고 하면 얼른 이해가 안 될지도 모른다. 좀 더 구체적으로 말하면 '나무의 향기'이다.

스트레스를 완화하고 몸도 마음도 원기 회복시키는 삼림욕의 상쾌감을 맛보기 위해 휴일에는 도시의 떠들썩함을 피하여 자연의 푸르름을 찾아 등산 등을 하는 사람도 많은 것 같다. 푸르름으로 우거진 삼림 속에 들어가면 상쾌한 공기가 넓게 펼쳐져 있고, 잠시 걷고 있으면 미약한 향기가 느껴진다.

삼림욕 효과를 일으키는 삼림 향기의 정체가 '피톤치드'이다. 삼림의 식물, 주로 수목 자체가 만들어내어 발산하는 방향성 물질이고, 그 주된 성분은 테르펜류라고 하는 유기화합물이다. 이 발산하고 있는 상태의 테르펜류를 인간이 쬐는 것을 삼림욕이라고 한다.

삼림욕도 최근에는 일광욕이나 해수욕과 아울러 우리의 생활에 분명히 정착한 것 같다. 건강 만들기에 빠뜨릴 수 없는 존재가 된 것이다.

피톤치드의 효과는 신체를 원기 회복시키는 것만이 아니다. 항균, 방충, 소취 등의 여러 가지 작용이 있다. 피톤치드를 훌륭하게 이용함으로써 우리의 생활을 건강하고 풍요롭게 할 수 있다.

피톤치드의 효과는 크게 분류하여 원기 회복, 소취·탈취, 항균·방충의 3가지를 들 수 있다. 삼림이나 나무에는 신비적하며 불가사의한 힘이 숨겨져 있다. 그것을 '삼림의 정기'라고 환언할 수 있다.

그렇다면 수목은 무엇 때문에 피톤치드를 만들어내는 것일까?

수목이 광합성을 행하는 것은 살아가기 위해 필요한 활동으로, 인간이 음식물을 섭취하는 것과 같다. 광합성은 태양의 빛에너지를 이용하여 탄산가스와 물에서 탄수화물을 만들어 산소를 방출하는 작용이다. 여기에 수목은 이차적으로 피톤치드 등의 성분을 만든다.

피톤치드에는 그것을 만들어낸 수목 자신을 보호하는 여러 가지 작용이 있다. 다른 식물에 대한 성장 저해 작용, 곤충이나 동물에게 잎이나 줄기가 먹히지 않도록 하는 섭식 저해 작용, 곤충이나 미생물을 기피하거나 유인하는 작용, 병해균에 감염되지 않도록 살충이나 살균을 행하는 작용 등 실로 다채롭다.

흙에 뿌리를 내리고 사는 수목은 이동할 수 없다. 그 때문에 외적의 공격이나 자극을 받아도 피난할 수 없어서 피톤치드를 만들어내고, 그것을 발산하여 자신의 몸을 보호한다.

인간으로부터 미생물에 이르기까지 생물은 생존하기 위한 여러 가지 능력을 지니고 있다. 피톤치드는 수목이 자신을 보호하기 위한 비밀 병기라고 할 수 있다. 확실히 생명의 신비이다. 이러한 비밀 병기를 가진 나무는 몇백 년, 아니 몇천 년도 생존하는 것이 가능하다고 할 수 있다.

피톤치드는 자기 방위뿐만 아니라 공격 수단도 있다.

대개 생물은 스스로의 세력 범위를 넓힌다. 그것은 식물도 마찬가지이다. 양미역취가 공지에 군락을 이루고 있는 모습을 보자. 이것은 다른 식물에 대하여 강력한 성장 저해 작용을 하는 물질, 즉 피톤치드를 분비하여 스스로의 세력을 확대한 결과이다.

식물은 서로 돕고, 해충 등으로부터 몸을 보호하기도 한다. 외부의 적에 대하여 공동으로 싸운다. 나무는 쐐기 등에 습격당하면 쐐기가 싫어하는 성분을 잎에 축적하여 먹지 못하도록 할 뿐 아니라 인접한 나무에 이것을 일러준다. 마치 피해 신고를 한다든지 경계경보를 울리는 것과 같다. 그러면 인접 나무도 분명히 잎을 쐐기가 싫어하는 성분으로 변질시킨다. 불가사의한 일이다.

이와 같이 피톤치드는 인체에 유익하며 우리의 생활에 널리 유용하지만, 식물이 만들어내는 성분 중에는 인체에 유해한 것도 있다. 예를 들면, 독균 등이 그 일례이다. 또한 유해 성분이 없더라도 그 이용 방법을 잘못 사용하면 당연히 위험이 수반된다. 식물 성분이나 천연물이라고 해서 모두 안전한 것은 아니다.

#28

친환경 건축재 대나무

대나무는 광의로는 벼목 볏과 대나무 아과 중 목본(나무)처럼 줄기가 목질화한 종의 총칭이다. 대나무는 단단하게 목질화한 줄기가 있는 여러해살이 식물이다. 줄기는 곧게 자라고 마디가 있으며, 속이 빈 상록수이다. 속이 비어 있는 원통 모양의 마디에 칼집 모양의 잎자루가 있고, 땅속줄기가 옆으로 뻗어 나가 번식한다.

대나무는 죽순이 돋아나고 성장할 때까지 음습한 땅속에서 수년간 뿌리 내리는 과정을 거친다. 뿌리가 깊기 때문에 쉽게 쓰러지지 않는다. 속이 빈 채 커 나가는 대나무로서는 반드시 필요한 인고의 세월이다.

경제적으로 가치가 높은 대나무류로는 왕대, 솜대 및 맹종죽을 꼽을 수 있다. 왕대와 솜대는 주로 죽재 및 죽세 가공품의 생산에 목적을 두고 재배되며, 맹종죽은 죽재를 이용함과 아울러 죽순을 이용할 수가 있어서 죽순을 이용한 자연 건강식 무공해 식품을 개발함에 따라 점차 수요가 증가할 것으로 여겨진다.

대나무는 다년생으로 줄기가 곧고 마디가 뚜렷하다. 마디와 마디 사이는 속이 비어 있어 대통을 이루며, 마디는 막혀 있어 강직함을 유지한다. 줄기는 옆으로 빗나감이 없이 세로로 쪼개진다. 잎은 사철 푸르고 눈이 와도 부러지지 않는다. 이러한 특징이 강직한 선비의 성품과 정숙한 부인의 절개를 상징하게 되었다. 혼례식 초례상에 소나무와 함께 장식하여 신랑 신부가 서로 마음이 송죽같이 변하지 않고 절개를 지킬 것을 다짐하며 백년해로할 것을 기원하였다. 또한 대나무에는 소쇄(瀟灑)하고 상쾌한 분위기가 있어 현자(賢者)적인 풍모가 있다. 즉, 우아한 곡선과 날씬한 형태는 현자의 풍모와 예지(叡智)의 모습을 상징한다. 밑으로 숙인 잎과 비어 있는 내부는 겸손한 마음에 비유되어 덕을 겸비한 군자를 상징한다.

대나무는 이산화탄소 흡수 능력이 매우 뛰어난 식물로, 대나무 숲 1헥타르당 연간 약 30톤가량의 이산화탄소를 흡수할 수 있다고 한다. 이는 일반 나무의 4배에 달하는 양이다.

죽순은 죽피로 싸여 있다. 죽피는 물고기 비늘 같은 가죽질로 위로 갈수록 길어지며 끝에 녹색 잎혀가 붙는다. 또한 죽피 수와 줄기의 마디 수는 같다. 색깔은 땅속에서는 백황색, 땅 위에서는 죽종별로 고유한 색과 무늬가 있다.

통상의 대나무는 60~80일에서 14~15m까지 성장한다. 그 뒤 성장을 멈추고 3년 이상 지나면 효과적 자원으로 활용할 수 있는 성죽이 된다. 이는 통상의 목재라면 50년을 요하는 기간에 해당하므로, 삼림 벌채가 문제시되는 상황에서 대체 자원으로 주목되는 자재이다.

대나무의 최대 장점은 목재의 10배 이상인 성장 속도이다. 겨우 3년 정도 성장해도 소재로 활용할 수 있다고 한다. 이를 잘 활용하면 삼림 자원의 보호로도 이어진다. 또 대나무는 강도가 강한 탄력성이 있어서 충격 흡수 능력도 뛰어나다. 그 미적인 외관도 매력적이지만, 구조체로서도 이용이 가능하다.

대나무 자원의 중요성은 대나무의 빠른 생장력에 기인한다. 대나무는 목재에 비해 생장이 훨씬 빠르기 때문에 2~5년이라는 짧은 기간 안에 대량의 바이오매스 자원을 생산할 수 있다.

일반적으로 흡습성이 활발한 시기에 벌채된 것은 내구성이 약하고, 늦가을에서 겨울의 휴면기에 벌채된 것은 내구성이 강하다.

대나무는 밀도가 크고, 뛰어난 탄성과 인성, 높은 인장 강도, 높은 압축 강도, 큰 경도 등이 장점이다. 대나무는 목재처럼 구조물에 유용한 강도-무게 비율이 높은 천연 복합 재료이다. 대나무는 목재, 벽돌, 콘크리트보다 압축 강도가 더 높고 강재에 필적하는 인장 강도를 가지고 있다. 대나무가 대체로 금속보다 항장력이 크고, 콘크리트 혼합물보다 압축 강도가 강하다. 또한 항균성이 뛰어난 소재로 알려지고 있다.

벌레를 막고 내구성을 높이고자 할 때는 붕사(硼砂)로 처리하면 가능하다고 한다. 대나무와 대나무를 연결할 때는 강철 못 대신 손으로 깎은 대나무 핀을 사용할 수도 있다. 바닥에 광택이 있고 내구성이 좋은 대나무를 통째로 사용하면 표면이 매끄럽고 고급스러워진다. 자체 탄력이 있기 때문에 지진이나 태풍을 견디는 힘도 강하고, 속이 비어 가벼워서 운반에도 편리하다.

대나무를 건축재로 이용하는 일은 활발하지 않지만, 심벽재, 바닥재, 내장재, 울타리, 조경용, 관상용 등에 활용되고 있다. 대나무 집성 재료를 사용하면 대나무를 광범위한 공업화에 응용하는 것이 가능하지만, 친환경 접착제를 사용하는 것과 재료 가공 과정에서 환경오염과 자원 낭비가 발생하지 않도록 주의해야 한다. 한편으로는 대나무 재료를 혼합하여 응용한 제품의 종류가 비교적 적다는 문제점이 있다.

고령화, 도시화의 영향으로 만성 환경성 질환이 크게 증가함에 따라 대나무에 의한 산림 치유 프로그램 개발 및 표준화 기술 개발도 검토하여야 한다. 또한 이용이 활발하지 못한 건축의 활용도를 높일 방안을 강구할 필요가 있다.

#29

소중한 대숲, 친환경 보전·관리 시급

대나무는 예부터 우리의 일상생활용품 공급원으로 이용 범위가 넓었다. 정서 함양을 위한 문예 소재로도 활용된 유무형의 재화로 사회, 경제, 문화적 측면에서도 소중하게 취급돼 온 자원이었다.

대나무는 가공과 세공이 비교적 쉬워 공예품과 악기의 재료로 이용됐고, 죽창 등 무기로도 활용됐다. 죽순은 식용으로 이용되고 있다.

한옥에서는 건축재로 쓰였다. 밀도가 높고, 뛰어난 탄성과 인성, 높은 인장 강도와 압축 강도, 큰 경도 등으로 건축재와 가구재 등으로 사용되고 있다.

중국 등 동남아에서는 주거용뿐 아니라 레스토랑, 호텔용으로도 대나무 하우스가 건축되고 있다. 대나무 소재는 새집증후군이 없을뿐더러 인체에도 좋은 효능을 가져다준다.

최근 들어 대나무를 이용한 종이 생산, 방부 성분이 있는 대나무 껍질을 이용한 용기 제조, 대나무 섬유를 이용한 기능성 의상 제조, 대나무의 약리 성분을 이용한 소금과 숯, 죽초액 제조 등 다양한 산업 제품이 생산되고 있다. 또한 조경용, 분재 소재로도 그 이용 범위가 확대되고 있다.

우리나라에서는 남부 지방을 중심으로 전라도와 경상도에서 대나무가 많이 자라고 있다.

대나무는 나무일까, 풀일까? 나무와 풀은 생장점이 어디에 있느냐에 따라 구별된다. 풀의 생장점은 일년초의 경우 종자가 지면이나 땅속에 있고, 다년초의 경우 생장점이 지표면에 있으며, 나무의 생장점은 가지의 끝에 있고 연륜(나이테)이 있다.

대나무의 생장점은 죽순으로 볼 수 있다. 죽순은 땅속에 있고 줄기는 지상부에 나와 있으나 나무처럼 나이테는 없다. 대나무를 나무도 풀도 아닌 중간 형태로 보는 이유다.

대나무는 나무처럼 단단하고, 굵고, 크다. 나무는 목재라 하지만 대나무는 죽재라고 한다. 대나무는 볏과에 속한다.

대나무는 죽순의 굵기가 평생의 굵기가 된다. 해마다 죽순이 나오며, 죽순이 대나무로 자랄 수 있는 것은 생장점이 모든 마디에 있기 때문이다. 하루에 최대 1m 이상 자란다.

대나무 속을 살펴보면 마디는 막혀 있고, 마디 사이는 비어 있다. 대나무의 성장 속도가 너무 빠른 탓이다. 줄기의 벽을 이루는 조직은 대단히 빠르게 늘어나는 데 비해 속을 이루는 조직은 세포 분열이 느리기 때문이다.

대나무는 장점과 단점이 있다. 최대 장점은 목재보다 10배 이상 빠른 성장 속도이다. 3년 정도면 소재로 활용할 수 있다. 이를 잘 활용하면 삼림 자원 보호로도 이어진다. 강한 탄력성으로 충격 흡수 능력도 뛰어나다. 미적인 외관도 매력적이지만, 구조체로서도 이용이 가능하다.

대나무에 벌레나 곰팡이가 발생하고 균열이 생기기 쉽다는 단점은 방충제를 대나무 안에까지 스며들게 하거나 우레탄을 속에 채워 넣는 등의 방법으로 해소할 수 있다.

대나무는 성장이 매우 빠른 식물의 하나로 대체로 금속보다 항장력이 크고, 콘크리트 혼합물보다 압축 강도가 강한 것으로 구조공학 실험에 의해 밝혀졌다. 대나무 숲의 차별화된 보전과 지속 가능한 이용을 위해 체계적인 관리 방안과 매뉴얼 작성이 필요한 이유다. 친환경 자원으로서 기후 변화, 에너지 고갈 등에 대비한 관리와 기술 개발의 체계화도 시급하다.

대나무는 건자재로서 뛰어난 성분이 있으므로 이 효능을 주거 환경에 도입하는 일이 주목받고 있다. 최근 국내에서 웰빙 바람과 더불어 인테리어 재료로 대나무의 활용도가 높아지면서 대나무 수요가 다소 증가하는 추세를 보이는데, 실내 조경용 대나무 및 대나무 마루판 등이 대표적인 예라고 하겠다. 그러나 야외용 조경용재로 사용하는 경향은 미약한 실정이다. 현재 도시의 가로수 지지대 및 화단 조성용으로 일부 사용되고 있으나 방부 처리가 되지 않아서 사용 수명에 한계점이 노출되고 있다.

세계적으로 대나무를 이용한 건축은 새로운 디자인과 기술을 조합함으로써 과거에 볼 수 없던 수준에 이르고 있다. 대나무의 디자인과 건설 가능성을 새로운 물리학과 접목하면 대나무의 건축은 미래에 있으며 대나무는 흥미진진한 재질과 구법(構法)이 될 것이다.

활용 가능한 산림자원이 감소하면서 대나무는 목재 대체 재료로서 사용되고 있으며, 건축으로 이용 범위를 확대하려는 요구가 대두되고 있다. 앞으로 친환경 건축재인 대나무가 활발하게 사용되기를 기대한다.

#30
흙의 건축 이용도 제고

흙은 생명이다. 흙이 이루고 있는 땅은 물질이고 하늘은 정신이다. 나무도 사람도 땅에서 생명을 얻어 꿈을 꾼다. 꿈을 실현하기 위해 이상을 추구한다. 흙의 종류와 성분에 따라 자라는 생명은 달라지며 추구하는 이상에 따라 맺는 열매가 달라진다. 지혜와 노력이 세상과 인류를 발전시키고 삶의 질을 향상한다.

흙을 구성하는 요소들은 물리적 특성이 있는 자갈과 모래, 실트 그리고 화학적 특성이 있는 점토로 나눌 수 있다. 즉, 암석이 물리적인 풍화작용(비, 바람, 퇴적, 빙하 등)을 통해 자갈과 모래 등으로 만들어지고 그 크기에 따라 다시 굵은 자갈(20~2cm), 잔자갈(2~0.2cm), 굵은 모래(2~0.2mm), 가는 모래(0.2~0.02mm) 등으로 나뉜다. 그리고 이러한 작용으로 더 이상 작아질 수 없는 상태인 고운 분말 형태의 실트(0.02~8mm)로 구성된다. 이들은 콘크리트에서처럼 힘을 전달하는 골재의 역할을 한다.

실트가 화학적 풍화작용(열, 압력, 용해작용 등)을 거쳐 생긴 것이 점토로서, 화학적 특성이 있어 점토 광물이라 부르고 그 종류도 매우 다양하다. 음으로 대전된 점토광물들은 물과 반응하면 양이온을 끌어들여 평형을 유지하려고 하는 이온교환 작용을 통하여 강한 결합력을 만든다. 그래서 마치 콘크리트의 시멘트처럼 모래와 자갈 그리고 실트를 하나로 엮어 흙이라는 결합체를 만든다. 이러한 작용에서 필연적으로 부피가 늘어나므로 팽창하게 되고 건조 과정에서 다시 수축을 동반하게 된다. 점토광물은 매우 평평하고 긴 판상형을 하고 있어서 입자들의 표면적이 엄청나게 크다. 그리고 그 종류에 따라 결합력, 팽창과 수축 등 성질이 각기 다르게 나타난다.

흙 중에서 황토는 황색 내지 적갈색의 풍화토로, 우리나라에서 현재 흔히 사용되는 황토는 풍성 기원이 퇴적물이 아니라 기반암의 풍화에 의해 형성된 풍화토이다. 점토는 흙에서 중요한 역할을 하는 구성 물질 중 하나이지만, 흙이 반드시 점토로만 구성되어 있는 것은 아니다. 흙은 자갈, 모래, 실트, 점토 또는 콜로이드의 다양한 입도로 구성되어 있다.

흙은 주변에서 쉽게 구할 수 있는 지역적인 건축 재료로 운송 거리가 짧고 가공 없이 자연 상태 그대로 사용할 수 있어 화석연료의 소비가 거의 발생하지 않는다. 흙은 이용하는 방법에 따라 장비나 기계가 필요할 경우 약간의 에너지가 소비되기는 하지만 다른 공업 재료들에 비해 에너지 소비량이 현저히 낮은 건축 재료이다.

건축에 사용되는 공업 재료는 생산에서 소비 그리고 폐기에 이르는 과정에서 지구 환경을 훼손하는 다양한 오염물질이 발생한다. 하지만 흙은 건축 재료로 사용하기 위한 생산 과정에서 높은 온도로 소성하거나 화학약품 등으로 처리하는 과정이 없다. 따라서 CO_2, NO_X 등의 대기 오염물질이 전혀 배출되지 않으며, 사용 과정 및 완료 후에도 폐기물이 전혀 발생하지 않는다.

대부분의 건축 재료는 사용 후에 폐기물이 되고 이를 처분하기 위해서는 매립 공간이 필요하다. 또한, 재활용하는 데에 한계가 있어서 건축 재료의 원재료인 천연자원을 계속해서 추출해야 한다. 하지만 흙은 완전히 재활용이 가능한 건축 재료로 추출, 운송, 생산, 시공, 폐기 중에 환경 부하 발생이 적고 자연으로 되돌릴 수도 있다.

인간이 쾌적함을 느끼며 거주하기 적정한 습도 범위는 40~70%이다. 이 범위는 공기 중의 미세한 먼지를 줄여주고 피부의 보호 반응을 활성화하여 세균에 대항하고 많은 박테리아 바이러스를 줄여줄 뿐 아니라 물체들의 표면에서 발생하는 정전기도 줄여준다. 흙으로 된 건축 재료는 표면에 모세관이 있어서 습도가 높아지면 수증기를 응축·액화하고, 습도가 낮아지면 응축수를 증발한다. 이로써 실내가 건조하면 습기를 방출하고 습윤하면 습기를 흡습해 실내 공간의 습도를 최적으로 유지한다.

인간의 생활 속에서는 다양한 원인에 의해 악취가 발생하며 이것이 사람의 후각을 자극하여 불쾌감을 느끼게 한다. 흙은 냄새를 없애는 기능이 뛰어난 것으로 알려져 있다. 흙의 유해가스, 악취 가스 물질의 흡착 및 제거 능력을 알아보려고 암모니아 가스의 농도(ppm) 변화를 측정한 결과 30분 이내에 95% 이상 탈취하는 것으로 나타났다.

흙벽은 열을 흡수·저장·방출하며 내부와 외부 사이의 열손실이 지연되도록 한다.

흙의 약리 작용에서 나타나는 여러 가지 뛰어난 효과는 흙이 원적외선을 많이 방사하기 때문으로 알려져 있다. 흙은 시멘트에 비하여 원적외선 방사량이 많은 것으로 보고되고 있다(황토 96%, 시멘트 85%).

흙은 가장 오래되고 보편적인 건축 재료로 현재 세계 인구의 1/3이 흙 건물에서 거주하고 있으며, 지금도 세계적으로 많은 흙 건물이 건설되고 있다. 흙은 친환경적인 재료로 환경 부하를 저감하고 인간에게 여러 가지 유익함을 제공하는 물질로 환경 부하가 큰 현대 공업 재료를 대체할 수 있는 미래 건축의 재료이다.

흙을 이용한 축조법의 전파 경로와 발달은 인류 문명의 발달 및 역사의 흐름과 같이한다. 세계 4대 문명의 발상지인 이집트, 인더스강, 메소포타미아, 황하 그리고 아메리칸인디언의 원조인 아나사지 문명과 페루의 찬찬 문명 등 인류 문명의 발생 과정에서 흙은 가장 중요한 건축 재료로 사용되어 왔다.

현대에서는 산업화 과정에서 공업 재료가 등장하여 흙 건축의 이용이 점점 줄어들었고, 산업화는 환경, 에너지 등 지구 환경 문제를 유발하고 있으나, 흙 건축은 이러한 문제를 해결해 줄 수 있는 대안으로 재조명되기 시작하였다. 이와 아울러 흙 건축이 제공하는 인간에게 유익한 요소는 건강이라는 측면과 연결되어 관심이 증대되고 있다.

흙을 재료로 사용하는 흙 건축을 단순하게 정의하기에는 모호한 요소가 많다. 흙 건축은 지역의 문화적, 기후적 특성 등에 따라 다양한 방법으로 이루어지고 있기 때문이다. 흙 건축은 자연 상태의 흙을 소재로 하는 건축 행위와 그 결과물이며, 좁은 의미로는 건축의 주된 재료로서 흙의 역할이 강조된 건축물이라고 정의할 수 있다.

흙 건축은 협의로는 전통적 흙집의 형태인 토벽, 심벽, 흙벽돌 등으로 벽체를 구성한 건물로 정의되며, 광의로는 흙을 일부 마감재로만 사용한 건축을 포함하여 어떠한 형태로든 흙의 장점을 이용하여 건축 재료로 사용하거나 주변 요소로서 이용한 건축으로 정의할 수 있다. 즉, 흙을 구조체로 사용하거나 구조체의 일부를 이루는 건축 외에 철골이나 철근 콘크리트 구조체 건물의 내외부에 흙 모르타르 마감으로 사용한 건축물 또는 바닥 마감재로 마감한 건축물을 광의의 흙 건축에 포함할 수 있으며, 건축의 주변 요소로서 흙을 사용한 건축으로까지 그 범위를 확대할 수 있다.

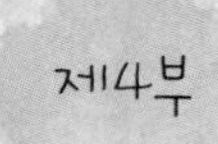

꽃과 새의 만남을 그리며

우리에게 자연을 가까이할 수 있게 하고, 생동감을 느끼게 하고, 위안과 희망의 메시지를 주는 꽃과 새들은 청춘이다. 청춘은 우리를 젊고 활력 넘치게 하고 자신감을 주는 힘이다.

#31
창조는 자원이다

세계는 무한 경쟁 속에서 창조성 없이는 살아남기 어려운 상황이 되었다. 우리는 변화를 통하여 발전할 수 있다. 변화에 부응하기 위해서는 '새로운 것'을 창출하고, '새로운 서비스'를 마련하고, '새로운 일의 진척 방법'을 창안하고, '새로운 조직 형태'를 창조하고, '새로운 무엇인가를 형성(구체화)'할 수 있어야 한다. 새로운 문제의 해결, 현상의 개혁, 사태의 타개, 교착 상태의 타파, 난관의 돌파 등등을 위해서는 그때까지의 지식이나 경험의 연장선상에서가 아니고 지금까지의 방법도 아니며, 지금까지의 상식에 따르지 않고, 발상을 전환하고 새로운 사고의 틀을 창출하지 않으면 안 된다. 이것이 '창조성'이다.

창조성의 특성으로는 주변의 환경에 예민한 관심을 보이고 이를 통해 새로운 탐색 영역을 넓히는 능력(민감성), 기존의 것에서 탈피하여 참신하고 독특한 아이디어를 산출하는 능력(독창성), 특정한 문제 상황에서 가능한 한 많은 양의 아이디어를 산출하는 능력(유창성), 고정적인 사고방식이나 시각 자체를 변환시켜 다양한 해결책을 찾아내는 능력(융통성), 여러 가지 사용 방법이나 기능을 발견할 수 있는 능력(재구성력), 다듬어지지 않은 기존의 아이디어를 더욱 치밀하게 발전시키는 능력(정교성) 등을 들 수 있다. 이들의 능력과 연구하는 노력에 의해 창조성이 향상될 수 있다.

창조성은 아이디어이다. 아이디어 만들기의 기본 기술은 분리, 그루핑, 조합, 유추 등 4가지를 들 수 있다.

'분리'는 분해해 보고, 세분해 보고, 새로 나누어 보고, 나누는 방법을 바꿔 보는 등등에서 새로운 형태(연결)를 발견한다.

'그루핑'은 묶음을 고치고, 묶는 방법을 바꾸고, 함께했던 것을 나누고, 구분의 기준을 바꾸고, 함께 아닌 것을 함께하고, 강제적으로 연결해 바꾸는 등등에서 새로운 형태(연결)를 발견한다.

'조합'은 이질적인 분야, 다른 수준을 조합하고, 새롭게 재편성하는 등등에서 새로운 형태(연결)를 발견한다.

'유추'는 유사한 것, 다른 분야의 예와 비교하고, 그 예를 참조하는 등등에서 새로운 형태(연결)를 발견한다.

창조는 생명이고, 생명은 자원이다. 우리는 창조적인 삶을 추구해야 한다. 삶의 질은 창조에서 온다. 우리는 창의와 혁신을 위한 지혜를 모으고 협력을 통하여 창조를 실천해야 한다. 각 분야에서 창조를 실천하여 지속 가능하게 해야 한다.

우리는 일상에서 알게 모르게 창조적이 아니라 비창조적이지는 않은지 돌아보아야 한다. 미래를 위하고, 현안의 문제 해결을 위한 합리적인 대책 제시나 비전 제시 없이 무턱대고 반대하는 행동은 창조라고 할 수 없다. 반대를 위한 반대를 하는 것도 물론 창조가 아니다.

우리가 선진국의 높은 수준으로 나아가기 위해서는 선진 제국의 여러 제도 중에서 필요하다면 좋은 점은 적극 수렴하여 법과 제도를 고치고 준수해 나아가야 할 것이다. 무엇이 창조이고, 어떻게 해야 창조력을 높일 수 있는지 숙고해야 한다.

외부에서 누군가 창조적 방안을 제공해 주기를 기다리기보다 먼저 각 분야에서 스스로 현재를 냉철하게 분석하고 평가하여 창조적인 방안을 제시하고 검토하여 실천 방안을 마련하는 것도 한 방법이다.

창조는 생명이고, 생명은 자원이다. 청춘은 창조적인 삶을 추구해야 한다. 삶의 질은 창조에서 온다. 청춘은 창의와 혁신을 위한 지혜를 모으고 협력을 통하여 창조를 실천해야 한다. 각 분야에서 창조를 실천하여 지속 가능하게 해야 한다.

창조성과 발상력이 문제가 될 때 강조되는 것은 '관점의 전환'이라든지 '발상의 전환'이다. 따라서 어떻게 하면 발상과 관점을 전환할 수 있는가. 퍼즐을 활용하거나 게임 감각의 '수수께끼'를 시도하기도 한다. 그러나 관점(견해)을 바꾸는 것이 아니라 보이는 것(외관)을 바꾸는 것이다.

창조성은 새로운 생각이나 개념을 찾아내거나 기존의 생각이나 개념을 새롭게 조합해 내는 것과 연관된 정신적이고 사회적인 과정이다. 창의성이라고도 하며 이에 관한 능력을 창조력, 창의력이라고 한다. 창조력은 의식적이거나 무의식적인 통찰에 힘입어 발휘된다. 창조성에 대한 다른 개념은 '새로운 무엇을 만드는 것'이다.

발상력은 새로운 생각을 만들어내는 능력 또는 그것을 발견해 내는 능력으로 정의할 수 있으며, 실제 응용을 전제로 한 혁신적인 사고가 선행되어야 한다.

창의적인 인재가 되어 창의력을 발휘하기 위해서는 아이디어 발상력이 필요하며, 이러한 아이디어 발상력은 다양한 각도에서 생각해 보는 훈련을 통하여 학습되고 체득될 수 있을 것이다.

#32
벽돌을 쌓고 삶을 담는 건축

우리나라는 최근 저출산에 의한 인구 감소와 고령화, 지구환경 시대의 도래 등 사회경제 환경이나 건축을 둘러싼 상황에 큰 변화가 나타나면서, 지금까지 기능성과 경제성 및 신규 공급을 중시한 건축에서 건축의 사회성이나 라이프 사이클 등의 관점을 중시한 좀 더 질 높은 건축의 실현을 강하게 요구하는 시대로 바뀌고 있다고 여겨진다.

건축은 그 소유 형태에 관계없이 공공적인 성격을 지니고, 여기에 건축이 본래적으로 지닌 사회적·문화적 의의와 아울러 공공복지를 실현한다.

인간과 환경이 공존할 수 있는 지속 가능한 개발의 패러다임으로 친환경 건축의 실현이 요구되고 있다. 지속 가능한 디자인에 의한 녹색건축은 구조와 그것을 둘러싸고 있는 자연과 조성된 환경 사이에서 생태학뿐만 아니라 미학과 조화를 이루는 것이 요구된다. 이에 부응하여 건축 환경 관련 부문은 최근 들어 법과 제도의 정비라든지 새로운 기준의 제정 등으로 빠르게 변화하고 있다. 삶의 질을 향상하기 위해서는 환경을 변화시키고 관리하는 능력이 요구된다.

건축의 질을 향상하려면 그 라이프 사이클(기획·설계, 제조·생산, 운영·유지, 폐기·재자원화)의 관점에서 경제성을 따지고, 품질 및 공급 측면에서 평가 등을 함으로써 계속적으로 시설의 최적화를 도모하는 일과 더불어 지속 가능한 품질의 실현, 건물의 장수명화, 이용자 만족도와 지적 생산성의 향상, 퍼실리티 코스트의 저감 등에 효과를 발휘하는 건축의 종합적인 유지·관리인 퍼실리티 매니지먼트가 유효하고 필요불가결한 것으로 보인다.

수준 높은 건축의 창출을 목표로 하는 여러 제도는 사용자의 이해를 얻고 오해를 불러일으키지 않으며, 건축을 풍요로운 사회생활의 기반으로 삼기 위한 여러 정책과 연동하는 사회적 공통 자산으로서 정비되어야 한다.

질적 향상을 실현하는 건축이 우량 사회 자산으로 축적됨에 따라 국가와 지역의 문화성을 구현하고, 매력적인 도시 건설과 아름답고 활력적인 지역 건설로 이어지며, 나아가서는 세계에서 존경받는 사회를 창출할 수 있어야 한다.

우리나라의 일부 건축에서 실용성과 디자인의 아름다움은 다소 미흡한 것 같다. 어설픈 외관에 억지로 꿰어 맞추는 비합리적인 실용, 익숙하지 못한 친환경의 설계, 쉽게 벗어나지 못하는 외관 디자인의 획일화·복제화·단순화 등은 하루속히 풀어나가야 할 과제이다. 설계자만의 만족에 그치고 마는 디자인이 아니라 다수의 공감을 얻을 수 있어야 한다.

창작품으로서의 지속 가능한 건축을 위해서는 창의·실용·아름다움이 어우러진 디자인이 요구된다. 건축 환경의 성능인 안전성·보건성·편리성·쾌적성·지속성 등을 구현하여 건축의 질을 높여가야 할 것이다.

삶의 의미가 우리가 삶을 어떻게 만들어 가느냐에 달려있듯이 건축의 의미 또한 우리가 건축을 어떻게 하느냐에 달려있다고 할 수 있다. 건축은 벽돌을 쌓고 삶을 담는 작업이다. 건축의 질은 건축을 새롭게 만들어내고 삶을 풍요롭게 하며 미래를 아름답게 하는 유용한 힘이다.

우리는 삶을 아름답고 넉넉하고 건강한 공간으로 만들기 위해서 고민하고 사랑한다. 각자의 삶은 모양, 구조, 색깔이 다르다. 개성과 처한 환경에 따라 독특한 디자인이 나타난다. 공간에는 혼이 깃들고 정성을 쏟은 만큼 건축은 멋지고 아름답고 빛나게 꾸며지리라.

건축물은 장기간에 걸쳐 사용하는 자산이므로 용도와 물리의 양면에서 진부함과 열화에 의해 질이 저하하는 현상에 대응하려는 노력이 필요하다. 건축의 질적 수준은 시대와 장소에 따라 또는 용도와 규모에 따라 다를 것이다. 또한 개별 건축물은 그 사용 상황과 관리 방식에 따라 중점적으로 배려해야 할 점이 다르다고도 할 수 있다.

처음에는 우리가 건축을 하지만 나중에는 건축이 우리를 지배한다. 우리가 짓고 사용하는 건축물은 우리의 행동에 영향을 미친다. 결국 우리가 만든 건축물과 그것을 둘러싸는 환경에는 생명이 살아 있어야 한다. 무생물도 생명이 있다. 심장 하나씩 가지고 있다. 살아 있어 쓰임이 나타나고 쓰임이 다할 때까지 숨을 쉰다.

#33
꽃과 새의 만남을 그리며

사람은 꽃을 좋아한다. 벌과 나비도 꽃을 좋아한다. 새 또한 꽃을 좋아한다. 꽃은 모두가 좋아한다. 우리는 모두 꽃이 되고 싶지 않은가. 서로에게 기쁨이 되고 싶지 않은가.

꽃은 저마다 이름에 따라 꽃말이 정해져 있는데, 사람들은 꽃말을 따져보고 선호를 결정하는 것은 아닐까. 하지만 벌과 나비와 새들은 꽃이 피어 있고 향기가 있으면 즐거이 찾아들지 어디 빛깔을 가리거나 꽃말을 따져 선호도를 달리하는가.

꽃은 주로 아름다움·화려함·번영·영화로움 등 긍정적 의미를 지니고 있어 아름다운 사람이나 좋은 일, 영화로운 일에 비유되기도 한다. 어느 집안이나 우리나라에 경사스러운 일이 많아 웃음꽃이 자주 피어나면 좋겠다.

우리나라는 무궁화, 북한은 목란(함박꽃나무), 중국은 매화 등으로 국화를 정하고 있다. 그런데 일본은 국화가 없다. 벚꽃을 좋아하지만 국화로 정하지는 않았다. 나라마다 중복되지 않은 규칙으로 국화를 정하고, 그 꽃을 나라 이름으로 하면 어떨까. 그러면 온누리가 꽃밭 같지 않을까. 사람들의 마음도 꽃처럼 고와지고….

꽃은 피었다가 지면 또 새로운 꽃을 피운다. 사람들은 저마다 꿈을 꾸며 꽃을 가꾸고, 날개를 만들고 있는 것이 아닐까. 활짝 피어난 꽃을 보기 위하여 사람들은 열심히 노력한다. 건강, 시험, 취직, 출세 등등 성공의 목적을 달성하기 위하여 애쓴다. 목표한 정상에 도달하면 그 기쁨은 짧고, 또다시 새로운 도전을 위하여 긴 여정에 나선다. 열심히 노력하는 모습은 아름답다. 열심히 노력하는 힘은 청춘이다. 꿈꾸니까 청춘이다. 청춘은 아름답다.

새는 날개가 있는 까닭에 사람들이 부러워한다. 때로 사람들은 상상의 나래를 펼치며 파란 하늘을 날아오르거나 꿈과 희망에 날개를 단다. 일어나 뛰고 날려고 한다. 꽃을 입에 물거나 목에 걸고 하늘을 날 수 있다면 최상의 행복한 순간이라고 할까.

우리나라에서는 도시나 시골 소읍의 주변에서 새의 개체수가 점점 줄고 있다. 그러나 아직도 참새·까치·제비·귀제비·찌르레기·노랑때까치는 도시나 시골 소읍의 주변에서 흔히 볼 수 있다. 넓은 정원이나 공원에서는 꾀꼬리·파랑새 등을 여름철에 볼 수 있다. 겨울에는 박새류·동고비·황여

새·직박구리를 볼 수 있다. 솔개와 말똥가리는 도회지 상공에서 자주 볼 수 있다. 또한 산과 해안 지역, 농경지, 도서, 호수, 하천 등 서식 지형에 따라 여러 종류의 새들이 살고 있는 것을 알 수 있다.

이와 같이 새는 살고 있는 장소에 따라 깊은 산속에 사는 새, 마을 근처에 사는 새, 물가에 사는 새, 집에서 기르는 새의 네 가지로 나눌 수 있다. 집에서 기르는 새에는 닭·오리·칠면조처럼 고기나 알을 얻기 위한 것과 잉꼬·앵무새·십자매 등과 같이 보기 위해 기르는 관상용 새가 있다. 한편 크낙새처럼 귀하고 가치가 있어서 나라에서 천연기념물로 지정하여 보호하는 새도 있다.

우리에게 자연을 가까이할 수 있게 하고, 생동감을 느끼게 하고, 위안과 희망의 메시지를 주는 꽃과 새들은 청춘이다. 청춘은 우리를 젊고 활력 넘치게 하고 자신감을 주는 힘이다.

'꽃과 새의 만남'을 즐길 수 있는 곳은 꽃과 새들의 천국인 화조원(花鳥園)이다. 많은 꽃과 새들이 어울리고, 사람들이 그들과 가까이 만나고 접촉할 수 있는 화조원은 남녀노소의 사랑을 받을 수 있다. 냉난방 설비를 갖춘 유리 하우스 구조의 화조원에서는 더운 여름이나 추운 겨울은 물론 날씨에 상관없이 일 년 내내 꽃과 새들을 만나 즐길 수 있다.

화조원 곳곳에는 새의 먹이가 마련되고, 그곳에서는 새들에게 누구나 자유롭게 먹이를 줄 수 있다. 새들의 비행 쇼 등을 통하여 재미와 스릴 만점의 체험도 가능하다. 새들의 생태환경을 가까이에서 살펴볼 수 있고, 새들이 사람들을 두려워하지 않고 사람들에게 가까이 접근하려는 준비가 되어 있음도 발견할 수 있다.

#34
도시 경관의 매력

각종 도시개발사업 등으로 도시 지역뿐만 아니라 자연경관이 양호한 도시 외곽 지역까지도 고층의 건물과 음식점, 숙박 시설 등이 무분별하게 들어서고 있다. 이에 따라 도시경관의 핵심이 되는 자연경관 및 스카이라인이 파괴되고 있으며, 도시개발에서도 무분별한 난개발이 초래되고 있다.

이러한 무분별한 난개발은 경관이 양호한 자연환경을 보유한 지역들에 환경부하를 과중하게 부여하고 있으며, 계곡 및 하천 오염, 쓰레기 등의 환경문제를 야기하고 있다.

따라서 도시민의 삶의 질 향상과 도시경관의 쾌적성을 향상하고 도시의 우수한 경관을 보전하기 위해서는 도시뿐만 아니라 도시 외곽의 자연경관 및 스카이라인 경관의 효율적인 관리 방안이 요구된다.

시가지는 개개의 건축물이 연결되어 모여 구성된다. 아름다운 시가지 경관을 형성하기 위해서 공공시설은 무엇보다 주민이 서로 협력하여 그 건축물의 경관을 배려하는 것이 필요하다.

경관이란 어떤 대상을 인간이 바라봄으로써 성립하는 현상이다. 그러나 단일 대상을 독립적으로 보는 경우는 경관이라는 용어를 사용하지 않고, 복수의 대상 혹은 대상군을 바라보거나 대상군 속의 단일 대상을 바라보는 경우에 경관이라는 용어를 사용한다.

경관이란 보이는 대상이라는 '景'과 바라보는 사람의 마음이라는 '觀'의 관계를 나타낸다. 결국 '대상인 사물에서 발신되는 시각 정보 등이 주체인 사람의 마음에 주는 영향'을 의미한다.

대상은 산·강·바다·동식물 등의 자연적 요소, 도로·건물 등의 인공적 요소 및 정원·논밭 등의 중간 요소에 의해 구성된다. 또한 도시나 집락이 사람이 거주하는 장소를 나타내는 것처럼 이들의 구성 요소 중에서 생활하는 사람의 모습 그 자체도 중요한 요소이다.

경관은 그 자체만으로 존재하는 것이 아니고 바라보는 사람의 심적 현상으로 대상을 바라보아 발생하는 인간의 심적 사상(事象)으로 평가되며, 단순히 보이는 모습 자체가 아니라 그것을 바라보는 인간의 가치판단에 의해 발생하는 것이다.

경관을 보이는 풍경과 거기에 내재하는 환경 그리고 이를 관찰하는 사람 사이의 상호작용이라고 정의할 때, 물리적인 객체가 시각적 감각을 통해 느껴지는 이미지로서 구체적인 형태나 색채를 지닌 자연물 또는 인공물이 인간의 감각을 통해서 지각되는 것을 의미한다. 결국 경관은 지각되는 것으로만 끝나는 것이 아니라 좋다 또는 좋지 않다는 가치판단까지 동반하게 되며, 이러한 가치판단은 보편적인 기준에 의한 것보다는 지역의 장소성이나 그 지역 주민의 문화적 성격에 의한다고 볼 수 있다.

사람이 이들의 대상을 바라보았을 때 느끼는 방식은 개개의 경험이나 개성에 지배되기 때문에 일정하지 않다. 예를 들면 역사·전통·문화·생활양식 등의 대상과 사람의 관계나 미의식 등 사람의 가치관에 의해 같은 대상이라 하더라도 느끼는 방식은 여러 가지이다.

경관을 고려할 때에는 대상이 되는 것과 주체인 사람을 항상 관련지어 다룰 필요가 있다. 이들을 검토하면 경관 창조를 구체적으로 실행하기 위해서는 '景, 즉 대상' 창조와 '觀, 즉 사람' 창조의 쌍방의 관점에서 검토하는 것이 필요하다.

경관자원은 생태적, 환경적, 역사적, 건축적으로 가치 있는 자원으로서 회색 빌딩 숲에서 거주하는 도시민에게 푸른 숲과 열린 수면 그리고 역사와 문화 등의 다양한 도시공간을 부여함으로써 쾌적한 도시경관을 창출하고 삶의 질을 향상해 주는 요소가 된다.

경관 형성은 사람들의 자주적·주체적인 틀에 의하여 추진해야 한다는 점에서 그것을 기본으로 하는 조화로운 경관을 장기적으로 추진하는 것이 요구된다. 따라서 지역 주민, 사업자, 행정기관이 지역의 경관에 대한 공통 인식을 찾아 대등한 관계의 협력(partnership)으로 공동이면서 일체가 되어 경관 형성을 도모한다.

지속 가능한 경관을 형성하기 위하여 기본이 되는 것은 경관을 만들고 유지하는 지역 주민과 사업자의 경관에 대한 의식과 행동이다. 따라서 주역 주민 및 사업자가 자기의 지역에서 경관 형성의 중요성을 이해하고 경관 조성에 자주적으로 참여하기 위한 틀을 구축함과 아울러 경관 형성에 대한 문제의식이 높고 조예가 깊은 지역 지도자나 주민 단체 등을 지원하고 육성한다.

경관 형성의 대상은 자연적 요소에서부터 인공적 요소에 이르기까지 다기에 걸쳐 있다. 따라서 경관 형성을 추진할 때는 이들 경관 구성 요소 상호간의 전체적인 조화를 배려함과 아울러 장기적 관점에서 장래 원하는 모습을 그리면서 종합적이고 계획적으로 지역 전체를 대상으로 한 경관 정책을 추진한다.

도시경관은 건물이나 가로, 광고물 등 많은 요소에 의하여 형성된다. 도시경관 디자인은 전체 공간을 구성하는 모든 요소에 대하여 완벽하게 조작한다고 고려할 수는 없다. 양호한 경관을 위한 기본적인 디자인 원칙을 정하는 것이 실증적이고 유효하다.

이와 같은 일정의 기본 원칙에 의한 디자인 방법은 형태·크기·소재 등의 요소를 직접적으로 디자인하는 데 비하여 기본 원칙을 통하여 사물이나 공간의 형태를 간접적으로 조작한다는 점에 특징이 있다. 구체적으로는 도시의 골격이 되는 가로 공간의 이미지를 규정하는 도로변 건물의 높이나 용도를 조절한다든지, 건축물 등의 색채나 소재를 어느 범위에서 정하는 등의 방법이 이용되는 경우가 많다.

도시경관을 형성하고 디자인을 조절하기 위해서는 법적 구속력과 디자인 힘의 양쪽을 갖춘 방법이 필요하다. 그러한 관점에서 앞으로 경관 디자인을 조절할 경우 다음의 3가지 방향을 검토할 필요가 있다.

첫째는 경관 조례를 효과적으로 운용하고 그 실효성을 높이는 방법이다. 먼저 조례를 제정하고 전 도시의 경관 마스터플랜을 책정하며 지구 레벨의 계획과 같은 순서로 추진하는 것이 바람직하다.

둘째는 행정에 전문가를 활용하는 방법이다. 시 행정 조직 중에 도시 디자인 전문 부서를 설치하고, 전문가에 의하여 경관 행정이 기능하도록 한다.

셋째는 건축가를 행정에 채용하여 도시 전체에 마스터 아키텍트제(도시나 거대 건조물의 디자인을 주변 환경과 경관적 조화를 도모하면서 총괄적으로 감수하는 전문가)를 도입하는 방법이다. 이 방법은 유럽의 일부 도시에서 실행되고 있는데 행정의 디자인 힘을 높이는 방법으로서 주목받고 있다.

#35
녹지공간의 보전을 위하여

녹지는 도시 지역에서 자연환경을 보전하거나 개선하고, 공해나 재해를 방지함으로써 도시경관의 향상을 도모한다.

녹지는 탄산가스의 흡수원으로 온난화 완화에 기여하므로 국토를 조성하는 과정에서 삼림의 정비와 보전, 도시 녹화 등을 추진할 필요가 있다. 특히 도시 지역의 상당한 녹지는 도시 활동에서 배출되는 인공 배열의 증가, 건축물·포장면의 증대 등에 의한 지표의 인공화로 야기되는 기온 상승과 열섬 현상의 완화에도 기여한다. 이 때문에 녹지의 보전과 재생, 창출 등을 통해서 거주 환경 등을 개선함과 아울러 지구 환경에 미치는 부하를 경감하도록 도모해야 한다.

도시림에는 가로수와 삼림공원 두 가지가 있다. 그런데 가로수는 지역 특성을 살리고 있는가. 예를 들어 사과가 특산물인 대구에서는 일부 가로수를 사과나무로 한다든지, 죽세공예품이 발달한 담양에서는 대나무를 일부 가로수로 한다든지 하여 지역의 심볼이 되는 나무를 가로수로 많이 볼 수 있도록 식재한다면 좋을 것 같다. 가로수가 일률적이지 않고 다채로운 수종으로 지역 특성을 살린다면 환경이 한층 돋보이지 않을까.

삼림공원이 열오염이나 대기오염 또는 소음에 대하여 완충 효과가 있다고 하는 것은 삼림이 공기의 흐름에 대하여 방벽이 되기 때문이다. 또한 사람들의 쉼터가 되고 차가운 바람을 막아주며 여름의 더위를 완화해 준다. 조망과 휴식을 겸비한 녹지대는 대기오염이 심각한 오늘날 우리의 도시에서도 절실히 필요하다. 도시림은 나무 사이로 먼 산을 조망할 수 있는 여유와 편안함이 확보된 안정된 도시경관을 제공한다.

도심 지역에 많은 건축물이 들어서면서 인간 생활에 여러 가지 마이너스가 되는 측면이나 새로운 환경문제가 발생하고 있다. 콘크리트나 유리로 축조된 건축물군은 살벌한 경관을 이룬다. 건축물의 옥상이나 벽면은 하계에는 현저히 고온 상태가 되어 그 열이 대기 중으로 확산되고 도시 전체의 기온을 끌어 올리는 이른바 열섬현상을 드러낸다. 또한 덥고 뜨거워진 옥상이나 벽면에서 발생한 열이 실내 공간에 영향을 미쳐 실온이 한층 더 상승하기 때문에 여름철에는 쾌적한 실내의 열환경을 유지하기 위하여 냉방기를 주야로 가동하게 된다.

도시 내에 건축물이 증가하고 기존 녹지가 소실됨에 따라 식물 증산량의 총량도 감소하고, 대기 중 습도의 저하와 건조화도 가속화되고 있다.

이와 같이 건축물군의 증가는 도시 생활을 불쾌하게 하는 근원이 되기도 한다.

도시 지역에 인구가 집중되면서 주택단지 건설도 해마다 증가하며, 그 대부분이 도시 근교의 기존 수림지를 개발하여 건설되는 경우가 많아지고 있다. 인간의 보금자리가 되는 주택단지의 환경을 정비할 경우, 기존의 녹지를 인간을 위한 녹지로 보전하여 활용하는 것과 단지 내외를 조경하기 위하여 새로이 녹지를 계획적으로 조성하는 것이 큰 과제이다. 이것은 도시에 급증하는 건축공간을 유효하게 활용하여 녹화함으로써 도시환경을 조금이라도 쾌적하게 유지하기 위한 요건이 된다.

식물의 생육에 열악한 환경 조건에서 지속적인 건전 생육을 가능하게 하기 위한 여러 가지 조성·관리 기술의 도입이 필요하다. 결국 새로운 녹화 공법이나 자재의 활용이 필요할 것이다.

도시의 건축 주변에 녹지를 정비하는 일은 열섬현상 완화, 대기 정화, 빗물 보유의 도시 환경 개선, 생태계 보전, 경관 향상, 건강·치유 장소의 제공, 피난지 확보 등 다면적인 효용을 사회에 가져오는 것으로 알려졌다. 또 도시 주민들은 푸르름에 대하여 '청량감 증진', '쾌적성 향상', '피로감 해소' 등의 정신적 효과를 기대하고 있다.

도시 공원은 도시 환경의 개선, 도시의 방재 공간, 레크리에이션·커뮤니티 활동의 장, 동식물의 서식과 생육 공간, 지역 활성화의 거점 등 복합적이고 다양한 기능과 역할을 하는 것이지만, 녹지의 양적인 확보라는 관점에서도 도시에서 녹지의 핵심 거점을 이루는 것이며, 도시의 귀중한 영속성 있는 자연환경으로서 중요한 역할을 맡고 있다.

도로를 정비할 때는 생물 다양성 보전 외에 양호한 경관의 형성, 이산화 탄소 흡수 등에 이바지하는 것에서부터 수목으로 도로의 비탈면, 식수대, 중앙 분리대 등을 녹화하는 것까지 적극적으로 추진한다. 나아가 도로의 비탈면과 나들목 등의 오픈 공간을 활용하는 다양한 생물 서식 공간(비오톱)을 적극적으로 창출하는 동시에 하천 공간과 공원 공간 등이 일체가 되어 비오톱 네트워크가 구축되도록 도모한다.

또한 경로 선정과 구조 형식의 채용에서 자연환경의 보전을 배려하는 동시에 동물과 차량의 접촉 사고를 막기 위한 시설 등 생태계를 배려하는 '에코 로드'를 추진한다.

녹지 보존 지구에 한정하지 않고 도시 근교 녹지에까지 범위를 넓혀서 보면, 녹지가 황폐하고 건전한 생태계의 기반으로 제대로 기능하지 않고 있다는 문제가 있다. 도시의 녹지가 도시 주민의 귀중한 재산이라는 사실을 감안하면 녹지 관리는 토지 소유자뿐 아니라 지방 공공 단체와 지역 주민 등의 협력과 분담에 따라 적정하게 담당하여 차세대, 미래로 이어 나갈 필요가 있다.

기존림은 지역 자연의 특성에 대응하여 육성되고 자연계의 다양한 작용과 조화되어 그 지역의 풍토나 경관을 특징짓는 중요한 요소가 되고 있다. 그런데 한번 벌채하면 그것을 복원하는 데 많은 연월이 필요하다.

수목은 명확한 선정 기준을 정하여 보전할 필요가 있다. 지구환경이나 자연환경의 보전과 거주 수준의 향상을 아울러 도모하기 위하여 주택단지의 옥외 공간에 지금 이상의 녹지를 확보함과 아울러 건물 옥상이나 벽면 등도 적극적으로 녹화하여 도시 가운데 조금이라도 자연환경을 늘리고 인간이 자연과 친화할 수 있도록 강구할 필요가 있다. 또한 녹지나 물에서 서식하는 곤충이나 작은 동물을 보호하기 위한 자연의 복원과 재생도 중요한 과제가 되고 있다.

#36
환경을 중요시하는 녹색건축

녹색건축물(Green Building)이란 에너지 이용 효율 및 신재생 에너지의 사용 비율이 높고, 온실가스 배출을 최소화하고 온실가스가 환경에 미치는 영향을 최소화하는 동시에 쾌적하고 건강한 거주 환경을 제공하는 건축물이다.

건축물의 자재 생산 단계에서부터 설계, 건설, 유지 관리, 폐기에까지 이르는 전 과정에서 발생할 수 있는 에너지와 자원의 이용 및 오염물질 배출과 같은 환경 부담을 줄이고, 쾌적한 환경을 조성하기 위해 우리나라에서는 건축물의 친환경성을 평가하여 인증하는 제도로 녹색건축 인증 제도를 시행하고 있다.

녹색건축은 콘크리트나 시멘트 대신 나무나 흙처럼 생태계에서 얻을 수 있는 자연 재료를 활용하고, 이산화탄소를 배출하는 화석연료 대신 태양열이나 풍력 등 자연 에너지를 활용한다. 단열이나 환기, 통풍도 자연 조건을 최대한 활용해 불요불급한 에너지 사용을 줄인다. 오폐수를 자연적으로 재처리해 사용한 뒤 방류하는 것도 포함된다.

에너지와 환경 등 여러 가지 면에서 세계사적으로 하나의 전환점이 된 1992년 6월 리우 환경정상회의 이후, 환경적으로 건전하고 지속 가능한 개발이라는 바람이 거세게 불면서 환경과 개발이 상충하지 않고 공존하는 경제개발 방식이 중시됨에 따라 녹색건축의 기술 개발과 보급의 중요성이 국내에서도 최근에 크게 증대되고 있다.

그러나 실제 건축 현장에서 환경 보전을 위한 노력은 아직도 상당히 미흡한 수준에 머물러 있다. 정작 당사자가 관여하는 건축물의 건립 과정에서는 에너지나 환경문제를 거의 도외시한 채, 의장이나 경제성을 더욱 중시하고 있는 실정이다. 개개의 건물에서 유발되는 환경오염은 비록 크게 문제 삼을 정도까지는 아니더라도, 수많은 건물들 전체에서 배출되는 오염량은 상당한 수준에 달한다.

녹색건축은 에너지와 환경 문제를 동시에 해결하기 위한 방안으로 이제까지 건물의 기본 개념이 되어 온, '인간이 거주하며 모든 쾌적한 생활을 영위하기 위한 공간'이라는 차원을 넘어 현세와 후세에 걸친 인류의 생존과 지구환경 문제에 기여하기 위한 건축 분야의 대안으로 제안되었다.

녹색건축의 대표 기술은 건물의 냉난방과 조명 등 건물의 유지 관리를 위해 필수적으로 사용하는 에너지는 변환 과정에서 환경오염 물질의 발생이 동반되므로 건물에 필요한 에너지 부하를 줄이는 것이다. 이것이 녹색 건축에서 가장 기본이 되는 기술 요소이며 아울러 에너지 부하를 줄이기 위한 설비의 효율성을 향상하는 데 필수적이다.

또한 건물에서 유발되는 각종 오염원의 발생을 줄이고, 발생한 오염원이 주위 환경에 미치는 피해를 최소화하기 위한 환경공해 저감 기술이 뒷받침되어야 하며, 건물에서 나오는 폐자원을 재사용하거나 재생이 불가능한 자원도 환경에 미치는 피해가 최소화되도록 처리하는 기술 등이 중요하다.

녹색건축은 에너지 절약과 환경 보전을 목표로 에너지 부하 저감, 고효율 에너지 설비, 자원 재활용, 환경공해 저감 기술 등을 적용하여 친환경적으로 설계하여 건설하고 유지하고 관리한 후 건물의 수명이 끝나 해체될 때에도 환경에 대한 피해가 최소화되도록 계획한다.

녹색건축을 실시하면 에너지와 물의 사용이 저감되고, 실내공기의 질이 개선되어 공중 및 거주자의 건강을 보호하며, 빗물을 이용하여 열섬현상 등 환경에 미치는 영향이 감소된다. 녹색건축은 지속 가능한 디자인의 지속 가능한 발달과 일반의 지지와 관련된 개념에서 결여할 수 없는 구성 요소이다.

또한 구조와 그것을 둘러싸고 있는 자연과 조화된 환경 사이에서 생태뿐만 아니라 미학과 조화를 도모하는 것이 요구된다. 그린(환경보호)의 설계는 예를 들면 태양광을 이용한다든지, 그린의 지붕이나 정원에서 식물이나 나무를 이용하여 빗물 유출을 감소한다든지 하여 재생 자원의 유효한 이용을 강조한다. 또한 주차장을 콘크리트나 아스팔트로 포장하는 것이 아니라 그곳에 자갈이나 잔디 블록을 깔아 지하수의 보급을 높이는 등의 많은 기술이 이용되고 있다.

금후, 지구환경이나 주변 환경과의 조화나 거주 환경을 배려한 녹색건축의 활발한 공급을 촉진하기 위해서는 건축 소유자의 환경 의식을 양성하고 코스트 부담을 경감하는 일 등이 과제가 된다. 녹색건축의 공급이 더욱 활발해지기를 기대한다.

#37
친수 환경의 활성화

하천은 예로부터 생활용수와 농업용수로 이용되어 사람들의 삶에 필수적인 것이었다. 우리나라의 하천에 관한 정책은 그동안 수해를 막기 위해서 제방 등을 쌓아 강을 다스리는 '치수', 강물을 음료, 공업, 농업, 발전 등에 이용하는 '수리' 등의 기능 향상에 힘을 쏟아 왔다. 그 결과 콘크리트 사면 벽의 호안 정비와 생활·공업배수 등에 따른 수질 오염이 진행되어 사람들과 하천의 거리가 멀어지고, 하천 환경은 악화의 길을 걸어왔다.

그러나 최근 환경을 개선하여 하천에 사람들을 불러들일 수 있는 다자연형 하천 조성에 의해 강물에 접할 수 있는 호안 정비가 진행되고 있다. 또 물을 가까이하는 것을 목적으로 한 친수 공원의 정비나 어류, 곤충 등과 상생하려는 노력도 친수 활동의 일환으로 이루어지고 있다.

주거 단지 내 생태환경의 질적 수준 향상을 유도하기 위해서는 수생 비오톱을 조성한다. 수생 비오톱이란 습지의 한 유형으로 도시화와 산업화 등으로 훼손되거나 사라진 자연습지를 대신하여 다양한 종이 자생적으로 서식할 수 있도록 조성된 인공습지의 유형이다. 또한 호안은 수생 비오톱의 기슭 혹은 물과 접하는 부분을 말한다.

친수 행위는 인간의 재생산적 행위라고 할 수 있는 레크리에이션 활동과 같은 맥락에서 이해할 수 있다. 이러한 친수 행위에는 육체뿐만 아니라 정신적으로 물과 가까워지는 것도 포함되며, 친수 공간을 레크리에이션 활동이 일어나는 장소로서의 수변으로 볼 때 친수성이 중요한 관점이 된다.

친수 공간의 영역을 규정하는 기준은 여러 가지 관점에 따라 다르므로 일률적으로 규정하기는 어렵다. 그럼에도 불구하고 그 영역은 ① 물과 만나는 지점을 기점으로 하여 일률적인 거리를 정하는 행정구역인 구분의 물리적 지표 ② 도시와 친수 공간이 연결된 지형이나 입지를 고려한 개념적 지표 ③ 친수 공간이 인간에게 주는 정신적·정서적·감각적 영향을 고려한 심리적 지표의 3가지 기준으로 구분할 수 있다.

도시 해안의 친수 공간은 항만 시설, 공장 등과 같은 생산 기능 시설이 많은 부분을 차지하고 있다. 그러나 최근 친수 공간을 거주와 휴게 공간 등 생활 공간으로 정비하고자 하는 인식이 대두되면서 공간 특성을 얼마나 활용하는가에 많은 관심이 모아지고 있다.

이처럼 육역과 수역이 융합된 친수 공간에는 방향성, 완결성, 레저성 등과 같은 물리적 요소와 개방성, 어메니티(amenity)성 등과 같은 정신적 요소로 구분되는 다양한 특성이 있다.

친수 기능은 인간의 생리와 심리에 양호한 효과를 주는 것으로 이해되며, 지역사회의 형성에 중요한 의의가 있는 것으로 강조되고 있다. 친수 기능에는 낚시, 물놀이 등을 즐기기 위한 레크리에이션 기능, 휴식과 커뮤니케이션의 장소가 되는 공원 기능, 경관을 형성하는 경관 형성 기능, 정서적 만족을 주는 심리적 만족 기능 등이 있다.

친수 기능은 원래는 하천 계획의 입장에서 제안된 것인데, 수변의 레크리에이션 기능, 심리 만족 기능, 공간 기능, 방재 기능 등이 아울러 검토되고 있다. 이와 같이 수변은 생명 자원과 생산 자원으로서 기능하고 있다. 그뿐만 아니라 수변을 중심으로 형성되는 경관을 비롯하여 미기상(微氣象) 완화, 생물 서식 공간, 재해 시의 방재, 레크리에이션 활동 공간 등과 같은 기능이 있다.

도시의 기반 시설 정비, 생활수준의 향상, 여가 시간의 증대, 공해 문제의 완화 등을 통하여 주변 자연환경에 대한 요구와 의식이 높아지고 있는 현실을 배경으로 최근에는 특히 오픈스페이스와 자연 공간으로서의 수변에 관심이 모아지고 있다.

수변에는 호숫가, 하천가, 바닷가 등이 있으며, 어느 한 지역에 여러 종류의 수변이 함께 입지하는 것은 그다지 흔하지 않다. 수변은 자연에 존재할 뿐 아니라 인간과의 심리적·정신적인 측면도 포함한 개념이다. 수변은 수운 활동을 통하여 타 지역과 교류하는 장으로, 교통이나 상업에 적합한 공간이다. 또한 수자원, 수산자원을 제공하는 장이고, 농업·어업·

공업 등의 산업을 육성하는 장으로서도 중요하다.

호안은 강의 유수력 등에 의한 침식 작용에서 강변을 지키는 데 중요한 하천 구조물의 하나이다. 친수 호안은 이 기능(유하 기능, 치수 기능)을 하며 사람들이 물을 가까이에서 즐길 수 있도록 하는 호안으로 규정할 수 있다.

이 때문에 현재까지 느린 경사형, 계단형 호안이 친수 호안의 대표적인 형식으로 되어 왔다. 이들 형식은 넓은 공간을 확보하여 산책로를 정비하거나 녹화함으로써 친수성도 더 높일 수 있다. 용지 확보가 어려운 경우에는 자연과의 조화를 의식한 석축 호안을 이용하여 친수 호안을 만들기도 한다.

#38
폭염을 피하고 시원한 여름을 나려면

도시 발달과 인구 증가에 따라 도시 중심 지역은 교외와 뚜렷하게 다른 기후 특성을 형성한다. 이것은 도시 구조물의 열용량 및 열전도가 토양보다 커서 태양에너지를 받는 면적이 교외보다 크고, 화석연료 사용에 의한 도시 자체 발열량의 증가와 더불어 지표면이 구조물에 덮여서 증발 면적이 작아지고 증발열의 손실이 상대적으로 적어지며, 오염물질이나 미세먼지에 의한 온실효과에 기인한다.

최근 들어 해마다 평균기온이 조금씩 올라가고 여름이 길어지며 겨울이 짧아지고 있음을 느낀다. 특히 여름에는 불볕더위가 기승을 부리고, 폭염의 날이 많아지며, 온열환자의 발생 수도 늘어나고 있다. 폭염은 6월부터

9월까지 일 최고기온이 33℃ 이상인 상태가 2일 이상 지속되는 경우를 말한다.

낮에는 폭염으로 시달리고 밤에도 그 열기가 식지 않아 열대야에 잠을 설치기도 한다. 열대야는 한여름 밤 사이의 최저기온이 25℃ 이상으로 무더운 현상이 나타난 결과 너무 더워서 사람들이 잠들기 어렵고 고통스러운 상태의 더위를 나타내는 지표가 된다.

우리나라에서 열대야 현상은 고온다습한 북태평양고기압이 발달하여 밤에 복사냉각의 효과가 감소하여 나타나며, 특히 농촌보다 도시에서 도시 기온의 특성으로 나타난다. 즉, 도심에는 교외에 비해 사람·건물·자동차·공장 등이 많아 엄청난 인공열이 발생하고, 열전도율이 높은 아스팔트 도로는 쉽게 가열되며 건조해진다. 또 높은 빌딩과 같은 인공구조물은 굴곡이 크고 표면적이 넓어 많은 열을 흡수한다.

높아지는 여름철의 기온을 낮추는 방법은 무엇일까. 3가지를 들 수 있다.

먼저 지구온난화 대책으로 시행하는 식재에 의한 효과이다. 인간과 자연을 이어주는 푸른 숲의 조성이다. 푸른 숲은 도시를 둘러싼 숲, 즉 도시숲을 말한다. 도시숲은 시민의 보건 휴양·정서 함양 및 체험 활동 등을 위하여 조성하고 관리하는 산림 및 수목으로, 공원, 학교숲, 산림공원, 가로수(숲) 등이 여기에 해당한다.

도시숲의 기능으로는 기후 완화를 비롯하여 대기열 흡수, 소음 감소, 대기 정화, 휴식 공간 제공 및 정서 함양, 미관 향상, 미기후 조절, 야생동물의 보호 등을 들 수 있다.

두 번째는 친수공간의 확보이다. 친수공간은 시민들이 자유롭게 물에 가까이 접근하여 휴식, 관광, 여가 등을 즐길 수 있는 휴식 장소 및 여유 공간을 제공하고, 물과 관련된 기능을 하는 시설물이 갖추어진 공간을 말한다. 서울의 청계천, 부산의 온천천, 광주의 광주천 등이 이에 해당한다.

친수 개념에 따른 수변 공간의 친수 기능을 구성하는 요건에는 물이 있는 공간 시설과 물의 물리적·화학적 작용, 인간의 지각을 통한 물과의 접촉 그리고 그 결과로 나타나는 인간의 심리적·행동적 효과를 들 수 있다.

하천 주변 공간을 활용하기 위해 도심하천을 복개하면 수생태계가 심각하게 훼손되어 식물 성장에 필수적인 공기와 빛이 차단돼 생물 서식 공간이 파괴된다. 무분별한 인공화·구조물은 하천의 건천화와 자정 능력 상실, 생태 이동 통로 단절 및 하천의 자연 복원력 상실을 초래하여 하천만을 대상으로 하는 선(線) 개념의 생태 복원 사업의 경우 횡적, 종적 차원의 생태 네트워크 구축이 곤란해진다.

친수 기능과 생태 복원 기능을 병행하는 하천 관리에서 생태 복원 기능을 중심으로 친수 기능과 이수·치수 기능을 동시에 추진하는 체계로 전환하여야 한다.

홍수 피해와 수질오염을 최소화하기 위해서는 친환경적인 기법을 활용하여 녹지 및 저류 공간 확보, 투수성 도로 포장재 시공, 옥상 및 벽면 녹화 등을 적극 시행한다.

기후변화에 대비한 물 확보, 홍수 예방을 위한 하천 공사 및 하천 유지·보수에 재투입할 수 있도록 함으로써 미래의 새로운 황금인 물 자원의 공공성을 확보하도록 한다.

세 번째는 건물의 옥상이나 벽면을 녹화하여 생태 기능을 확보하는 건물녹화이다.

인공적인 구조물 위에 인위적인 지형과 지질의 토양층을 새로이 형성하고 식물을 주로 이용하여 식재하거나 수공간을 만들어 녹지공간을 조성하는 것을 옥상녹화라고 한다.

콘크리트 구조물 상부의 노출면이면서 대부분의 경우 방치되는 공간인 옥상을 녹화하게 되면 회색 도시를 녹색으로 변화시켜 부족한 녹지를 확보할 수 있을 뿐 아니라 생물 서식 공간으로서 새나 곤충의 서식지와 이동통로가 될 수 있다. 그리고 옥상에 자리 잡은 식물은 호흡과 광합성 작용을 통하여 아황산가스, 이산화탄소, 이산화질소 등 대기오염물질을 정화하고 산소를 대기 중에 공급함으로써 대기 환경 개선에 기여하게 된다.

옥상녹화에는 건물이나 시설의 이용 목적을 비롯하여 그 성격이나 기능, 구조, 형상, 입지 등에 따라 다양한 요구가 있을 수 있으며, 그 용도는 옥상정원은 물론 채소밭, 화단, 잔디 광장, 레크리에이션 시설 등 매우 광범위하다.

벽면녹화는 건축물의 벽면, 각종 울타리, 방음벽, 콘크리트 옹벽 등의 수직면과 사면 등 인공적으로 만들어진 입면에 식물을 도입하여 녹음으로 피복하는 것이다.

이와 같은 도시 기후 완화 효과를 통하여 에어컨을 가동하지 않고 선풍기를 사용하는 정도로 폭염을 피하고 시원한 여름을 날 수 있기를 기대한다.

그런데 옥상이나 지붕을 흰색으로 페인팅하여 한여름에 높아진 외기온의 수열을 낮추는 경우가 있다. 흰색은 열을 반사하므로 해당 건물에서는 실내 입사열을 다소 낮출 수 있다. 하지만 외부의 많은 건물에서는 그 건물의 옥상이나 지붕을 쳐다보게 된다. 흰색에 의한 빛의 반사로 빛 공해가 심해져 눈부심을 일으킨다. 흰색의 면적이 늘어날수록 피해는 그만큼 더 커진다. 흰색 페인팅이나 흰색 마감재에 의한 효과는 한두 달 정도이겠지만, 주변 주민들에게 미치는 빛 공해 피해는 1년 내내 이어진다. 일사 방지도 좋지만 주변 주민들에게 미치는 영향도 고려해야 한다.

#39
도시숲의 기능

도시숲은 도시와 숲의 합성어로 도시 내에 존재하는 숲으로 간단하게 정의할 수 있지만, 법적, 물리적 공간 개념 이상으로 환경·생태적인 측면과 아울러 문화적, 전통적, 공동체(community)의 측면을 포괄하는 개념으로 사용할 수 있기 때문에 도시 행정구역 내의 산림, 녹지, 공원 및 가로수로 정의하는 것이 효율적인 도시숲 관리에 유리할 것으로 판단된다. 따라서 도시숲은 국민의 보건과 휴양, 정서 함양 및 체험 활동 등을 위하여 조성하고 관리하는 산림 및 수목으로 공원, 학교숲, 산림공원, 가로수(숲) 등을 말한다.

일반적으로 광의의 도시숲은 시가지와 그 주변부를 휘감는 기다린 면적의 수림지를 중심으로 한 도시 녹지를 일컫는다. 도시숲은 다른 도시 녹지와 마찬가지로 레크리에이션 및 방재 등의 다양한 기능이 있으며, 특히 야생 동식물의 보호, 도시 기후 개선 등 환경 보전 향상에 이바지하는 기능에 대한 기대가 높아지고 있다.

도시숲의 현황을 보면, 우리나라는 급격한 도시화로 전체 인구의 약 90%가 도시 지역에 거주하고 있으나 도시 지역의 산림 감소율은 연평균 3.5%로 전국 산림 감소율 0.1%의 35배에 달한다. 도시 지역 내 시민들이 쉽게 이용할 수 있는 '생활권 도시림'은 전국 평균 7.0㎡/인으로, 세계보건기구(WHO)에서 제시한 1인당 최저 녹지 면적 권고 기준의 77% 수준이다.

인간과 자연을 이어주는 도시숲의 기능에는 다음과 같은 것이 있다.

첫째, 기후 완화 기능으로 숲이 있으면 여름 한낮의 평균 기온이 3~7℃ 낮고, 습도는 평균 9~23% 높게 나타난다. 또한 버즘나무(플라타너스)는 1일 평균 잎 1㎡당 664㎉의 대기열을 흡수하는데, 이는 하루에 15평형 에어컨 8대를 5시간 가동하는 것과 같은 효과가 있다.

둘째, 소음 감소 효과로, 폭10m, 너비 30m인 수림대가 있으면 소음이 7dB 감소하고, 키 큰 나무(폭30m, 높이 15m)가 있는 고속도로에서는 10dB이 감소하는 것으로 나타났다. 도로 양쪽에 침엽수림대를 조성하고 중앙분리대에 키가 큰 침엽수를 식재할 경우 자동차 소음의 75%, 트럭 소음의 80%가 감소하는 것으로 나타났다.

셋째, 대기 정화 기능으로 느티나무 1그루(엽 면적 1,600㎡)가 하루에 8시간 광합성 작용을 할 경우 연간(5~10월) 이산화탄소 2.5톤을 흡수하고, 1.8톤의 산소를 방출한다. 이는 성인 7명에게 연간 필요한 산소량에 해당한다.

넷째, 휴식 공간 제공 및 정서 함양 기능으로 도시숲은 시민들에게 휴식 공간을 제공하고, 황량한 건물선을 시각적으로 부드럽게 하며 딱딱하고 삭막한 풍경을 자연스럽게 차단함으로써 심리적인 안정 효과를 제공한다.

다섯째, 아름다운 경관 조성으로 도시 내 녹지축의 형성과 특징적인 녹색(가로) 공간을 창출하여 도시에 아름다운 경관을 만듦으로써 그 지역을 상징하는 랜드마크의 역할을 한다.

여섯째, 가로수 및 녹색 네트워크 조성으로 도시숲을 연결하는 가로수는 지역적 특성을 살린 수종 선택, 두 줄 식재, 키 작은 나무와 함께 심기 등을 통하여 도시의 미관 향상, 미기후 조절, 야생동물 이동통로 확보에 따른 생물종 다양성 확보 등과 같은 다양한 기능을 증진한다. 가로수도 과거에 한 줄로 심던 것을 두 줄, 세 줄로 조성하고 키 큰 나무와 키 작은 나무를 함께 심음으로써 진정한 가로숲으로 만들어 나가고 있다.

도시숲은 위치가 매우 중요하다. 도시숲은 도시민들의 위락 활동과 건강 증진을 위한 필수적인 장소로서 접근성이 좋아야 한다. 도시숲은 접근이 어려운 도시 외곽에 위치하는 것보다는 소규모라도 주거지 내부 또는 인접 지역의 적정한 이동 거리 내에 분산되어 배치되는 것이 도시숲으로서 효용가치가 높다. 따라서 특정한 도시숲은 다른 녹지와 대체되기 어려운 특성이 있다.

도시숲은 도시 발달, 도로 건설 등으로 단편화되고 고립되어 있는 경우가 많다. 이는 야생 동식물의 이동, 유전자 교환 등에 장애를 일으켜 소수 종이 멸종하고 산림 생태계의 기능이 저하되는 문제가 발생하게 된다. 산림 생태계는 독립적으로 존재하는 것보다는 여러 개가 네트워크로 연결될 때 효용이 높아진다. 따라서 도시 내의 크고 작은 도시숲을 연결하는 방안이 마련되어야 한다. 도시숲은 도시와 가까이 위치함으로써 그 기능에 대한 요구가 높아지고, 많은 시민들이 편리하게 이용할 수 있다. 그러나 도시숲에 대한 체계적인 관리가 부족함으로써 이용자에 의한 등산로 파괴, 산림 훼손, 산불 발생, 병해충 피해 등과 같은 교란이 지속적으로 발생하고 있으며, 오염물질의 유입 등으로 도시숲의 질이 반복적으로 저하되고 있다.

일반적으로 산림의 기능 중에서 생산 기능이 중요하게 여겨져 왔으나, 도시림에서는 휴양 기능과 환경 보전 기능이 매우 중요하다. 이 2가지 기능은 산주와 인근 주민뿐만 아니라 모든 시민이 공유할 수 있는 공익적 성격이 있다.

산림의 가치에는 경제적으로 계산할 수 없는 점들도 있다. 숲은 잠재적인 미래의 자원인 유전자, 종, 생물의 다양성을 보전하는 환경 보호 기능과 문화, 예술, 종교적 배경의 문화적 기능도 제공하여 준다. 또한 숲은 지친 몸과 마음을 치유하는 효과가 있으며, 교육적인 효과도 높다.

도시숲의 관리자는 도시숲을 관리의 대상으로 보며, 재해 방지와 공익적 기능 제공 등을 산림의 중요한 역할로 인식하고 있다. 시민단체의 경우에는 보전 및 교육의 대상으로 여기며, 일반 시민의 경우에는 휴양 및 이용, 경관 및 풍치의 대상으로 보고 있다. 이에 비하여 산림 소유주는 산림의 부동산 가치와 재산권 행사를 중요시한다.

도시숲은 생태 자원으로서 이를 보전하고 관리하기 위한 정책이 필요하다. 도시림 조성과 강화의 목표는 도시지역의 녹지 공간을 확충하고 도시림 정비를 촉진하여 녹색 숲으로 둘러싸인 쾌적하고 풍요로운 생활환경을 조성하는 데에 두어야 한다.

#40
지역발전을 위한 절호의 기회

건물을 보존이나 적합 용도에 따라 재활용하는 일은 그 건물이 시대 변화에 약하게 대응한 정도에 의거하여 검토할 수 있을 것이다. 그 척도의 하나로서 과거에는 비록 보존이 위태로웠을지 모르지만 현재는 보존에 의문을 품을 여지가 없는 건축적·역사적 가치가 압도적으로 높은 건물을 제시할 수 있을 것이다.

보전의 또 하나의 척도는 단지 오래되었을 뿐 아직도 사용이 가능한 것으로 수명을 연장할 수 있는 건물이다. 과거에 이러한 건물은 토지를 유효하게 이용하는 데 방해가 되는 장애물로 간주하는 것이 보통이었다. 오늘날에는 오래된 건물에 대해 우리가 새롭게 인식하고 건설의 경제성 측면도 고려하여 오래된 건물의 가치가 이전보다 높아지고 있다.

역사적 건축물을 보존하거나 적합한 용도에 따라 재활용하는 일은 적절한 시기를 놓치면 상당한 손실을 감수하지 않으면 안 된다. 또한 역사적 또는 건축적 가치가 대단히 높은 건물인데도 보전할 정도로 중요하지 않다든지, 이미 경제적 이용 가치가 없다든지, 그 건물의 부지가 부동산 투자의 대상으로 평가된다든지 하는 수가 많다.

도시화가 진행되면서 전국 각지의 지방도시는 역사적·문화적 개성을 잃고 획일적인 외관을 나타내는 경향이 있다. 풍부한 개성을 회복하고 창출하기 위하여 이미 역사·문화 환경으로 지정된 건물은 그것을 유지하고 관리하는 데 내구력을 향상하는 등 더욱 각별한 노력이 필요하지만, 아직 지정되지 않은 건물은 하루라도 빨리 그 보전 가치를 조사하고 연구하여 손실을 최대한으로 줄일 수 있는 방법을 강구해야 할 것이다.

획일적이고 수직 하향적이며 지시 일변도로 추진하는 것이 아니라 다양한 발상이 전개될 수 있는 사업 방식이 필요하다. 그러려면 지역 특성에 어울리는 개발이 요구되고, 개발과 보전은 복지사회를 구현하는 방향으로 전개되어야 하며, 시책을 수립할 때는 주민들의 능동적인 참여를 유도하여 시행착오나 민원으로 갈등을 빚지 않도록 하여야 한다. 역사·문화 환경의 보전과 지역의 발전·개발이 양립하도록 하려면 마스터플랜이나 개발 계획 중에 포함하여야 한다.

지역 경관에 대해서는 역사적 경관과 현대 건축물의 조화를 목표로 하는 종합적인 보전 대책을 세워야 한다. 즉, 역사적 경관의 보전에서 새로운 경관의 창출로 나아가야 한다. 경관 조례의 제정 및 정착은 종합적인 환경 시책 및 주민 주도의 터전 빛내기의 정착을 의미한다. 환언하면 그 지역에 관심 있는 사람들이 책임지고 터전 빛내기를 추진하는 것을 의미한다. 역사적 자산에 대해서도 그것을 보존하고 활용하는 지식이나 기술로 지역에 이바지하고, 스스로의 힘으로 그것을 계승하는 실력이 요구된다. 역사적 자산을 가능한 한 지역에 유용하도록 하기 위해서도 그 정보를 분산하지 않고 관리하고, 개개에 걸맞은 보존과 활용 시책을 유도하는 안목을 기를 필요가 있을 것이다.

역사·문화 환경에 참여하는 활동에는 몇 가지의 발전형이 보인다. 그 동향을 분류해 보면, ① 역사 탐방 ② 문화 체험 ③ 워크숍 ④ 향토축제 등이 있다.

역사 탐방의 경우는 특정 지역을 정하여 강사가 강의한 후 해당 지역을 돌아보며 지역의 특징이나 과제를 파악하는 방법으로 진행된다. 보통 평소에 잘 가지 않는 건물이나 유적지를 직접 가서 보는 등 참여자에게 새로운 체험을 제공하게 된다.

문화 체험은 낯선 지역을 찾아 거주자들과 생활하면서 그들의 문화를 이해하고 체험하는 것이다. 우리의 전통문화를 계승하고 발전시키기 위해서는 전통 생활 문화의 전승과 보급이 필요하다.

워크숍의 경우는 주민이나 전문가 등이 모여 해당 지역을 돌아보며 지역의 특징이나 과제를 정리하거나, 그것을 보존하고 활용하는 계획을 수립하거나 또는 자력으로 건설을 실행하는 등 다양한 내용이 포함된다.

향토축제는 제의적 기반 위에 풍요와 풍어를 기원하는 풍요제의 성격을 띠면서 노래와 춤 등이 어우러진 종합예술로 다양하게 발달되어 왔다. 이러한 축제는 개인적이며 이기적인 생활에서 탈피하여 생에 활력과 리듬을 주고 심리적인 유대감과 사회적 단합을 촉진하는 계기를 제공한다. 지역 특성에 따른 향토문화제를 개최할 때는 오랜 전통을 북돋우는 데서부터 시작하여 한국적인 전통을 다각적으로 보존하고, 민속적인 모든 음악·놀이·축제 등을 발굴하고 개발하고 선양하며, 주민이 적극적으로 참여하여 화합과 응집력 신장을 도모하는 한편 행사의 내용을 이해하고 배우고 적용할 수 있는 방향으로 추진해가야 할 것이다.

소통과 배려

남을 배려하는 마음으로 행동하면 욕을 먹지 않고 칭찬을 듣게 되므로 결국 자신도 배려하고 돕는 것이다. 지나친 경쟁, 이기심, 욕심은 남을 배려하는 마음이 사라지게 한다. 정신과 신체 모두 건강함이 요구된다. 신체는 건강하더라도 함부로 불쑥불쑥 부정적인 언동을 내보이면 심리적으로 환자가 아닌가 의심해 보게 된다. 건강한 정상인과는 달리 격하게 돌출된 언동을 자주 하는 사람은 환자일지도 모른다.

#41
매너와 에티켓

우리가 사회생활을 하는 데에는 여러 가지 룰(규칙)이 있다. 예를 들면 빨간 신호등이 켜지면 횡단보도를 건너지 않는다든지, 주차해서는 안 되는 장소에는 자동차를 두지 않는다든지 하는 룰은 사회인으로서 당연히 지키지 않으면 안 되는 것이다.

직장 생활을 보면 회사 내에는 업무 규칙 등 정해진 룰이 있다. 시업 시간과 종업 시간, 휴가 일수와 쉬는 시간 등은 약속과 같은 것이다. 또한 상사의 지시나 명령, 고객과 한 약속은 기본적으로 지키지 않으면 안 되는 것이다. 누구라도 멋대로 쉬는 시간을 보낸다든지 시업 시간이 되어도 출근하지 않는다든지 하면 일에 지장을 초래하는 것은 당연하다. 또한 회사의 질서가 유지되지 않거나 고객의 신뢰를 잃게 될지도 모른다.

이러한 룰을 지키는 매너는 서로 기분 좋게 사회생활을 하거나 일을 원만하게 진행하기 위해 상대방을 그때그때의 상황에 어울리게 배려하는 마음 씀씀이라고 할 수 있다.

우리가 사회생활을 하려면 식사, 드라이브, 관혼상제 등 여러 가지 지켜야 할 매너가 있다. 사회는 사람과 사람의 연결이 기본이다. 서로 원만한 사회생활을 하려면 매너가 필요하다.

매너(manner)를 사전에서 찾아보면, ① 행동하는 방식이나 자세 ② 일상생활에서 상대를 대하는 예의와 절차 등이라고 기술되어 있다. 즉, 매너란 자기 이외의 상대를 배려하고 그때그때의 상황에 따라 행동하는 방식이나 자세를 의미한다. 강제된 것은 아니지만 자기 자신의 배려하는 마음과 자세를 상대방에게 표현하는 것이다. 그만큼 자연스럽게 할 수 있는 자세가 필요하다.

우리 사회는 오랜 전통이 쌓여 있고, 그중에서 가장 좋은 것을 많이 인계하여 생활하고 있다. 사회를 구성하는 한 사람 한 사람에게는 생활이 있고, 기대와 역할이 있다. 매너는 각각의 장면에서 사람과 사람의 선호를 고려하면서 행동하는 것이고, 상대방에 대한 배려를 나타내는 것이다.

비즈니스 매너는 대부분의 사람들이 일을 할 때 사람과 사람을 대하는 방법이나 예의범절을 자기 나름으로 표현하는 방식이다. 이러한 매너는 시대와 아울러 변하는 것도 있고 오랫동안 계승되는 것도 있으며, 항상 시대를 반영한다고 할 수 있다.

비즈니스 매너에서 중요한 점은 그때, 그 장면의 상황에 따라 적절히 대응해야 한다는 것이다. 그러려면 기본 매너를 배우고 경험을 축적하여 여러 가지 문제에 대처할 수 있어야 할 것이다.

에티켓(etiquette)은 남에게 지켜야 할 예절이나 예법이다. 지하철에서 큰 소리로 장시간 통화하는 사람을 보거나 이어폰 없이 핸드폰으로 동영상을 시청하는 사람을 보면 '저 사람은 에티켓도 모르나' 하고 생각하게 된다.

여럿이 함께하는 공공장소에서 매너나 에티켓을 지켜야 하는 것처럼 직장 내에서도 지켜야 할 매너와 에티켓이 존재한다. 직장에서 대부분의 시간을 보내는 직장인에게 직장 매너와 에티켓은 원만한 직장생활을 위해 꼭 지켜야 할 필수 요소라고 해도 과언이 아니다.

직장 내 에티켓과 관련한 설문조사를 살펴보면, 1위로 '공손한 언어 사용하기'가 꼽혔으며, '상대방을 무시하지 않기'와 '출퇴근 시 인사하기', '지각하지 않기', '업무 시간에 사적인 일 하지 않기' 등의 응답이 많았다.

직장 생활에서 인사는 가장 중요한 기본 예의이지만 화장실에서는 가볍게 목례만 해도 된다. 업무 때문에 바쁘더라도 컴퓨터 모니터만 응시하면서 대답하는 것은 상대를 무시하는 것으로 비칠 수 있다.

편한 사이라고 해서 '형'이나 '언니'라는 호칭을 쓰는 것도 자제하는 것이 좋다. 특히 여직원들의 경우 '언니'라는 호칭을 쓸 때가 많다. 사적인 자리에서는 큰 문제가 없지만 여러 사람이 함께 일하는 공간에서 이러한 호칭은 바람직하지 않으므로 '선배'라고 불러야 한다.

직장 내 매너와 에티켓은 인사, 근무, 대인관계, 명함 주고받기, 통화 등 각 상황에 따라 매우 다양하게 존재한다. 적어도 기본적인 매너와 에티켓 정도는 지키도록 노력해야 한다.

매너와 에티켓은 회사에서 자신의 평판을 좌우하고 상대를 기분 좋게 만들어 줄 수 있는 큰 힘이 있다.

우리가 다른 사람의 방에 들어가려 할 때 노크를 해야 하는 것은 선택의 여지가 없는 하나의 규범으로서 에티켓이라 할 수 있다. 그러나 문을 두드릴 때 점잖게 세 번 두드리느냐 아니면 쾅쾅 소리를 내며 두드리느냐 하는 문제는 매너의 차원이다. 따라서 아무리 에티켓에 부합하는 행동이라 해도 매너가 좋지 않다면 품위 있는 사람으로 대접받기가 어려울 것이다.

매너와 에티켓의 본질은, 남에게 폐를 끼치지 않는다, 남에게 호감을 주어야 한다, 남을 존경한다 등의 세 가지로 요약할 수 있다. 구체적인 내용으로는 옥외와 실내에서의 에티켓, 남녀 간의 예의, 복장·소개·결혼·흉사(凶事)·자리 순서·편지·경례·경칭·식사 예법 등 생활 전반의 분야에 이른다. 특히 식탁 예법을 잘 지키려면 식사 방법의 룰과 에티켓을 지켜야 하고, 복장도 분위기에 맞게 잘 갖춰 입어야 한다.

에티켓과 매너의 차이는 다음과 같다. 매너는 보통 생활 속에서 지키는 관습이나 몸가짐 등 일반적인 룰을 말하고, 에티켓은 어원적으로는 좀 더 고도한 규칙·예법·의례 등 신사숙녀가 지켜야 할 범절들로서 요구도(要求度)가 높은 것을 말한다.

#42
배려하는 마음

사람이 아프면 힘이 없고 약해지고 추해 보이기까지 한다. 한없이 건강하며 젊고 늙지 않을 것 같지만 누구나 늘 싱싱한 상태로 지낼 수 없고 아플 수 있다. 세월 앞에서는 어쩔 수 없다. 말도 못 하는 갓난아기가 아플 때는 아주 당황스럽고 답답하다. 대신 아파 줄 수도 없고 금방 아픔을 낫게 해 줄 수도 없어 몹시 안타깝다.

주변에서 건강하던 사람이 갑자기 아파서 입원한다든지 사경을 헤맨다든지 하는 소식을 듣는 경우가 가끔 발생한다. 잘 먹고 잘 배설하고 잘 자는 것이 심장이 움직이는 생명체에게는 기본적인 건강의 원칙이다.

집 안에서 기르는 식물도 제때 물을 주지 않으면 시들시들해지고 곧 죽을 것처럼 힘을 잃고 빛을 잃는다. 스스로 움직일 수 없고 말도 못 하는 식물의 처지에서는 사람이 알아서 관리해 주지 않으면 어쩔 수 없는 것이다.

늘 실내에만 처박혀 있는 사람을 보면 건강이 우려되듯이 식물도 마찬가지인 경우를 경험한다. 그럴 때에는 밖에 내놓아 햇볕을 쬐게 하고 물을 주면 얼마 지나지 않아 시든 잎에 힘이 생기고 살아나는 모습을 보게 된다.

인공적으로 환경을 마련해 주고 영양을 공급해 주더라도 자연 상태의 조건을 따라가지 못하여 귀한 식물을 죽게 한다든지 번식을 막는 사례도 여러 차례 경험하고 보게 된다. 공동주택인 아파트에 거주하면서 베란다를 이용하여 화분을 가꾼다든지, 미니 정원을 만들어 집 안을 아름답게 하는 경우도 많다. 그런데 바쁘고 귀찮다는 이유로 집에 화분 하나 들여놓지 않으면 책이 한 권도 없는 것처럼 삭막한 느낌을 준다. 화분 하나 기를 수 없을 정도로 여유가 없으며 너무 일에만 매달려서일까.

일도 좋지만 집은 회사가 아니다. 집은 잠만 자는 공간이 아니므로 정서를 도모하고 여유를 부릴 수 있는 분위기가 필요하다. 일부러 휴가를 내어 휴식을 취하고 여행을 갈 수도 있겠지만 매일, 아니 주말에라도 잠깐씩이나마 화분을 돌볼 짬을 낸다면 재충전의 시간과 기회를 맞이하게 되지 않을까.

건강을 위하여 유기 농산물이나 친환경 제품을 즐겨 찾는 것도 중요하지만 친환경으로서 자연을 가까이 하는 의미에서 화분을 기른다든지 정원을 가꾸는 것도 중요하다고 생각한다. 작은 식물이라도 배려하는 마음이 있으면 그 식물도 한 가족으로서 관심과 정의 대상이 된다.

식물이 사람에게, 사람이 식물에 영향을 미치듯이 사람은 사람에게 영향을 미친다. 고운 말을 하고 예절 바른 행동을 하면 서로 웃는 표정이 되고 품위가 높아질 것이다. 반대로 행동하면 서로를 깎아내리는 결과를 낳고 감정마저 상하게 된다.

산에 가서 자기가 있던 자리에서 발생한 쓰레기는 그대로 두고 오는 것이 아니라 자연환경을 보호하고 남을 배려하는 차원에서 가져오지 않은가. 공중목욕탕과 같은 장소에서도 자기가 사용한 용구나 샤워기 등을 목욕을 끝내고 제자리에 가져다 두고 나가면 다른 사람이 들어와서 기분 좋게 사용할 수 있을 것이다. 건축물 또한 장애인을 배려하여 설계하면 결국 비장애인도 이용할 수 있게 되므로 서로를 위한 것이 된다. 남을 배려하는 행동은 경제적으로 도움을 주는 데서만 빛나지 않으며, 사소한 것에서도 실천할 수 있다.

대화가 부족하거나 소통이 필요한 경우도 결국은 남을 배려하지 못해서 나타난 결과가 아닐까. 정치인의 언행은 특히 매스컴에서 중요하게 다루고 민감하게 보도한다. 그만큼 정치인은 사회 지도층으로서 높은 위치에 있고, 그의 언행이 사회에 미치는 영향이 매우 크기 때문일 것이다. 정치인이 공석에서나 사석에서 행한 언동은 그 정치인의 인격이나 인품에만 머물지 않는다. 막말, 거친 행동, 유치한 언동, 비겁한 자세, 거짓말 따위는 경계하고 삼가야 할 부정적인 것들이다. 자신의 언동이 자신은 물론이고 지역민, 국민, 국가에 피해를 주어서는 안 된다.

남을 배려하는 마음으로 행동하면 욕을 먹지 않고 칭찬을 듣게 되므로 결국 자신도 배려하고 돕는 것이다. 지나친 경쟁, 이기심, 욕심은 남을 배려하는 마음이 사라지게 한다. 정신과 신체 모두 건강함이 요구된다. 신체는 건강하더라도 함부로 불쑥불쑥 부정적인 언동을 내보이면 심리적으로 환자가 아닌가 의심해 보게 된다. 건강한 정상인과는 달리 격하게 돌출된 언동을 자주 하는 사람은 환자일지도 모른다.

남을 배려하는 마음이 부족한 것은 저출산의 영향으로 집에서 한 자녀로 자랐거나 학교교육에서 그 부분을 소홀히 한 탓일 수도 있다. 또한 실력 향상을 지나치게 강조하여 경쟁을 부추긴 결과일 수 있다. 하지만 설령 학교에서 충분히 배우지 못했더라도 어디 학교교육만 교육인가. 시대의 요구에 부응하여 스스로 돌아보고 깨달아 부족한 부분을 채우려는 노력이 요구된다고 하겠다.

#43
인생 역전

인간의 운명과 관련된 것에는 별자리, 풍수지리, 사주팔자, 관상, 손금, 성명 등을 들 수 있다.

별자리 운세는 별자리의 기본 12구간을 전제로 하고 전통적인 규칙을 사용하여 현재의 모든 행성의 배치를 서로 연관 지어 각각의 별자리에 예언적 의미를 부여하는 것이다. 여기서 말하는 '별자리'는 점성술의 '궁'(사인)을 말하며, 현재 밤하늘의 별자리와는 다른 개념이다. 한 사람이 탄생할 때에 태양이 십이궁 가운데 어느 궁(사인)에 위치했는가에 따라 그 사람의 성격과 궁합, 운명 등을 점친다.

풍수는 "바람을 막고 물을 얻는다"는 장풍득수(藏風得水)를 줄인 말로, 생명을 불어넣는 지기(地氣: 땅 기운)를 살피는 것이다. 자연에서 태어나는 사람은 바람과 물로 생명을 이루고 있다고 본다. 풍수라는 한자어의 뜻을 풀이하면 자연(풍수)이 땅(지)의 모든 기운을 다스림(리)이라는 의미가 된다.

풍수는 바람과 물을 생활 속으로 끌어들여 그것을 지리적인 조건에 맞춰 해석한다. 산세, 지세, 수세, 즉 산의 모양과 기, 땅의 모양과 기, 물의 흐름과 기 등을 판단하여 이것을 인간의 길흉화복에 연결하여 생활하는 인간의 본질을 나타내는 것이 풍수이다.

풍수지리에서는 산과 물의 형세, 동서남북의 방위 등을 고려해 입지가 좋은 곳을 찾게 되며, 이렇게 지리적 조건이 좋은 장소를 명당이라고 한다. 이런 명당에 묘지를 잡거나 집을 짓게 되면 자손대대로 정기를 받아 복을 누리게 된다고 한다. 보통 배산임수의 형지가 명당인 경우가 많다고 한다. 사실 이런 지형은 볕이 잘 들면서도 물을 쉽게 구할 수 있고 겨울에 찬바람을 뒤의 산이 막아주는 효과가 있어 실제로도 사람이 살기 좋은 곳이다. 거기에 뒤의 산과 앞의 강이 자연적 방어벽이 되기 때문에 외적을 막기도 용이하다.

음택풍수는 조상묘의 지기가 발복하면 그 후손이 빛을 본다는 이론인데 효를 강조하고 환경을 중시한 저의에서 도출된 것이 아닐까 싶다. 명당에 조상묘를 모시는 것도 후손이 할 일이고 복을 받는 것도 후손이 아닌가. 그런데 잘되면 내 탓이고, 못되면 조상 탓으로 돌리는 것은 자기변명일 것이다.

양택풍수는 사람이 살 집을 지을 자리의 위치나 방향 등을 따져 좋은 자리에 집을 짓고 거주자와 후손들이 좋은 기운을 받는 것을 연구하는 풍수다.

사주는 사람의 일생을 운명론적으로 보는 데서 나온 생각이다. 이러한 인생관은 사람의 모든 행불행을 사주팔자로 돌리고 주체적이고 창조적인 개척 정신을 마비시키는 결과를 가져온다.

팔자는 원래 한 사람이 출생한 연(年), 월(月), 일(日), 시(時)에 해당되는 간지(干支) 여덟 글자를 가리키는 말로 사용되었지만, 팔자의 좋고 나쁨에 따라 한 사람의 일생이 좌우된다는 관념에서 일생의 운수를 가리키는 뜻으로 사용되었다. 팔자는 사주팔자(四柱八字)에서 유래한 말로서, 이 팔자로 한 사람의 화(禍), 복(福), 생(生), 사(死)를 판단하기도 한다.

이 사주팔자에 묻어 있는 기운들이 한 사람의 정체성을 나타내며 나아가 변화하는 환경에서 존재감을 느끼게 해준다. 이 기운을 운이라 하며, 운이 좋다는 말은 좋은 사주팔자의 기운이 좋은 운의 길을 따라 움직이는 때를 말한다. 하지만 이미 태어난 때는 고칠 수도 없으니, 사주팔자가 나쁘다한들 이제 와서 어찌하랴.

관상은 사람의 얼굴을 보고 그의 운명, 성격, 수명 따위를 판단하는 일이다. 사람이 살아온 발자취가 얼굴에 고스란히 반영된다는 의미다. 즉, 매일 매시간 인생을 살아가며 마음을 바꾸고 행동을 바꾸면 얼굴이 바뀌고, 바뀐 얼굴에 따라 다시 인생이 바뀌게 된다는 말이다.

관상학에서는 일반적으로 얼굴을 3부분으로 나눈다. 3부분은 각각 이마, 코, 턱을 상징한다. 이마를 상정(上停)이라고 부르고, 눈썹부터 시작하여 코를 중심으로 광대뼈를 포함하는 부분을 중정(中停), 인중부터 시작하여 턱까지 포함하는 얼굴 아랫부분을 하정(下停)이라고 부른다. 그 부분이 인생의 각 단계를 지배한다. 상정은 30세까지의 운을 나타내고, 중정은 40대까지, 하정은 50세부터 그 이후의 운을 나타낸다.

손금[手相]은 손바닥에 나타난 선이나 살집을 비롯한 손의 형태에 주목하여 한 사람의 성격이나 재능 자질, 건강 상태, 운세의 좋고 나쁨을 판단한다. 과학적 합리성을 갖추지는 못하지만 종종 어떤 조언을 구하고 싶어서 망설이는 사람들에게 시사점을 준다.

음양설에 따라 성명의 좋고 나쁨을 판단하여 사람의 운명을 가늠하는 성명은 어떨까. 생년월일의 여덟 가지 기운을 갖고 태어난 것을 운명(사주팔자)이라 하고, 여기에 부호를 정하여 평생을 부르게 하는 것이 각 개인 고유의 '이름'이다.

성명학에서 기본적으로 전제하는 것은 한자에는 신비하게도 영이 깃들어 있으며, 바로 이 영이 사람에게 작용하여 그 사람의 운명을 상당 부분 지배한다는 것이다. 하찮은 식물도 음악을 들려주면 더 잘 자란다는 연구 결과가 있는데, 사람의 이름은 그 영향력이 더 지대하다고 할 수 있다는 것이다.

이름을 지을 때 타고난 운명과 성명의 배합을 잘 고려하고, 음양과 오행이 잘 조화를 이루고, 사주에서 필요한 용신으로 부족한 것과 과한 곳을 조절해 주면 그 사람은 한층 발전적이고 성공적인 인생을 살게 된다고 본다. 바로 이러한 점에 성명학의 가치와 의의가 있다고 한다.

운명은 어느 한 가지보다는 여러 가지 복합적인 것에 의하여 영향을 받지 않을까. 아무리 타고난 운세와 환경이 좋다고 하더라도, 에디슨이 "천

재란 1%의 영감과 99%의 노력으로 이루어진다"라고 말했듯이 노력하지 않으면 아무것도 이룰 수 없음을 명심해야 한다. 꿈같은 인생 역전은 아등바등 살아가는 사람들에게 허망한 상상과 현실 불만을 부채질할 수도 있다.

#44
인간관계란 어떤 것인가

인간관계 또는 대인관계는 둘 이상의 사람이 빚어내는 개인적이고 정서적인 관계를 가리킨다. 인간은 사회적 존재로 태어날 때부터 타인의 도움과 보호를 필요로 하는 의존적 존재이기도 하다. 따라서 인간은 가족, 연인, 동료 등과 사회를 구성하여 상호작용하면서 살아간다.

이상적 인간관계란 어떤 것일까. 인간관계의 최고 경지는 사랑이라고 말하는 사람도 있고, 우정이라고 말하는 사람도 있다. 하지만 사랑도 변하고 우정도 변한다. 변하면 배신하게 되고, 원한도 생겨난다.

《사기(史記)》에서 우정에 대한 고사성어를 살펴보자.

우정을 대변하는 '관포지교(管鮑之交)'는 관중과 포숙아의 사귐이라는 뜻으로, 친구 사이의 깊은 우정을 말한다. 관중이 군주 앞에서 죽음을 앞두고 있을 때 포숙이 이를 막아서며 인재인 관중을 등용하도록 권유하기도 했는데 이는 목숨을 건 도전이나 다름없었다. 하지만 그 덕분에 관중은 생명을 구할 수 있었고 이후 재상이 되어 군주를 보좌하는 요직에 앉을 수 있었다. 그는 사람들에게 말하길, 자신을 낳은 이는 부모님이지만 자신을 잘 알아주는 사람은 포숙이라고 하며 둘 사이의 깊은 우정을 나타내기도 했다.

죽음도 불사하는 '문경지교(刎頸之交)'는 서로를 위해서라면 목이 잘린다 해도 후회하지 않을 정도의 사이라는 뜻으로, 생사를 같이할 수 있는 아주 가까운 사이 또는 그런 친구를 이르는 말이다. 중국 전국 시대의 인상여(藺相如)와 염파(廉頗)의 고사에서 유래하였다. 이와 함께 허물없이 막역한 '막역지교(莫逆之交)', 가난하고 보잘것없는 시절의 '포의지교(布衣之交)'가 유명하다.

떼려야 뗄 수 없는 사이를 일컫는 말로 '저구지교(杵臼之交)'가 있다. 저구는 절굿공이와 절구통을 이른다. 귀천을 가리지 않고 사귐을 이르는 말이다. 중국 한나라의 공사목(公沙穆)이 오우(吳祐)의 집에서 방아 찧는 품팔이를 했는데, 오우가 공사목의 비범함을 알아보고 친교를 맺었다는 고사에서 유래한다. 출처는 《후한서(後漢書)》 〈오우전(吳祐傳)〉이다.

'거립지교(車笠之交)'는 한 사람은 수레를 타고 다니고, 또 한 사람은 패랭이 모자를 쓰고 다니는 사이, 즉 부자와 가난뱅이 사이지만 거기에 구애받지 않고 사이좋게 지내는 관계를 말한다. 출처는 《남사(南史)》 〈하손전(何遜傳)〉이다.

'총각지교(總角之交)'는 말총머리를 한 총각, 즉 어릴 적부터 친하게 지내던 친구 사이를 일컫는다. '죽마고우(竹馬故友)'는 '죽마지교(竹馬之交)'와 같은 말이다. '총각'이란 단어는《시경(詩經)》〈제풍(齊風), 보전(甫田)〉에 보이고,《진서(晉書)》〈하소전(何卲傳)〉에 '총각지호(總角之好)'라는 표현이 나온다.

《삼국지》에서 유비가 제갈량을 두고 한 말이 있다. '수어지교(水魚之交)'다. 물과 물고기 같은 사이라는 말로, 제갈량과 유비 사이는 물과 물고기처럼 떨어질 수 없는 관계라는 뜻이다. 가난할 때 사귀었던 벗은 '빈천지교(貧賤之交)'라고 한다.

그렇다면 이런 모든 우정 가운데 가장 최고의 경지는 무엇일까. '지음(知音)'의 경지가 있다. 춘추전국시대의 이름난 거문고 연주가인 백아(伯牙)는 종자기(鍾子期)와 가까운 벗이었다. 종자기는 늘 백아가 연주하는 곡을 듣고 백아의 마음속을 알아채곤 했다. 백아가 산을 오르는 생각을 하면서 연주하면 종자기는 태산과 같은 연주라 말하고, 흐르는 강물을 생각하며 연주하면 흐르는 강의 물소리가 들리는 것 같다고 이야기하였다. 이에 백아는 진정으로 자신의 소리를 알아주는(知音) 사람은 종자기밖에 없다고 하였다. 이로부터 지음이라는 말은 자신을 이해해 주는 둘도 없는 친구에 빗대어 이르는 말이 되었다. 이렇게 자신을 알아주던 종자기가 병으로 세상을 떠나자, 백아는 자신의 연주를 더는 알아주는 사람이 없다며 거문고의 현을 끊고 다시는 연주하지 않았다고 한다. 이 일화에서 전해져 내려오는 또 다른 고사성어로 '백아절현(伯牙絕絃)'이 있다.

《논어(論語)》 첫머리에 우정을 예찬한 말이 있다.

"친구가 먼 데서 찾아와 주니 또한 즐겁지 아니한가(有朋自遠方來不亦樂乎)!"

먼 데 있는 친구가 정답게 찾아온다는 것은 인생에서 아름다운 일의 하나이다. 저마다 득과 실을 계산하고 행동하는 세상이다. 하지만 이해득실을 초월한 행동도 있다. 우정이 그것이다.

우리 속담에 "한 사람의 됨됨이를 알고 싶으면 그 친구를 보면 된다."라는 말이 있다. 서로 흉금을 털어 놓을 수 있는 친구, 신의가 있는 친구, 친구를 위해 희생도 감수할 수 있는 친구, 의리를 지키고 서로를 돕는 친구라야 참된 친구가 될 수 있다.

《사기(史記)》〈계명우기(鷄鳴偶記)〉편에는 네 유형의 친구가 정리되어 있다. 어떤 유형이 진정한 친구이며 우리 곁에는 과연 어떤 유형의 친구가 많을까.

첫째, 서로 잘못을 바로잡아주고 큰 의리를 위해 노력하는 친구 사이다. 이를 '외우(畏友)'라고 한다. 존경하는 친구란 뜻이다.

둘째, 힘들 때 서로 돕고 늘 함께할 수 있는 친구다. 친밀한 '밀우(密友)'다.

셋째, 좋은 일과 노는 데만 잘 어울리는 친구다. '일우(昵友)'라고 한다.

넷째, 이익만 보고, 근심거리가 있으면 서로 미루고, 나쁜 일이 있으면 서로 떠넘기는 사이다. '적우(賊友)'라고 한다.

우리는 과연 어떤 친구를 가지고 있을까. 내 곁에 있는 친구는 어떤 유형에 속할까. 궁금하면 자신을 한 번 되돌아볼 일이다.

좋은 인간관계를 맺으려면 다음과 같은 방법을 들 수 있다.

약할 때 자기를 잘 분별할 수 있는 힘과 두려울 때 자신을 잃지 않을 용기를 가지고 온유할 수 있는 사람이 되는 것, 곤란과 고통과 폭풍우 속에서도 일어설 줄 아는 것, 목표는 높게 가지고 미래를 지향하는 동시에 과거를 잊지 않는 것, 인생을 엄숙히 살아가면서도 삶을 즐길 줄 아는 마음과 겸손한 마음을 가지는 것이다.

아울러 상대방을 존중하고 세워주고, 상대방을 비난하거나 비판하거나 불평하지 않고, 예의를 갖춰 대하고, 상대방의 말을 잘 들어 주는 것이다.

#45
선수 선발과 전술 전략

회사에서 사원을 채용할 때 특별히 경력자를 원하는 경우가 있으나 일반적으로는 무경력자인 신입을 원한다. 신입 사원을 채용하고 교육하여 훌륭한 인재로 육성하여 활용한다. 회사의 인력 구조는 경력자가 많아 직책이 높은 역삼각 형태보다는 젊은 사원들이 많은 삼각 형태를 이루어야 안정된 경영 체제를 유지할 것이다.

하나의 제품이 고안되어 생산되고 출시되어 시판되자면 많은 노력도 필요하고 시간도 걸린다. 경쟁사회에서 하나의 제품이 하나의 정해진 디자인이나 기능에만 매달려 생산된다면 시장에서 그 수명은 짧아질 것이다. 다른 회사에서 유사품도 나오고 더 좋은 제품이 출시될 수 있기 때문이다. 그리하여 수요자의 기호를 파악하고 요구도에 부응하려면 끊임없는 제품 개발과 연구가 뒤따르지 않으면 안 된다.

이러한 경영원리는 상품 판매에만 해당하는 것이 아니다. 스포츠에서도 마찬가지이다. 운동선수는 피땀 어린 노력을 통하여 기술을 익히고 도전을 거쳐 비로소 챔피언이 될 수 있다. 그러나 챔피언이 되었다고 해서 안심하고만 있으면 도전자에게 곧 무너져 그 자리를 내어주어야 한다. 오히려 챔피언이 되면 자신의 기술과 특기 및 전략이 노출되어 새로운 기술이나 전략을 개발하지 않으면 상황이 바뀌고 시간이 흘러 도전자에게 무참하게 무너질 수밖에 없는 결과를 초래할 것이다. 개인 종목뿐만 아니라 단체 종목에서도 마찬가지이다.

개인 종목에서 국가대표선수가 되기 위해서는 해마다 치열한 선발전을 새로이 거친다. 어느 국제대회에 출전시키기 위하여 선발하는 국가대표선수는 그 대회에만 내보내기 위하여 우수 선수로 선정한 것이지 몇 번이고 내보내기 위하여 선발하는 것이 아니다. 특히 개인 종목에서는 그 개인의 잘하고 못함에 의하여 어김없이 우열이나 승패가 결정되기에 한 치의 실수나 모자람이 있어서는 대표선수가 될 수 없다. 만일 이와 같은 과정을 거치지 않으면 분명 무슨 문제가 발생해서 결국은 말썽을 일으키며 경기 결과도 기대할 수 없다.

그러면 단체경기에 출전하는 선수를 선발하는 시스템은 어떤가. 개인 종목에서 선수를 선발하듯이 엄격한 과정을 거쳐 진행될 것이다. 그러나 반드시 그렇지만은 않은 것 같다. 그 결과는 대회가 진행되어 경기를 지켜보면 알 수 있기 때문이다. 선수 선발이 엄격한 과정을 거치지 않았다면 그 선수가 참여하는 경기의 결과가 좋으리라고 기대할 수 없을 것이다. 경기를 통하여 선수 개개인의 실력과 수준뿐 아니라 조직력이 드러나고 승패가 갈라진다. 만약 우승을 못 했을 때에는 패인의 원인 규명이 필요하고 그 대책이 강구되어야 한다. 경기의 결과가 기대에 미치지 못했을 경우에는 실력이 좀 부족한 듯한 선수는 없었는지, 컨디션이 좋지 못한 선수가 기용되지는 않았는지, 선수 선발에 학연, 지연, 이름값 등이 작용하여 단체전이니까 개인적으로는 실력이 좀 미흡해도 다른 우수한 선수가 있으니 보완이 되겠지 하는 안이한 자세는 없었는지, 상대의 전략을 제대로 파악하였는지, 새로운 전략으로 대응하였는지, 정신력이나 몸싸움에 대비하였는지 등 날카로운 성찰이 있어야 한다.

단체전인 국제경기의 경우에는 국가적인 지원이 뒤따르고 국민들의 응원이 대단하다. 특히 축구는 붉은 악마라는 자발적이고 조직적인 응원단이 구성될 정도로 대단한 인기 종목이다.

따라서 선수 구성에는 엄격한 선발 기준과 과정이 필요하고 그에 적합한 전술이 개발되어야 한다. 그렇지 못하면 감히 우승을 바라볼 수 없다. 경력이 많고 화려하다고 해서 언제까지나 우수한 선수라고 할 수는 없다. 경험이 많고 경력이 화려하다면 선수로서 나이도 많을 것이고, 젊은 선수에 비하여 투지가 뒤떨어질 수도 있다. 특히 운동선수는 개인차가 있겠으나 화려한 선수로서의 수명이 그다지 오래갈 수 없는 경우가 많다. 신인이라도, 무명 선수이더라도 실력이 우수하다면 대표선수로 선발되어야 한다. 실력을 테스트해 보지도 않고 체력이 약한 듯하다거나 나이가 어리다거나 경험이 부족하다는 구실로 무조건 외면해서는 안 된다.

경기는 이기기도 하고 지기도 하지만, 생존의 길은 꾸준히 변화를 꾀하는 추진력, 전술 다변화의 필요성, 세대교체의 절실함을 요구한다. 이를 게을리 한다면 그 결과 패배의 빌미를 제공할 수 있음을 명심하여야 한다.

경기 결과가 좋으면 선수가 잘해서이고, 좋지 않으면 감독이 잘못한 탓으로 단순히 평가해서는 곤란하다. 감독의 지도력도 필요하고 전술도 중요하지만 기본적으로 선수 개개인의 실력이 뒷받침되어 주지 못한다면 개인 종목에서건 단체 종목에서건 우승은 기대할 수 없다.

운동경기는 관중들 앞에서 실기를 통하여 진행되기 때문에 페어플레이가 되어야 하고, 판정은 공정하게 이루어져야 한다. 선수의 실력도 중요하지만 심판이나 지도자의 올바른 정신 자세도 중요하다. 스포츠는 페어플레이 정신을 말이 아니라 행동으로 보여주기에 공정하고 정당한 평가가 수반되지 않으면 관중들에게 부정을 묵인하고 방조해 달라는 의미로 받아들여지게 된다.

#46
작아도 쓸모가 있다

작은 물건 중의 하나인 면봉(綿棒)은 나무나 종이 또는 플라스틱 막대 끝에 탈지면을 감아 만든 도구이다. 면봉의 용도는 두 가지로 대별된다. 첫 번째는 미용으로, 그중 대표적인 것이 귀지 파기이다. 그 외에 모공 청소용으로는 검은 면봉을 사용한다. 또한 화장을 고칠 때나 매니큐어의 튀어나온 부분을 수정할 때도 사용된다. 두 번째는 의료용으로, 솜에 약품을 묻혀 환부에 정교하게 발라주는 용도로 쓰인다.

목욕탕이나 이발소에 가면 면봉을 비치해 놓은 것을 볼 수 있다. 그 면봉을 이용하여 귀지를 파는 경우가 많다. 어쩌다 귀 청소에 소홀하다 보면 귀지가 흘러나와 청결하지 않아 보일 수도 있다. 하지만 귀 청소를 잘

못하면 큰 낭패를 볼 수도 있다.

귀지는 사람과 많은 포유동물의 귀 안에 쌓인 누르스름한 물질이다. 사람의 귀 통로에서 청소를 도와주면서도 중요한 윤활유 역할을 한다. 박테리아, 세균, 곤충, 물로부터 보호하는 역할도 어느 정도 한다. 귀지가 너무 많이 쌓이거나 빽빽하게 차면 고막을 압박할 수 있고 청각에 문제를 일으킬 수도 있다. 그러나 그 전에 시간이 지나면 보통 저절로 나온다.

귀 안쪽에는 달팽이관이 있는데 달팽이관이 손상되면 어지럼증이 생기게 된다. 귀 청소를 면봉으로 하는 경우가 많은데 면봉은 귀지를 귓속으로 밀어 버리기 때문에 달팽이관을 손상시킬 수 있으며, 세균 감염으로 질병이 생길 수도 있다고 한다.

귀가 간지럽거나 귀에 물이 들어가 답답할 때나 귀지를 청소할 때 면봉은 절대 사용하지 말라고 주의를 주기도 한다. 귀지가 귓속으로 밀려 청력을 손상시킬 수도 있어서이다.

귀지가 많다고 여겨진다면 젖은 수건으로 귓바퀴 정도만 닦아 주는 것을 권장한다. 만약 귀가 잘 안 들린다거나 귓속에 무언가 들어 있는 것 같다면 병원을 방문하란다. 병원에서는 딱딱하게 덩어리진 귀지를 핀셋으로 안전하게 빼내어 줄 것이기에.

몇 년 전에 내 배꼽에서 느닷없이 피고름이 흘러나온 적이 있었다. 나는 매일 샤워를 하는데 배꼽에 이상이 생기다니 그 까닭을 이해할 수 없었다. 샤워하면서 비눗물이 배꼽 속으로 흘러들어가서 탈이 생긴 것이었을까? 아무런 통증도 없는데 속옷에 피고름이 묻어나곤 했다. 며칠 계속되자 은근히 걱정되었다.

배꼽은 우리 몸 한가운데에 자리 잡고 있다. 배꼽은 탯줄이 떨어지면서 배의 한가운데에 생긴 자리다. 탯줄은 모체로부터 태아에게 산소와 영양분을 공급하는 통로인데, 출산 후 탯줄이 떨어지고 그 흔적이 오목하게 배꼽으로 남는다. 배꼽에는 피부 분비물이나 죽은 세포 같은 것들이 뭉쳐서 때가 생길 수 있고 주름이 많아서 때가 쌓이기 쉽다. 또한, 주름에 의해서 습한 환경이 조성되어 세균이 번식하기도 좋은 환경이다. 하지만 배꼽에 생긴 때를 꼭 제거해야 할 필요는 없다. 대개 배꼽에 낀 때는 목욕을 할 때 어느 정도 씻겨 내려간다고 한다.

어릴 적 배꼽에 생기는 때가 더럽게 보여 떼어내면 그때마다 배에 통증이 생기곤 했다. 배꼽을 후비지 않고 시커먼 때를 떼어내기만 하여도 배가 아프니 아예 손을 대면 안 되겠구나 하는 경험에 따른 지혜가 생겼다. 그리하여 배꼽은 함부로 터치하면 안 되는 조심스러운 부위로 인식하고 있었다.

배꼽 안에는 많은 종류의 박테리아가 살고 있지만 일상생활에서 큰 문제를 야기하지는 않는다고 한다. 그런데 배꼽 주변 피부는 다른 부위와 다르게 조직이 얇아 세균이 서식하기 쉽다고 한다. 문제는 배꼽을 건드리거나 다치지도 않았는데 피고름이 나온다는 것이다. 그 까닭은 무엇일까? 박테리아가 문제를 일으킨 것일까?

조그만 생채기가 아니라 피고름이 며칠 계속되니 병원에 안 가볼 수가 없을 듯싶었다. 내 배꼽을 살펴본 의사도 처음 부딪히는 경우인 듯했다. 엑스레이를 찍어보도록 권유했다. 엑스레이를 찍어본 결과 진피나 피하 지방조직으로는 다행히 아무 이상이 없고, 표피층에서 문제가 생긴 것 같다고 했다. 수술은 복잡하지 않고 배꼽 주변을 절개해서 치료하면 나을 거라고 했다. 절개해 보아야 치료할 수 있다고 해서 수술 날짜를 잡았다. 사흘 후였다.

예약한 수술 날짜가 금방 다가왔다. 수술하기로 한 전날 아침, 샤워를 한 후에 역시 흘러내린 피고름을 닦아냈다. 밖으로 흘러내린 피고름을 휴지로 닦아내는 것보다는 배꼽 속까지 말끔히 닦아내고 싶었다. 그러자면 휴지보다는 면봉이 적합할 것 같았다. 면봉으로 보이는 곳만 가볍게 문지르듯 닦아주는데 어쩌다가 면봉이 배꼽 속으로 성큼 들어가 버렸다. 배꼽은 닫혀 있는 줄 알았는데, 배꼽 속으로 면봉이 들어갈 정도로 틈새가 벌어질 줄이야. 밀고 들어가면 열리는 구조였던가. 벌어진 틈새로 들어가도 아무런 거부 반응이 없고 통증이 없으니 우선 안심되었다. 안은 생각보다 어느 정도의 공간을 형성한 듯 느껴졌다. 면봉을 살금살금 돌려가며 피고름을 닦아냈다. 면봉 양쪽을 이용하니 이제 더는 피고름이 나오지 않았다. 남아있던 피고름을 말끔히 닦아낸 모양이었다.

그 시간 이후로 피고름이 한 방울도 나오지 않았다. 여러 개가 아니고 단 하나의 면봉만을 사용했고, 약품을 묻힌 것도 아니었다. 며칠 동안 흘러내린 피고름을 약도 없이 면봉 하나로 멈추게 하다니, 신통한 일이었다. 수술할 필요가 없어진 것 같았다. 오후에 병원에 전화했다. 피고름이 멈추어 수술하지 않아도 될 것 같다고 하니 간호사가 내 일처럼 기뻐해 주었다.

어느 날 아침, 동네 대중탕에서 목욕을 마친 나는 탈의실에서 면봉을 사용해 귓속에 들어간 물기를 살살 닦아내고 있었다. 그때 옆에서 수건으로 물기를 닦던 한 사람이 면봉을 사용하지 말라고 했다. 중국산인데 세균이 많이 묻어있다고 했다. 신문에 난 정보냐고 물으니 연구소에서 밝혀 낸 것이라고 했다.

제조, 유통업자들에 의하면 면봉의 대부분은 중국에서 만들어지고 있는데 한국에서 수입하는 면봉은 그들이 생산하는 면봉 중에서도 저가품이라고 한다. 허가 받지 않은 업체가 위생 규정을 지키지 않고 생산하는 경우도 많다고 한다. 비위생적 환경에서 제조할 수 있고, 불량품인 경우 솜이 잘 빠지기도 하여 귀에 들어가서 곤란해질 수도 있으니 주위를 요한다고 한다.

새하얗고 청결해 보이는 면봉이 사용해서는 안 될 정도로 비위생적이란 말인가. 피부에 접촉하여 사용하는 면봉을 감히 비위생적으로 만드는 것도 문제이지만, 조그만 면봉을 비위생적이 아닌가 의심하고 세균 검사하는 의도도 불순하지 않은가. 미세한 세균 정도야 어디 면봉만의 문제이랴. 나는 귓속에 물기가 들어갔을 때 그 물기를 제거하지 않으면 간지러워져 불편하다. 그 불편함을 미리 제거해 주는 역할을 하는 면봉, 게다가 수술까지 대신해 주었던 면봉이 아니던가. 나는 늘 고마운 마음으로 면봉을 사용할 것이다.

면봉 제조업자들이여, 면봉이 평생 헌신하고도 께름칙한 느낌을 받을 수 있는 실마리를 만들어 서운하게 하지 말고, 정성 들여 면봉을 만들지어다. 작은 풀꽃이 자세히 볼수록 예쁜 것처럼 나는 필요할 적마다 앙증맞은 면봉을 애용하고 싶다.

#47
직접 작업하는 즐거움

단독주택에서는 지하에서부터 지붕까지 거주자(건축주)가 보수하는 대상이다. 공동주택보다 보수 범위가 넓고 대상이 많다. 지하실에 결로 현상이 나타난다든지, 지붕의 기왓장이 태풍 때문에 날아가거나 위치가 뒤틀려졌다면 손보아야 하고, 슬래브에 균열이 생기면 방수에 문제가 없는지 살펴보아야 하고, 홈통에 낙엽 등 쓰레기가 채워지면 제거하거나 홈통이 노후하면 교체하는 등 유지 관리를 소홀히 할 수 없다.

유지 관리는 건물의 내용기간(耐用期間) 중 거주성이 충분히 발휘되도록 기능의 유지·향상을 도모하고, 아울러 안전성을 확보하며 보건 위생적으로 양호한 환경을 유지·향상하는 데 노력하는 것이다. 빈집이 노후도가 빠른 것 같은 느낌이 드는 것은 늘 쓸고 닦고 손보아주는 사람이 없기 때문이 아닐까.

공동주택에서는 상하와 좌우가 연결되어 있어 이웃 세대끼리 민감하게 영향을 주고받을 수 있다. 서로 피해를 끼치지 않고 살아가야 하는 것이 공동주택의 기본 매너이다.

단독주택이나 공동주택에서 공통되는 경우의 하나는 보일러와 물을 사용하는 부분이 아닌가 싶다. 기기도 사람처럼 건강에 문제가 생겼을 때 재빠르게 대처하지 않으면 많은 불편을 초래한다. 또한 주방의 싱크대와 가스레인지, 욕실의 위생 기기와 바닥 배수관에 문제가 발생하는 경우 등을 들 수 있다.

인간의 혈관에 콜레스테롤이 쌓이면 혈액의 흐름이 좋지 않게 되듯이 배관에도 마찬가지 현상이 일어난다. 주방 싱크대에 접속된 배수관에는 식용유의 폐유나 식기에 묻었던 기름이 흘러내린다. 그것이 배관 내에서 냉각되고 경화하여 들러붙으면 배수의 흐름에 지장을 주고, 심하면 배관이 막히는 원인이 될 수 있다.

또한 욕실 바닥의 배수구도 가끔 거름망을 들어내고 청소를 해야 한다. 거름망을 끼워 놓지 않고 함부로 사용하다가는 오물이 휩쓸려 들어갈 수 있어 막히는 원인이 될 것이다.

세면기 수도꼭지의 출수량이 갑자기 반으로 줄어들어 살펴보기로 했다. 출수구의 에어레이터를 펜치로 풀었다. 에어레이터 안쪽에서 작은 모래 알갱이들이 손에 잡혔다. 헌 칫솔로 흐르는 물에 모래 알갱이들을 씻어냈다. 다시 에어레이터를 장착하니 새것일 때처럼 많은 유량이 콸콸 쏟아져

나왔다. 에어레이터의 기능으로는 부드러운 물줄기 유지, 절수 효과, 물 튀김 방지 등을 들 수 있다.

욕실 천장의 배기구 덮개를 열자 새까만 먼지가 가득 쌓여 있었다. 배기구가 막히면 공기 배출이 원활하지 못하고, 실내 공기가 그만큼 맑지 못할 것이다. 건강한 집은 건강한 인간을 만든다.

세면기의 배관에 동맥경화가 심해지더니 혼수상태가 되었다. 소화제가 있다면 시원하게 뚫을 수 있을까. 세제를 사용하여 뚫리기를 기대했으나 백약이 무효였다. 수동레버와 드레인레버를 고쳐 끼워보아도 소용없었다. 자세히 살펴보니 세면기를 떠받치고 있던 부위마저 헐거워져 물이 옆으로 흘러내리고 있었다. 교체할 새 부품을 구입하려고 일부러 도매상을 찾아갔다. 점원은 한 부품을 내밀었다. 어느 세면기에나 맞는 거라고 했다. 보여준 부품이 완전하지 않은 것 같았지만 이것밖에 없다고 했다.

공구가 별로 없었지만 혼자 수리해 보기로 했다. 고장 난 세면기의 부품을 뜯어냈다. 배수 불량의 원인을 찾아냈다. 물의 일부가 고여 있는 트랩에 쓰레기가 모아져 나타난 배수 불량이 아니었다. 물이 처음 들어가는 입구 부위에 의외로 머리카락 등의 쓰레기가 채워져 있었다. 입구 부위의 좁은 구조적인 형태 때문에 오물이 제대로 배수되지 못한 것 같았다. 그리고 비눗물 등이 독했던지 배관이 녹슬고 부식되어 있었다. 처음 분양을 받아 입주하여 살아온 지가 벌써 20년 가까워지니 노후 부위가 나타나는가 보았다.

새 부품을 연결했다. 하지만 제대로 연결되지 않았다. 부품의 포장지에 연결 부위에 따른 그림도 그려주고 설명이 첨가되었더라면 좋을 듯했는데 아무런 설명서가 없어 아쉬웠다.

급한 김에 동네 철물점으로 달려갔다. 내 설명을 들은 주인장은 새로 나온 제품이라면서 물건을 내밀었다. 전에는 긴 수동레버가 달린 형식이었는데 이 제품은 물을 모아두고 사용할 때나 배수할 때 구멍 마개를 누르면 되는 단순한 구조의 자동 팝업이었다. 트랩을 중심으로 볼 때 윗부분에 해당하는 제품이었다. 그런데 주인장이 아랫부분은 필요 없느냐고 묻는 게 아닌가. 마치 공사 현황을 훤히 꿰뚫고 있는 듯이. 그렇다. 판매점에서는 물건의 쓰임을 자세히 알고 소비자에게 시원하게 설명도 해줄 수 있어야 하지 않을까. 일부러 도매상과 같은 큰 가게를 찾아가지 않아도 괜찮을 정도로 소매점에서도 웬만한 제품은 모두 갖추고 있는 것 같았다.

처음 경험하는 일에 적절한 공구가 없기도 했지만, 어떤 공구도 전혀 사용하지 않고 맨손으로 연결하고 부착했다. 물이 새지 않고 배수가 신속하게 이루어진다면 공사가 성공한 것이 아닌가. 기술자의 도움 없이 맨손으로 작업한 나를 보고 아내는 장하다면서 손을 내밀어 엄지척하였다. 장하기는 뭘….

언제 어느 때나 손볼 필요가 발생했을 때 혼자서도 작업할 수 있는 노하우가 있다면 참으로 편리하리라. 기술자나 전문업체에 맡기지 않고 스스로 생활공간을 좀 더 쾌적하게 만들고 수리할 수 있다면 즐겁고 보람찬 일이 될 것이다.

#48
피하고 싶은 함정

함정은 선사시대부터 수렵이나 위해 동물 퇴치를 위해 많이 사용된 방법이다. 현대에는 덫을 사용한 사냥이 대부분 금지되어 있지만, 올가미 덫이나 소위 곰덫을 이용한 밀렵이 아직도 성행한다고 한다. 개미는 개미지옥을 만들어 다른 곤충 등의 벌레를 사냥한다. 거미는 거미줄로 덫을 만들어 먹이를 구하여 생존한다. 사람들은 덫을 놓아 짐승들을 잡기도 한다. 물고기를 잡을 때에는 낚시나 그물을 이용한다. 동물들은 보호색 등 위장술을 통하여 주변 환경과 비슷하게 보이려고 한다. 적들로부터 자신을 보호하기 위해서다. 먹이 사냥을 위해 사용하기도 한다.

도처에 함정이 도사리고 있는 삶은 전쟁이다. 여러 사람이 지키는 나라가 한순간에 위기에 처할 수도 있는데 하물며 한 인간이 삶을 영위하다가 함정에 빠질 위험성은 비일비재하지 않겠는가. 은유적으로는 남을 곤란하게 만들기 위한 계략, 실수하기 십상인 교묘한 문제, 간파하기 힘든 전략 등을 함정이라 부른다. 예를 들어 수능의 함정 문제, 경찰의 함정 수사, 계약서의 함정 조항 등을 들 수 있다.

법과 규정을 알지 못하거나 예절을 몰라도 잘못에 이르게 되니 함정에 걸려들지 않으려면 조심해야 할 것이다. 사업을 하려면 사업 시작 후 발생할 수 있는 경영 리스크, 즉 불공정거래 함정을 정확하게 알아야 한다.

올바른 의사결정을 할 때 커다란 걸림돌이 될 수 있는 함정에는 3가지가 있다.

'유동성 함정'이란 게 있다. 경제학자 케인즈가 처음 언급한 것으로, 금리가 낮아서 시장에 현금이 넘쳐도 투자나 소비 등의 실물경제에 아무런 영향을 미치지 못하는 상태를 말한다.

'정책 함정'이란 게 있다. 국가에서 경기 활성화를 위해 어떠한 정책을 세워도 전혀 효과가 없는 상태를 말한다.

'선택 함정'이란 게 있다. 현대사회는 정보 과부하의 시대이다. 현대인은 매일 수많은 선택을 해야 할 환경에서 살고 있다. 인터넷과 TV 등 영상매체는 실시간 광고를 통해 우리에게 선택을 유혹한다. 이에 비하여 인간의 뇌는 유혹에 쉽게 굴복하고, 뇌의 제한된 합리성은 우리를 편향되게 하며, 사회적 영향력에 대한 판단력을 상실한다.

교통법규를 지키더라도 교통사고를 당할 수 있다. 인도에서 신호등을 기다릴 때 지나던 차가 멈추지 못하고 덮친다든가, 본인은 안전하게 운전하고 가더라도 상대 차가 운전 미숙이나 과속이나 차량 결함으로 사고를 유발할 수도 있다. 교통경찰이 안 보이고, 감시카메라가 눈에 띄지 않는다고 차량의 속도를 함부로 높이다가는 함정 단속에 걸려들 수도 있다. 느닷없는 땅 꺼짐 현상으로 구덩이에 빠질 수도 있고, 강풍이나 해일, 홍수, 화재 등의 자연재해로 피해를 당할 수도 있다. 함정은 도처에서 도사리고 있다. 그렇다고 함정이 무서워 외출하지 않을 수도 없고, 행동하지 않을 수도 없다.

강자와 약자, 갑을관계에서도 함정은 작동한다. 강자는 약자가 함정에 빠지기를 원할 수 있고, 갑질을 통하여 을이 함정에서 헤어나지 못하게 골탕을 먹일 수도 있다. 상대가 함정에 빠져야 이득이 생기고 혜택이 커질 수 있다고 믿으니까. 남을 속이는 것도, 내가 속는 것도 함정과 관련이 있다. 내가 잘못하거나 실수한다면 함정에 빠질 수 있다. 함정에 빠지지 않으려면 언제 어디서든 긴장의 끈을 놓치지 않아야 할까.

#49
침묵은 금인가

건축물은 사람들이 함께 살아가는 장소이며 오랫동안 지속되어야 할 공간적인 삶의 토대이면서 도시경관을 형성하는 중요한 요소이다. 독창적이고 멋진 건축 디자인으로 이루어진 도시는 아름다운 경관을 형성할 것이다.

그런데 우리의 건축 디자인은 창의적인 설계안보다는 천편일률적인 복제품이나 1층부터 상층까지 변화 없는 동일한 형태의 디자인으로 이루어진 경우가 많다. 인체를 예로 들면 건축의 저층 부분은 인체의 다리 부분, 중층 부분은 몸통, 상층 부분은 얼굴로 비유할 수 있다. 누구나 인체의 각 부분은 다르고 생김새도 다르다. 그리고 최상층은 인체의 머리 부분에 해당한다고 볼 수 있다. 사람들은 머리에 멋진 모자를 착용하기도 한다. 하물며 인체보다 훨씬 큰 건축물 역시 형태 변화가 필요하지 않을까.

우리는 예로부터 모자를 즐겨 썼다. 문헌에 의하면 고구려, 백제, 신라, 고려 시대에 각종 형태의 모자를 썼다. 조선 시대에는 더욱 다채로워졌다. 왕을 비롯하여 서민에 이르기까지 계급에 따라 다양한 모자가 있었으며 그 유물과 기록도 많이 전해지고 있다.

남자들의 모자에는 면류관·원유관(遠遊冠)·통천관(通天冠)·익선관(翼善冠)·전립(戰笠)·복두(幞頭)·공정책(空頂幘)·양관(梁冠)·제관(祭冠)·탕건(宕巾)·초립(草笠)·감투·평량자(平凉子)·갓·방립(方笠)·이암(耳掩)·유각평정건(有角平頂巾)·조건(皂巾)·동파관(東坡冠)·충정관(沖正冠)·정자관(程子冠)·복건(幅巾)·방건(方巾)·와룡관(臥龍冠)·유건(儒巾)·휘항(揮項)·만선두리(滿縇頭里) 등이 있었다.

여자들은 화관(花冠/華冠)·족두리(簇頭里)·조바위·아얌·남바위·볼끼·풍차(風遮)·가리마[遮額]·전모(氈帽)·너울(羅兀)·쓰개치마·장옷[長衣]·부녀삿갓 등을 썼다.

승려들은 굴갓·고깔·대삿갓·송낙 등을 썼다.

이와 같이 의상의 한 부분으로 여러 형태의 모자를 즐겨 썼듯이 건축물의 최상부에도 각종의 모자를 씌워 디자인의 아름다움을 추구하여 미적 완성도를 높여야 하지 않을까? 물론 건축물에 모자를 씌우더라도 그 아랫부분과 어울려야 할 것이다.

단독주택에서 지붕을 슬래브로 마감 처리한 경우는 지붕이 있는 것 같지만 사실은 지붕이 없는 것처럼 보인다. 마치 모자를 써야 하는데 쓰지 않은 것과 같다. 모자를 쓰지 않더라도 헤어스타일로 멋지게 보이게 할 수 있으련만 아예 머리를 박박 밀어버린 모양새이다. 또한 주택의 슬래브 형태 디자인은 전통양식이나 주택의 이미지와도 어울리지 않는다.

우리는 조그만 제품을 구입하면서도 성능·기능·내구성·디자인의 아름다움·가격 등 여러 모를 살펴보지 않는가. 그런데 대규모 건축물조차 디자인의 아름다움을 무시하고 설계하지는 않는가. 내부 기능은 경우에 따라 변경하기 쉽지만 외관 디자인은 함부로 변경하기가 쉽지 않다. 따라서 처음 설계할 때 완벽하게 해야 한다.

여러 지자체에서 건축 또는 도시계획심의위원회의 위원으로 봉사할 때의 일이다. 더 좋은 건축 설계안을 위하여, 건축 설계자를 도와주는 측면에서 도면의 수정을 요구하면 건축 설계자에 따라 반갑게 수용하는가 하면. 짜증내면서 수용하기도 하고, 아무런 이유나 설명도 없이 수용하지 않고 버티는 경우도 더러 있었다.

조경 도면에는 많은 종류의 수목을 식재한다고 계획을 세웠지만 무궁화는 누락되기 일쑤였다. 또한 친환경 건축 설계를 위해서는 무엇을 어떻게 하여야 할 것인지를 제대로 알지 못하는 것 같았다. 자격증 취득에 만족하여 비즈니스에만 신경 쓰기보다는 변화하는 시대적 요구에 부응할 수 있도록 학술연구에도 게을리 하지 않아야 할 것 같았다.

일부 지자체에서는 디자인 총괄 코디네이터 제도를 운용하면서 창의적인 디자인을 통하여 도시경관의 발전을 도모하고 있다. 프로젝트 관리자의 역할과 마찬가지로 디자인 코디네이터는 코드 및 기술적 요구 사항이 모두 충족되는지 확인하기 위해 컨설턴트가 완료한 설계 및 도면을 감독하고 검토하는 일을 한다. 건축과 도시경관의 아름다움의 실현은 지역 주민 및 행정처와 전문가(사업자)의 협력에 의하여 이루어질 수 있을 것이다.

#50
통일을 위한 절호의 기회

남북이 대치하고 있는 상황에서 한반도의 가장 큰 염원은 통일이다. 많은 사람들은 통일에 대한 기대를 하고 있다. 통일이 되면 안정도 번영도 크게 누릴 것 같다. 과연 통일은 언제쯤 올까. 통일의 절호의 기회는 언제쯤일까.

통일의 3대 요소는 통합, 융합, 화합이다. 그런데 통일을 위한 현재의 준비 과정을 보면 남은 남대로 북은 북대로 통일을 원하는 방향이 다르다. 남은 자유민주체제를, 북은 사회주의체제를 바탕으로 통일되기를 원하고 있다. 어느 한쪽도 체제에 대한 양보가 없다. 오랫동안 그 체제에서 길들여져 살아왔으니 하루아침에 바꾸거나 양보하기가 어려울 것이다. 반대되는 체제이다 보니 대립하게 되고 타협하기는 어렵다.

통일은 평화를 의미한다. 평화를 위해서는 전쟁이 없어야 한다. 전쟁을 없애려면 전쟁의 강력한 무기부터 감축하거나 없애야 한다. 북은 핵·미사일 개발에 진력하여 다량을 보유하고 있다. 남은 미국에 의한 핵우산의 도움을 받고 있으나 핵우산이 철거된다면 자체적으로 핵무기를 보유할 수밖에 없지 않을까. 대립적인 이웃이 서로 보유하는 무기에 큰 차이가 난다면 약한 쪽은 강한 쪽에게 정복당할 수밖에 없을 것이다.

전쟁 위협을 해소하기 위해서는 남북은 대량 살상 무기를 철거해야 한다. 북은 애써 만든 핵을 포기하자니 너무 아깝고, 핵이 없으면 버팀목이 사라지게 되니 불안하다고 판단하는 듯하다. 그런데 김일성의 유훈은 한반도에서 핵을 없애는 것이라고 한다. 북핵의 완전하고 검증 가능하고 불가역적인 폐기(CVID)를 뜻하는 미국의 비핵화와는 완전히 동떨어진 개념이다. 북핵 폐기를 하려면 비핵화 개념부터 정리하고 그 후에 북핵 시설 신고와 폐기, 검증 절차를 합의해야 한다. 남에는 없는 핵무기가 북에 존재하는 한 통일은 어렵고 헛구호에 불과하다. 핵무기는 북한에 정권의 정당성, 내부 통제 그리고 적화통일에 필수불가결한 수단이 되고 있는 듯하다.

당장의 남북 교류도 원활하지 못한 상황에서 통일은 너무 앞서가는 욕심일 수 있다. 남은 조급하고 감상적으로 나아가려고 하는데 북은 매우 조심스러운 태도로 소극적인 것 같다.

북이 개방적이고 경제발전에 힘쓰겠다고 선언하면 세계가 환영하고 돕지 않을까. 체제 보장이 필요하다면 유엔으로부터 약속을 받아낼 수도 있을 것이다.

남북이 통일의 문을 열고, 통일의 절호의 기회를 앞당기기 위해서는 진정성, 신뢰성, 적극성을 바탕으로 나아가야 한다. 남북은 상대를 손들게 하여 완전 정복하겠다는 과욕을 버리고, 말만 앞세우거나 목표를 어지럽히는 행태를 버려야 한다. 남북은 서로 충동적인 행동을 삼가야 한다. 이러한 기본 사항을 지키려는 의지가 없는 가운데 이루어지는 남북대화나 교류는 언제라도 깨어질 수 있는 불안정을 내포한다.

통일을 위한 방안이 아무리 훌륭하더라도 남북의 진정성 있는 합의와 실천 없이는 곧 한계에 부딪히고 만다. 진정으로 통일을 이룩하려거든 남북이 합의하여 기본 틀을 만들고, 로드맵을 정하고, 그 실천 사항을 공개하고 철저히 검증할 수 있어야 한다. 이러한 과정이 없는 통일 추진은 무의미하다. 통일을 위한 철저한 준비 없이 감성, 조급, 안이 등으로 나아가면 실패하기 마련이다.

남과 북은 남자와 여자의 경우와 비슷하다고 할 수 있다. 통일을 결혼에 비유한다면 결혼은 두 사람이 함께 혼인 생활을 약속하는 것이다. 일방적인 결혼 선언은 결혼 무효에 해당한다. 결혼하기 위해서는 우선 만나서 교제하며 결혼의 가능성을 찾아가야 한다. 남자와 여자는 같은 민족임에도 가문, 성격, 경제 수준 등 다른 점이 많다. 서로가 호감을 가지려면 상대의 입장을 배려하지 않으면 안 된다. 남자는 남자 입장에서만, 여자는 여자 입장에서만 고려한다면 만남은 오래가지 못하고 깨어지고 말 것이다.

결혼을 위해서는 교제가 이루어져야 한다. 결혼식부터 무작정 하려고 해서는 안 된다. 정치적 통일을 첫 단계에 마무리하려고 서두르니 곧 벽에 부딪히고 지속 가능하지 못하게 된다. 문화·학술·환경·경제와 같은 비정치적 분야부터 하나둘 교류를 시작하면 서로가 바라는 통일이 서서히 다가올 수 있지 않을까.

단거리 경주하듯이 짧은 시간에 성과를 내려고 하면 실패한다. 통일의 과정은 장거리 경주와 같은 마라톤임을 잊어서는 안 된다. 통일을 위해서는 준비 위원회를 구성하여 운영하고, 상대를 배려하면서 공통점을 찾고 서로 다름을 이해할 수 있어야 한다. 통일을 위한 절호의 기회는 이때부터 비로소 시작된다고 할 수 있을 것이다.

제6부

음악을 듣는 듯이

건축과 음악은 오랫동안 관계를 맺으면서 발전해 온 점에서 그 구성 과정이나 발전 과정에서도 어떤 유사점이 발견되는 것은 아닌가 하고 생각된다. 일찍이 "음을 청취하는 것과 공간을 보는 것은 같다"라고 루이스 칸이 말한 것처럼 건축공간은 무생물이지만 사용자가 가꾸고 보살피면 생명이 깃들어 빛나고 수명이 길어진다.

#51

건축 척도

우리의 생활환경은 개개인의 신체·지각·감정 등이 리듬을 가지고 대응할 수 있는 생생하고 아름다운 환경이다. 그런데 우리나라를 비롯하여 세계 여러 나라에서 생활환경이 대규모화, 고층화, 고속화, 기계화되어 가면서 비인간화되어 가는 경향이 있다. 거대한 환경이나 일상의 시간과 공간에서 과소와 과밀 상태는 어느 쪽이든지 비인간적 규모라고 할 수 있으며, 생활환경에 기계적 네트워크가 난잡하게 침입할 경우 자주 인간의 시간과 공간상의 위치감, 거리감이 상실되어 인간은 매우 불안정한 상황에 빠지게 된다. 그리하여 우리의 생활환경은 리듬이 결여되고 획일화되어 가고 있다.

건축 형태의 구성은 통일과 변화, 조화, 균형, 리듬 등을 도모하면서 이루어진다. 이 중에서 부분과 부분, 부분과 전체 사이에서 느끼는 힘으로서 대칭, 비대칭, 비례 등이 중요한 요소가 되어 건축 형태 구성에 큰 영향을 미치고 있다.

우리가 생활하는 공간에서 공간이라는 공통감각은 시각, 청각, 후각, 미각, 촉각과 마찬가지로 시간감각, 운동감각 등에서 창출된다. 공간은 사람이 사는 세상에서 사람의 성격·인격·감정과 같이 사람다운 성질이 있는 것이어야 하고, 자로 재는 길이의 표준이 되는 척도는 공간을 평가하거나 측정할 때의 기준이 된다.

공간이 거대해지고 과밀해지는 것은 시스템을 위해서가 아니라 인간을 위해서라는 점을 상기할 때 인체의 기본적인 척도를 신체척·보행척·감각척 및 시간척으로 보고 개선점을 찾을 수 있다. 거대와 과밀 등으로 비인간화되어 가는 비인간 척도 환경에서 인간화 환경으로 개선하기 위해서는 인간 척도에 대한 연구가 요구된다. 인간 척도는 지속 가능한 환경을 창조하는 데 가장 양호한 수단이 될 수 있을 것으로 본다.

건축이 다수의 부재에 의해 구성되어 있을 때 여기에 포함되는 치수 시스템을 모듈(module)이라고 한다. 어원은 고대 그리스 건축술의 용어인 라틴어 모듈러스(modulus)이다.

그리스 건축의 특징 중의 하나는 기둥의 직경, 높이, 기둥 사이 그리고 신전의 높이, 폭, 길이 사이에 질서 있는 비례관계가 이용되고 있다는 점이다.

모듈이 필요한 이유의 하나는 아름다움을 추구하는 인간 본래의 '비례관계'에 대한 요구에서이고, 또 하나는 구성 부재를 조립하여 건축물을 만들기 위한 생산상의 요구에서이다.

현대에서는 때때로 후자의 생산상의 요구가 의식되고 있으며, 건축과 구성재의 치수 관계를 모듈에 의해 조절하는 것을 척도 조정(modular coordination), 약하여 MC라고 한다.

모듈을 수열로 규정하는 경우에는 가산성, 분할성, 배수성, 약수성 등이 어느 정도까지 필요하다. 이와 같은 수열의 예로는 '건축 모듈', DIN(독일 규격), 등비수열(Renard number) 등이 있다. 르코르뷔지에의 모뒬로르(Modulor)는 인체치수를 황금비에 의한 등비수열로 전개하여 2개의 수열을 만들어 주로 조형 기준으로 하는 것을 목표로 한 개성적인 방법이다.

한국의 전통적인 척관법(尺貫法)으로서 길이의 단위는 척(尺), 양의 단위는 승(升), 무게의 단위는 관(貫)으로 하는 도량형법도 훌륭한 모듈이다. 우리나라에서는 미터법을 사용하는 것이 법률적으로 의무화되어 있고, 척관법은 공적으로는 사용할 수 없다.

우리나라의 길이 척도에서 길이를 재는 고유한 단위는 자[尺]이다. 보통 한 자는 10치[寸]이고 치의 1/10을 푼[分]이라고 한다. 치[寸]는 손가락 한 마디를 기준으로 한 것이다.

조선시대에서 건축에 주로 사용된 척도는 영조척(營造尺)이었다. 삼국시대에는 고려척(高麗尺), 통일신라시대에는 당척(唐尺)과 주척(周尺)이 주로 사용되었다.

영조척은 건축과 토목, 조선 및 조차(造車) 등 건축물이나 조영물을 만들 때 사용된 척도이다. 이것은 명나라에서 사용되던 척도로 조선시대에 주척과 함께 널리 사용되었다. 조선시대 영조척은 1466년(세조 12)에 31.22cm로 통일되었는데, 이후로 점차 줄어들어 1902년(광무 6)에 지금과 같은 30.30cm로 고정되었다.

목조건축에서는 간(間) 또는 칸이라는 용어를 사용한다. 이 용어에는 기둥의 간격이 어느 정도 한계가 있으며, 큰 편차 없이 비슷하다는 의미가 내포되어 있다.

칸에는 두 가지 의미가 담겨 있다.

보통 길이 개념으로 보면 7~10자 정도의 기둥 사이를 1칸이라고 한다. 또한 몇 칸 집이라고 할 때의 칸은 칸의 제곱인 면적의 개념이다. 가로세로 1칸으로 구성된 단위면적을 말하는 것이다. 정면 3칸, 측면 2칸인 집은 6칸 집이라고 한다.

기둥과 기둥 사이를 의미하는 주칸[柱間]은 위치에 따라 호칭이 달라진다. 정중앙의 주칸을 어칸이라고 하고, 이 어칸의 양쪽 주칸을 협칸이라고 하며, 이 협칸의 바깥쪽을 퇴칸이라고 한다. 모두 그러한 것은 아니지만 어칸은 넓고 퇴칸은 좁은 경우가 많다.

궁궐 대문 가운데 중앙을 어간대문이라 하고 좌우의 문을 협문(夾門)이라 한 것도 같은 개념에서 붙여진 것이다. 외진 몇 칸, 내진 몇 칸이라는 말이 있는데, 외진은 건물의 바깥쪽 기둥렬을 의미하고, 내진은 건물 내부의 기둥렬을 의미한다.

#52
기후 조건에 따른 주거 유형

농경 문명을 터득한 인류는 지구상의 어느 나라, 어느 특정 지역에서 정주생활을 영위하여 왔다. 과거 몇 천 년 동안 그들은 거주 지역의 기후와 풍토 등 자연조건뿐만 아니라 사회제도나 경제, 기술 등 사회적 조건의 영향을 받으면서 그 조건에 적합하게 생활하고 거주해 왔다. 이러한 생활 방식과 주거는 동일 지역의 기후와 풍토가 변하지 않더라도 사회적 조건의 변화에 영향을 받아 왔다.

또한 기후적 조건뿐만 아니라 종교 등 문화적 조건의 영향으로 그 주거의 구조나 실 배치, 외관 등 모든 디자인이 전혀 다른 모습으로 만들어지고 있다. 즉, 어업이 발달한 지역은 물 위에서 가족이 생활하는 수상 주거가 형성되었고, 수렵 생활을 하는 지역은 이동하기 쉬운 주거 형태가 등장하였다. 기온차가 큰 아프리카에서는 재료 획득이 쉽고 일사 방지에 도움이 되는 흙 재료를, 기온 및 습도가 높은 지역에서는 나무나 풀과 같은 재료가 주로 사용되었다. 한편 말레이시아인은 신앙에 의한 풍수 의식을 중요시하여 요리를 하는 화덕이 동쪽을 향하도록 하고, 취사장의 물은 서쪽으로 흘리며, 취침할 때에는 불행을 피하기 위해 머리를 북쪽으로 두고 자는 종교·문화적 조건이 건축의 실 배치에 결정적인 영향을 미치고 있다.

세계 각 지역의 주택은 그 지역의 자연환경에도 잘 적응할 수 있어야 했기 때문에 그 지역의 기후나 토지, 취락 구조 등과 같은 주변 여건에 대응하여 독특한 주택 형식을 발전시켜 나갔을 것이다. 이 중에서도 특히 기후는 주택의 형태를 결정하는 요인 중에서 가장 큰 비중을 차지한다고 할 수 있다. 그 이유는 추위와 더위를 피하는 방법이 다를 뿐 아니라, 바람이 거센 지역에서는 바람을 막을 수 있는 장치가 있어야 하고, 눈비가 많은 지역에서는 이에 대응하는 방법이 필요하기 때문이다. 이 밖에도 맹수나 외적의 피해를 줄일 수 있는 방법, 밀집 지역에서 사생활을 보호하는 방법, 각 지역의 생활양식 차이, 종교나 신앙 등 사회적 조건도 주거 문화의 지역적 특성을 만드는 배경이 될 수 있다.

인간은 눈에 보이는 성장의 그늘에서 내면적인 성장을 잊는 경향이 있다. 물질적인 번영 중에서 개성이나 지역성을 잃고, 사람과 사람의 관계나 역할이 희박해져서 고독화나 인간소외를 일으키며, 자연이나 무상의 부의 가치를 잃어 감동이나 감사가 망각되고, 낮과 밤, 여름과 겨울의 구별을 잊으며, 편리함에 탐닉하여 건강을 손상하고, 이것이 지구 규모에서 환경 파괴와 오염 그리고 심각한 남북 격차의 아픔을 남기고 있다.

자연환경을 지역의 결점이나 장애로 간주하는 것이 아니라 거기에서 독자적인 좋은 점을 발견하려면 내면적인 성장이 필요하다. 오래된 것의 보존, 개성, 역할 그리고 공유 생활의 존중은 지구환경의 보전에도 관련되는 과제이다.

기술로 대응하기에 앞서 무엇을 지역의 독자적인 과제로 할 것인가라는 목표에서는 지역의 특질을 살리는 생활 목표의 창조가 중요하다. 하지만 독자적인 생활 창조를 개인의 노력에만 기대하는 데는 한도가 있다.

지역성이란 기온이나 적설량 등의 기상 데이터나 설계 조건의 지역 차가 아니라 오히려 그것을 어떻게 적용하고 거기에 어떻게 반응할 것인가 하는 인간 내면의 지역 특성을 말한다.

지역의 좋은 점을 아는 데는 자력으로 문제를 해결하는 강한 기술보다도 예를 들면, 단열, 방위, 일사, 열용량, 환기, 배열, 거주 방식 등 자력으로는 해결하기가 어려운 약한 기술이나 연구의 총합이 중요하고, 세기에서는 얻을 수 없는 온화함과 함께 독자적인 의식이나 생활 대응이 요구된다. 더구나 밖의 생활에서 독자성과 지역성을 발견하게 되면 그것을 공유의 좋은 점으로 하기 위해 함께 검토하고 기쁨을 나누려는 노력이 필요하다.

지역성의 존중은 주의를 끌거나 경쟁적인 부를 추구하는 성장이 아니라 각각의 특질에서 가치를 발견하는 성장이며, 전유화하거나 사유화하는 부가 아니라 공유의 부를 추구하는 성장에 있다.

지역마다 독특한 환경 조건에 대응하는 과정 속에서 저마다 주택에 대한 요구가 달랐을 것이며, 이에 따라 주거 공간을 형성하는 방법이나 주거 내외부의 재료 및 설비에 이르기까지 각기 다른 방법을 사용함으로써 독특한 주거 형태를 만들어 나갔을 것이다.

주거의 구조는 끊임없는 기술 개발로 새로운 소재나 공법이 점차 채용되고 있다. 또한 우리의 생활 방식도 크게 변화하고 있다. 주거의 무인화나 개실화가 추진되고, 사계절의 영향을 받지 않는 균일한 환경에서 생활하는 것이 가능하게 되었다. 그에 비하여 실내에서 사용되는 화학물질이 많아지면서, 그것이 감소하기 어려운 실내 환경을 초래하고 있다.

이상과 같이 주거 문화는 그 지역의 자연환경·사회환경·경제환경·문화환경에 영향을 받은 건축 기술·건축 구법·건축 생산 방식에 따라 형성되는 것이다.

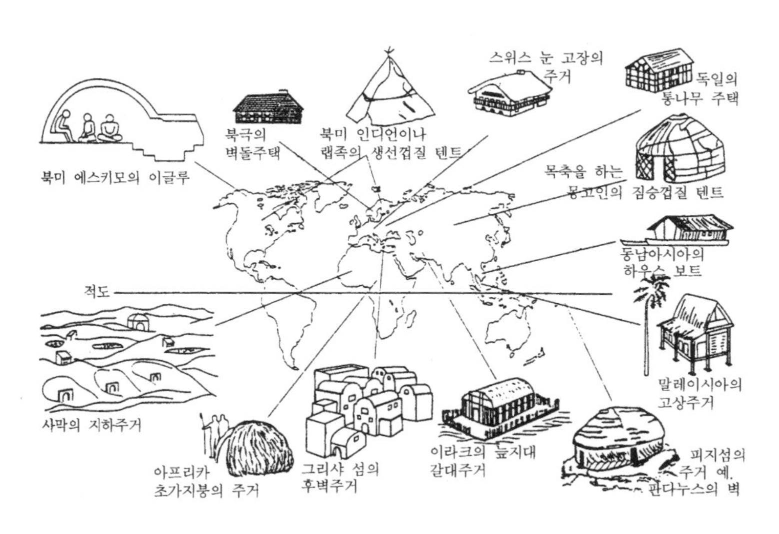

세계 각지의 여러 가지 주거 형태

이와 같은 관계에서 지속 가능성을 고려한 건축은 기존 건축의 대안으로 매우 매력적이다. 지속 가능한 건축은 자연 채광, 공기 및 물 등 자연 에너지를 도입하고, 재활용이 가능한 재료 또는 유해성이 낮은 재료를 사용한다. 이러한 건축은 건강하고 에너지 절약형이며, 환경에 부담이 적다.

#53
주거 환경의 질

주거생활은 인간의 모든 생활을 영위하는 기본 바탕이 된다. 주거는 거주자의 생활 행위의 모든 것을 수용하게 되며, 주거생활은 주거 안에서 이루어지는 모든 물리적·생리적 행동은 물론 심리적·정신적인 행동까지도 내포하고 있다. 이러한 행동들은 개인적인 생활 행동뿐만 아니라 가족 및 사회와 관련을 맺고 이루어지게 된다.

건강하며 쾌적한 주거생활을 영위하기 위해서는 주거에 대하여, 특히 그 환경에 대하여 과학적 이해를 깊게 할 필요가 있다. 주거 환경에는 주거의 내부 환경과 외부 환경이 있다. 일반적으로 전자를 실내 환경, 후자를 주거 환경이라고 하는데 양자를 포괄하여 주거 환경이라고 하는 경우가 많다.

주거의 내부 환경인 실내 환경은 주로 온도, 습도, 기류, 공기오염 등 실내 기후의 양부가 문제가 된다. 주거를 둘러싸는 외부 환경으로서 협의의 주거 환경에는 먼저 지역의 주거 환경이 있고, 주거에 직접적으로 영향을 미치는 주거의 부지 환경이 있다. 주거는 그 외부 환경으로서 외부의 기후를 조절하여 내부에 쾌적한 실내 환경과 실내 기후를 형성하기 위한 시설이다. 따라서 좋은 실내 기후를 위해서는 지붕이나 외벽 등 주거 구조체의 기후 조절 기능이 뛰어남이 물론 필요하지만 외부 기후로서 부지의 미기후가 좋은 것도 바람직하다.

주거 부지를 선정할 때에는 지역의 주거 환경을 검토할 필요가 있다. 교육, 의료 등의 공공시설의 배치 상황이나, 공해, 교통 사정 등의 사회적 환경 조건을 검토해야 한다. 지역에 따라서는 대기오염, 소음 등의 공해문제가 도시환경의 편리성을 상쇄할지도 모른다.

따라서 편리성이 풍부하고, 안전하고, 건강하며 쾌적한 주거 환경을 창출하고 제공하기 위한 여러 가지 기술이나 사회적 조건을 정비하는 것이 요구된다. 또한 사회 발전, 과거의 전통과 관습, 현재의 생활과 앞으로의 방향 등도 탐구하지 않으면 안 된다. 이와 같은 종합화는 거주자는 물론 계획자에게도 마찬가지로 중요하다.

사람이 사람답게 살 수 있고 아름다운 생활을 설계할 수 있는, 다시 말해서 사람을 참으로 행복하게 만들어 주는 것이 바로 삶의 질이다. 삶의 질을 높여주는 것은 물질이 아니다. 그것은 환경이요 정신이다. 생활수준이 높아지더라도 생활양식만 개선될 뿐 삶의 질은 별로 달라지지 않을 수도 있다.

21세기의 패러다임으로 인간과 환경이 공존할 수 있는 지속 가능한 건축의 실현이 요구되고 있다. 자연환경과 조화되며 자원과 에너지를 생태학적 관점에서 최대한 효율적으로 이용하여 건강한 주거생활이 가능하며, 지구 환경 문제 및 자원과 에너지 문제를 해결하고, 건강과 쾌적성 향상을 위하여 녹색건축이 강조되고 있다.

녹색건축의 대표적인 기술로는 에너지 부하를 줄이는 기술과 에너지 효율을 향상하는 기술이 있다. 또한 건물에서 유발되는 각종 오염원의 발생을 줄이고, 발생한 오염원이 주위 환경에 미치는 피해를 최소화하기 위한 환경공해 저감 기술이 뒷받침되어야 하며, 건물에서 나오는 폐자원을 재사용하거나 재생이 불가능한 자원의 경우에도 환경에 미치는 피해가 최소화되도록 처리하는 기술 등이 중요하다.

이러한 시대적 요구에 부응하여 세우는 주거 계획의 목표는 인간 활동이 환경에 미치는 영향을 정확히 이해하고, 인간 활동과 환경의 상호작용의 통제 가능성을 밝히며, 인간을 위한 환경을 창출하는 데 있다.

인간이 환경을 창조하는 것과 동등하게 환경은 인간을 창조한다. 인간을 위하여 바람직한 환경을 창조하기 위해서는 안전성·보건성·편리성·쾌적성·지속성 등 주거 환경의 질을 바르게 인식하고, 모든 환경 요소를 종합적으로 평가하고 조화를 도모해야 한다.

주거의 질을 향상해야 할 필요성에 따라 거주 방식이나 주택의 계획 기법은 그 지역의 기후와 풍토의 특수성을 고려하여 자연과 친화를 도모하고, 성능과 기능의 향상을 다각적으로 강구하며, 사용 상태에 있는 건물

평가 방법을 검토하여 미래의 바람직한 주거 환경을 계획하는 데 적합한 과학적, 합목적적, 합리적 내용이 되도록 노력하는 것이 요구된다.

#54
노인을 위한 주거 환경

최근 시설 간호 분야에서는 가정 간호(재택 간호)라는 흐름이 세계적인 추세이며, 'ageing in place'라는 말이 자주 사용된다. 이 말은 거주하기에 익숙한 주택이나 지역에서 늙어가며 죽음을 맞이하는 것을 의미한다.

간호하는 측면에서는 이동에 시간이 걸리지 않는 시설 환경이 능률성이나 효율성이 훨씬 높다. 그러나 시설 입주자는 집단 논리에 의해 관리되고, 규칙에 따르는 것이 당연시되다 보니 결국 자발성이나 자존심을 잃게 된다.

나이가 들더라도 자기 집에서 생활하는 것, 즉 타인에 의해 관리되는 것이 아니라 자기 스스로 생활을 조절하는 것이 정서적 안정을 유지하고 인간으로서 모습을 잃지 않는 방법으로 바람직할 것이다.

이와 같이 노인에게는 가족, 친구, 지인이나 사회와 양호한 관계를 유지하면서 오랫동안 익숙해진 생활환경에서 계속 거주하는 것이 중요하면서도 절실히 요구된다.

나이가 듦에 따라 인간의 운동 기능은 조금씩 저하되고, 사고방식도 조금씩 보수적이 될 수 있다. 신체적 기능 변화를 가능한 한 급격히 떨어뜨리지 않고 하강 속도를 늦출 수 있는 노인 주택이 요구된다.

고령화 사회에 대응하기 위해서는 주택 정책과 복지 정책이 제휴하여 노인이 안심하고 거주할 수 있는 환경을 실현해야 한다. 따라서 노인 간호에 대한 사회적 지원 시스템의 정비가 요구되고, 고령기의 생활은 가정 간호가 기본이 되어야 한다. 그렇지만 현재의 주택 대부분은 노인에 대응할 수 있는 성능을 갖추고 있지 않아서 문제가 있다.

노인이 휠체어 등으로도 자유로이 외출할 수 있도록 복지 환경을 갖춘 시가지를 형성하고, 도로와 건물에 접근하기 편리하도록 하며, 건축 내부 등을 정비하려는 노력이 요구된다.

선진 제국에서는 노인을 위하여 다양한 주거 유형이 마련되어 자립생활을 존중하는 형태로 주택이 건축되고 있다. 앞으로는 우리나라에도 다양한 형태의 노인 주택이 공급되어야 할 것이다.

노인 동거 세대 주택에서는 노인의 전용 침실과 화장실이 확보되어 동거 가족 구성원 상호의 프라이버시가 유지되어야 한다.

이와 같이 주거 환경을 설계상 배려하려면, 단 차이의 해소(바닥, 현관 등), 미끄럽지 않은 바닥재·표면 마감, 완만한 경사로 설치, 붙잡기 편리한 안전 손잡이 설치, 조작하기 편리한 스위치·잠금장치·수전 설치, 보관하기 편리한 수납·선반 설치, 화장실 위치와 면적 검토, 가벼운 용구의 선택, 지팡이와 휠체어 이용의 편리 도모, 가구의 적정 배치와 검토, 적정 조도의 확보, 색의 식별상 검토(단 차이 등 위험 개소), 인터폰·전화의 음량 조절, 차음성 대책(TV 대책), 가스 누설 경보기 설치, 각실 난방 계획(거실, 화장실, 욕실, 탈의실), 긴급 통보 장치(비상벨) 설치, 피난 통로와 방법, 방범 대책 등이 필요하다.

따라서 노인이 안심하고 쾌적한 자립생활을 유지할 수 있는 주거 환경 정비가 추진되어야 하고, 노인의 다양한 욕구에 대응한 주거 선택의 지원이 이루어지며, 심신의 허약화와 일상생활 동작 능력의 저하에 대응한 생활 지원 서비스와 보건의료 및 진료가 확립되어 거주의 계속성이 보장되어야 한다.

차세대의 노인 주택은 나이가 들어감에 따른 심신의 제약 조건 증대에 대응하여 간단히 적응하여 개조할 수 있는 건물을 목표로 하여야 한다.

건축의 계획과 설계는 노인의 심신 기능이 저하되는 점을 배려하여 집합체로서의 결점을 가정적으로 친숙해지기 쉬운 분위기에서 어떻게 개선할 수 있는가에 따라 그 성과가 달라진다.

신체 기능에 장애가 있는 노인이 자립하여 생활할 수 있도록 배리어프리를 행한 주택이나 시설의 배려가 요구된다. 그리하여 노인과 장애인 등의 활동을 지원하는 배리어프리가 도모된 주거 환경의 충실화를 추진할 필요가 있다. 아울러 기존 주택의 개선을 추진하는 것도 필요하다. 필요한 배리어프리화 레벨이나 배리어프리화된 주택에 관한 목표 제시가 필요하고, 주택의 배리어프리화를 추진하기 위한 개수의 추진이 도모되어야 한다.

앞으로 정책을 검토할 때에는 노인을 약자라는 시각에서만 고려할 것이 아니라 노인이 미래에 활발한 사회활동을 영위할 수 있는 환경을 정비하는 것이 중요하다. 또한 안심하고 쾌적한 노인의 자립 생활을 확보하기 위해서는 소득뿐만 아니라 자산의 유효한 활용을 도모하는 정책을 추진하고, 정책적 지원이 필요한 사람에 대한 안전장치를 구축하며, 주택의 규모뿐만 아니라 주택의 성능이나 생활 지원 서비스 등의 소프트 측면을 고려한 정책의 추진이 요구된다.

나아가 고령화 사회에 발맞추어 정상화, 참여, 안정화 등의 기본 이념을 실현하는 데 필요한 배리어프리, 평등화 등이 현실화하도록 해야 한다.

#55
한옥 건축의 활성화를 위하여

한옥은 오랜 세월 동안 우리 선조들이 우리의 삶에 맞게 여러 검증을 통하여 완성해 놓은 정주 공간이다. 그 안에는 우리 민족의 동질성이 있고 유무형의 다양한 전통문화 요소가 깃들어 있다. 주요 구조가 기둥, 보 및 한식 지붕틀로 된 목구조로서 우리나라 전통양식이 반영된 건축물 및 그 부속건축물을 한옥이라고 관련 법규에서 정의하고 있다.

한옥에 사용되는 목재는 천연재료로 감촉이 좋고 외관이 아름답다. 흡음성이 있고 내약품성 등 환경에 대한 내구성도 강하며, 구조재로서 열팽창률이 작고, 단위 무게에 비해 강도가 비교적 뛰어나고 가공이 용이하다는 장점이 있다.

다만 흡수성이 높아 부식하기 쉽고 함수율에 따라 치수 변화와 뒤틀림이 생기며, 재질 또한 균일하지 못하여 부분적으로 강도 차이가 있다. 건축 재료로 많이 사용되는 침엽수는 수목이 곧게 자라서 큰 자재를 얻기가 용이하고 벌목 후에도 건조가 빠르며, 수액의 점도가 높아 부패가 잘 되지 않는다.

수입목은 육송에 비해서 섬유질이 곧은 편이기 때문에 갈라짐이 일직선으로 길게 일어나기 쉽다. 따라서 기둥만큼은 육송을 사용할 필요가 있다. 육송은 섬유질이 얽혀 있는 편이므로 일직선으로 길게 갈라지지 않는다. 서까래는 육송을 사용하는 것이 유리하다. 수입목은 우리나라와 같이 사계절이 뚜렷한 환경에서는 그 성능을 충분히 발휘하지 못하는 경우가 있다.

황토가 제공하는 인간에게 유익한 요소는 건강이라는 측면과 연결되어 관심이 증대되고 있다. 황토는 다른 흙과 달리 약간 특이한 성질이 있으며, 축열, 단열, 탈취 기능이 있고 원적외선 방출량이 높아 예로부터 우리의 생활에서 중요한 일부분이었다. 황토 벽돌을 사용하면 전통 흙벽에 비해 시공이 간편하고 튼튼할 뿐 아니라 시멘트 벽돌에 비해서 친환경적이다.

기둥 사이에 외를 얽은 다음 여기에 잘 이긴 흙을 흙손을 써서 바른다. 이 벽을 초벽 또는 새벽이라고 한다. 초벽은 한쪽부터 시작해서 맞벽을 다른 한쪽에 쳐서 마무리 짓는다. 이 초벽 위에 다시 흙을 덧바르는 작업을 새벽질한다고도 하고, 사벽(砂壁)한다고도 한다. 사벽 대신에 매흙질을 하는 경우는 초벽 위에 진흙을 몽당비나 맨손으로 덧바르는 것이다.

흙을 이길 때 이를 단단하게 하기 위하여 생석회를 사용하는 등 일찍부터 석회는 건축 재료로 사용되었다. 흙을 갤 때에 짚을 썰어 벽에 바르면 흙이 무너지는 것을 방지하게 된다. 또 수수깡이나 대나무를 그 중간에 넣어 심을 박아 한쪽으로 기울거나 무너지는 것을 방지하였다.

흙은 지붕에도 중요한 재료이다. 지붕에서는 서까래가 바탕이 된다. 이 서까래 위에 산자(子)를 엮어 그 위에 흙을 얹는데 이것을 보토라고 한다. 나무가 조금도 드러나 보이지 않도록 지붕 전체에 고루 흙을 덮는다.

이때 쓰는 흙은 잘 이긴 진흙이다. 진흙은 질이 좋고 차진 것으로 회방아 찧듯이 짓이겨진 것이 좋다. 빈틈없이 얹으며 다부지게 밟아서 나무 틈새에 흙이 박히도록 한다. 이렇게 깐 진흙은 단열과 방수 구실을 한다.

진흙을 덮은 다음에는 곱게 부스러진 백토나 황조사(黃粗砂)를 그 위에 붓는다. 이 흙을 새흙 또는 새우흙이라고 부르며 메진 백토에 굴린 진흙을 버무려 이긴 흙이다. 이는 처마 부분에서부터 받아 올라가 용마루에 이르며, 이 흙을 받으면서 물매의 곡선을 조성한다. 서까래 밑은 내부에서 제물반자가 되는데 이때 서까래 사이사이에다 앙토(仰土)를 발라 주어 치장한다. 이것을 연등천장이라고 한다.

석재는 질이 우수하고 가공이 쉬운 화강암을 들 수 있는데 주로 주거의 기단과 주추 부분·돌층계·담장·축대·우물가·장독대·길바닥 등 여러 부문에 걸쳐 사용되었다. 또한 안산암과 같이 벽돌 두께 정도의 켜가 일게 된 것은 구들장으로 사용했다.

정원은 하나의 생활공간이면서 휴식처가 될 수 있도록 자연 지형을 그대로 이용하면서 인공물을 적게 하고, 자연환경을 존중하고 또 생활에 유용한 나무를 가꾸고 기후에 맞는 축조물을 세우고 나무를 심어 전통적인 건물의 특징적 요소를 이룬다.

전통 한옥의 양식은 지역에 따라 방 배치 등이 다르고, 거주성에서 현대 주택과 차이가 있다. 한옥 고유의 외관과 구조를 유지한 채 현대생활에 맞는 내부 구조를 꾸미는 데에는 한계가 있다. 특히 구조(기둥 배열)에 어려움이 있다. 따라서 지역성을 고려하고 현대생활에 적합하며 강한 내구성이 겸비된 지속 가능한 한옥이 개발되어야 한다.

현재 건축되고 있는 형태를 보면 대부분 팔작지붕(합각지붕)이다. 팔작지붕은 기와지붕 중에서 가장 아름다운 구성미를 지닌 지붕이라 할 수 있다. 하지만 하나의 형태만을 고집하게 되면 변화가 없어 경관을 해치고, 발전이 도모되기 어렵다.

팔작지붕 외에 박공지붕(맞배지붕), 우진각지붕, 모임지붕 등 다양한 지붕 형태를 추구해야 한다. 지붕창이 있는 박공지붕의 경우는 다락으로 쓸 수 있는 공간이 확보된다. 따라서 주택의 높이가 높아지고 외관의 미적 변화가 도모되어 권장할 만하다.

과대하여 무겁게 보이는 팔작지붕보다는 맞배지붕이나 모임지붕 형태를 선택하고, 위생 설비와 난방 설비가 현대화되었지만 신재생에너지를 이용한 냉난방 설비의 도입 등도 고려되어야 하지 않을까.

나아가 농촌에서 신축되는 주택의 경우에 한옥으로만 건축할 수 있도록 각 지자체에서 조례를 정하면 점차 한옥 마을화가 이루어지고, 도시에서도 그 영향을 받지 않을까 싶다.

#56
음악을 듣는 듯이 건축을 보라

건축과 음악은 오랫동안 관계를 맺으면서 발전해 온 점에서 그 구성 과정이나 발전 과정에서도 어떤 유사점이 발견되는 것은 아닌가 하고 생각된다. 일찍이 “음을 청취하는 것과 공간을 보는 것은 같다”라고 루이스 칸이 말한 것처럼 건축공간은 무생물이지만 사용자가 가꾸고 보살피면 생명이 깃들어 빛나고 수명이 길어진다.

건축과 음악은 일반적으로 공간 예술과 시간 예술, 종합 예술과 청각 예술 등으로 분류된다. 음악의 시간 차원은 박, 박자, 음가 등의 측면에서 명료하게 표출된다. 이때 음악에서 공간의 차원이 빠져나왔지만, 공간과 시간은 상관적으로 조건이 부여된 개념이라는 점에서 음악을 하나의 공간 예술이라고 하는 것도 가능하다.

건축은 도면에 안길이도 폭도 없는 공간좌표로서 점과 선을 그린다. 그러나 거기에는 3차원의 수평 단면이 그려지고 각각의 점과 선에 폭도 있으며 안길이도 있다. 음악은 오선지에 음정을 나타내는 수평선, 시간좌표로서의 수직선인 소절선을 써넣는다. 이윽고 거기에는 복수의 소절이 하나의 선율을 구성하여 시간이라는 안길이가 분명히 있게 된다.

음악과 건축의 관계에서 가장 주목받는 건물은 베네치아에 소재한 산마르코 대성당이다. 십자형의 평면에 중앙부에 둥근 지붕이 있는, 전형적인 크로스 돔 형식의 비잔틴 건축이다. 여러 시대의 건축 양식을 도입하여 완공된 성당이다.

음악이나 강연 등을 주로 하는 실의 음 환경 설계는 음향설비에 의존하기보다 건축적인 해결이 우선되어야 한다. 유럽의 오래된 대성당 건축에서 음 환경 문제를 어떻게 해결하고 있는지 살펴보고 그 지혜를 배워야 하지 않을까. 음악은 건축의 조건에 따라 창출되는 것이다.

음악 양식은 1600년을 경계로 크게 변화한다. 이른바 폴리포니라고 하는 다성음악에 의한 성악의 시대에서부터 모노포니라고 하는 단성음악인 기악의 시대까지 변천을 걷는다. 간단히 설명하면, 악보에 나오는 모티브가 모두 선율의 역할을 담당하는 양식에서 하나의 명확한 선율에 반주가 수반되는 양식으로 변화가 일어났다.

그런데 시대 또는 민족에 의해 다르게 발달하여 온 음계의 존재도 중요하다. 음계는 음악을 지배하는데, 음률이라는 음의 진동수 비율에 의해 물리적, 수학적으로 규정되는 3종류의 음률, 즉 피타고라스 음률, 순정 음률, 평균율에 대하여 살펴본다.

피타고라스 음률은, 기원전 6세기경 그리스인 피타고라스가 진동수의 정수비를 발견하고 현의 길이와 비율을 이용하여 나타낸 것이다. 완전음정이 되는 1도(1:1), 8도(1:2), 5도(2:3), 4도(3:4)로 완벽하게 협화하는 음정을 실현하고, 이 비율이 건축물에도 적용되었다고 한다. 피타고라스 음률은 기원전부터 15세기까지 사용되었다.

그 후, 음악의 발달에 따라 완전음정 외 3도나 6도 음정도 협화할 필요에 따라 11세기부터 15세기까지 순정 음률로 음계가 사용되었다. 1600년 이후는 평균율과 같은 옥타브의 8도를 12등분하다 음계가 일반적이 되어 17세기부터 현대까지 주류를 이루고 있다.

건축양식은 기원전 이집트의 피라미드에서 비롯되어, 고대 그리스 신전, 로마 시대의 둥근 지붕 건축이나 원형투기장, 중세에서 현대까지 실로 흥미로운 건물이 건설되었다. 아크로폴리스의 언덕에 건립된 파르테논 신전 등 그리스 건축은 비례 관계가 이용되어 건축되었다.

이와 같은 유사 건물의 대부분은 세계 문화유산으로 등록되어 있다. 특히 서양의 건축양식으로서 가장 존재감을 과시하는 것은 고딕 양식으로, 유럽의 대성당 등이 대표적인 건축물로서 도시의 상징물이 되고 있다.

고딕 양식의 건축물은 로마네스크와 르네상스의 중간기, 이른바 12세기에서 15세기까지 긴 세월에 걸쳐 건축되어 왔다. 로마네스크 양식은 반원 아치와 두꺼운 벽체의 성당 건축으로 10세기부터 12세기까지, 주로 수도원 건축에서 그 외관을 볼 수 있다. 고딕 양식의 대표적인 대성당 건축은 피타고라스 음률과 같은 비율로 건립되었다. 이 무렵부터 유명한 그레

고리오 성가가 제창으로 연주되었다.

르네상스 양식에서는 인체 비례와 음악 조화가 건물에 영향을 미쳤다. 바로크 양식은 현란하며 호화롭고 장대하며 화려한 색채가 특징이지만, 이 시기 음악은 복수의 선율을 동시에 조합한 기법에 의한 대위법이 주류가 되고, 성악에서 독립한 기악이 교회 음악의 중심이 된다.

고전주의의 도래와 아울러 건축과 음악에서 장식의 중요성은 감소하지만, 그 후의 로코코 양식에서는 프랑스를 중심으로 하는 섬세하고 우아한 미술 공예품이 출현하고, 베르사유 궁전으로 대표되는 궁전 건축이 건립된다. 음악에서는 기악에 의한 투명감이 드러나는 우아하고 아름다운 감상적 표정의 궁정 음악이 활발했던 시기이다.

건축에서 음 환경을 설계할 때는 콘서트홀·오피스·주택 등 건축물 각각의 목적에 따라 적절한 음 환경이 실현되어야 한다. 음 환경의 설계는, 공조 등의 열 환경이나 환기 등의 공기 환경의 문제와 마찬가지로 쾌적한 환경을 위해서는 빠뜨릴 수 없는 것이다.

적절한 음 환경 공간을 만들기 위해서는 차음과 흡음에 유의하여야 한다.

차음이란 공중을 전파하여 온 음이 실내에 침입하지 못하도록 하는 대책이다. 예를 들면, 2개의 실이 인접하고 있는 경우, 인접실에서 발생한 소음이 벽을 투과하여 침입한다. 만일 벽의 차음 성능이 좋지 않으면 조용한 실내 환경이 훼손될 뿐 아니라 프라이버시의 문제가 발생하기 때문에 공동주택 등에서는 매우 중요하다. 그뿐 아니라 홀의 경우는 큰 홀과 중간 홀의 사이, 홀과 무대 연습실의 사이에서 충분한 차음이 이루어져야 한다. 또한 옥외의 소음이 실내에 침입하지 않도록 차음을 충분히 할 필요가 있다.

고체음이란 건물의 구조체(벽·기둥·보 등)를 진동하여 전해지는 음이다. 이것은 건물의 구조체에 접하는 기계나 철도 등의 진동이 원인으로 발생하고, 최종적으로는 실내의 벽 등에 음으로 전파되어 소음의 원인이 된다. 이것을 방지하려면 기계의 진동이 건물의 구조체에 전해지지 않도록 '방진' 등의 처리 대책이 필요하다. 기타 보행 등에 의해 바닥에 가해진 충격 때문에 바닥이 진동하여 발생하는 바닥 충격음도 특히 공동주택 등에서 중요한 문제가 된다.

실내 환경에 한정되지 않고 건축 공간에는 각각의 용도와 목적이 있다. 음 환경의 설계에서도 가장 적절한 조건을 실현하도록 고려하여야 한다.

잔향은 음악을 청취하는 경우에 영향이 크지만, 너무 긴 잔향은 회화나 강연을 듣는 경우에 음성의 명료도를 훼손한다. 역의 콩코스, 학교의 강의실이나 체육관 등 일반적으로 흡음력이 부족한 큰 공간에서는 중요한 문제가 된다. 특히, 비상 방송 등 중요한 정보 전달이 방해될 우려가 있다.

실내의 소음 레벨은 흡음력이 작을수록 높아진다. 따라서 흡음력이 부족하면 잔향 과다뿐만 아니라 소음 레벨이 높아지고 음 환경이 열악해지기 쉽다. 단단한 재질의 표면 마감재는 흡음 부족의 실내 공간을 형성한다. 배경음악(BGM)이나 공조기, 그 밖의 실내 발생 소음에 따른 실내 소음 레벨을 저감하려면 적절한 흡음 처리가 필요하다.

음악의 장르는 교향곡·디스코·록·발라드·블루스·왈츠·재즈·탱고·훌라·행진곡·힙합 등 142가지나 된다고 한다. 이에 비하여 건축의 장르는 피라미드 같은 고대 건축물, 고딕 성당이나 성 같은 중세 건축물, 이슬람 사원 같은 종교 건축물, 현대 건축물 등으로 구분된다.

음악과 건축의 공통점을 살펴보자. 음악은 어떤 장르의 곡이든지 남자 가수인지, 여자 가수인지, 보컬 없는 연주곡인지, 라이브 세션 곡인지, 올 미디 편곡인지, 믹스 편곡인지 등등 복잡한 과정을 거쳐 하나의 노래로 태어나게 된다. 이에 비하여 건축은 어느 부지에 어떤 용도의 건축물을 얼마의 규모로 계획할 것인가 등등을 고려하여 설계한다. 이와 같이 음악과 건축은 설계와 제작 과정이 닮았다. 음악과 건축은 더 나은 우리의 삶을 위하여 만들어진다.

#57
유네스코 창조도시

창조도시는 세계화의 급속한 진행과 지식정보 사회로 변화하는 과정에서 세계적으로 주목받는 도시 건설 방법에 관한 하나의 이념이며 모델이다. 도시는 지금까지 수많은 문화, 예술, 학문, 사상, 사업, 생활양식 등을 창출하는 중심이 되어 왔다. 그것이야말로 도시의 활력이며 발전의 기반이기도 했다. 창조도시는 이와 같은 창조적 기능을 충분히 발휘하는 요건을 갖춘 도시이다.

산업 구조의 변화에 따라 도시의 공동화와 황폐화가 문제점으로 떠오르는 가운데 유럽 등에서는 문화 예술의 독창성을 살린 산업 진흥과 지역 활성화의 노력이 행정, 예술가와 문화단체, 기업, 대학, 주민 등의 협력하에 진행되어 왔다.

유네스코 창조도시란 유네스코 창조도시 네트워크(UNESCO Creative Cities Network, UCCN)에 가입되어 있는 도시를 말한다. 유네스코 창조도시 네트워크는 도시의 문화적 자산과 창의력에 기초한 문화산업을 육성하고 도시들 간의 협력과 발전을 도모함으로써 각 도시의 경제적, 사회적, 문화적 발전, 더 나아가 유네스코가 추구하는 문화다양성을 제고하기 위해 2004년 10월 '문화성을 위한 국제연대사업'의 일환으로 형성된 도시 네크워크이다.

유네스코 창조도시 네트워크에서 추구하는 6가지 목표는 다음과 같다.

1. 지속 가능한 도시발전의 전략적 요소로 문화예술을 통한 창의성을 발휘하여 도시 간 국제 협력 강화
2. 시민사회와 공공 및 민간 부문의 파트너십을 통해 도시개발 요소를 창의적으로 만들기 위한 협력 강화
3. 네트워크 활동을 통하여 상품과 서비스 문화 활동의 창조, 개발, 전파와 나눔 강화
4. 문화 분야의 창작자와 전문가를 위한 기회 확대 및 창의성과 혁신의 허브 개발
5. 소외된 취약 집단과 개인의 문화생활뿐만 아니라 문화상품 및 서비스 향유를 위한 접근성 향상
6. 지역의 발전 전략과 계획에 창의 산업과 문화 통합

유네스코(국제연합 교육과학문화기구)도 문화의 다양성을 유지함과 아울러 세계 각지 문화 산업의 잠재적 가능성을 도시 간의 전략적 제휴를 통해 최대한 발휘하기 위한 틀로서 2004년부터 '창조도시 네트워크' 사업을 시작하고 7개 분야에서 창조도시를 인정하여 상호 교류를 추진하고 있다.

2019년 1월 기준으로 한국에서는 서울시(디자인), 광주시(미디어아트), 대구시(음악), 부산시(영화), 부천시(문학), 이천시(공예), 전주시(음식), 통영시(음악), 원주시(문학), 진주시(공예 및 민속예술) 등 10개 도시가 창조도시로 활동하고 있다.

유네스코 창조도시 네트워크에는 '공예와 민속예술, 문학, 영화, 음악, 디자인, 미디어아트, 음식' 등 총 7개의 분야가 있으며, 2019년 11월 현재 총 84개국 246개 도시가 네트워크에 참여하고 있다.

네트워크에 가입되어 있는 창조도시들은 다음과 같은 영역에서 파트너십을 실천한다.

1. 시범 사업: 발전의 핵심으로서 창의성의 중요성을 보여주는 이니셔티브
2. 모범 사례 홍보: 효율성과 효과성이 입증된 사업 및 여러 방안 교류
3. 연구: 창조도시 경험에 대한 연구, 분석, 평가
4. 회의: 자문회의, 간담회, 가상 회의 등
5. 협력사업: 지원이 필요한 회원 도시들을 지원하기 위한 북-남, 남-남, 북-남-남 협력

6. 훈련 및 역량 강화: 인턴, 교육생, 교육방법 교환

7. 정책: 지역 또는 국가적 개발 계획에 연계된 이니셔티브

유네스코 창조도시 네트워크(UCCN)에 가입한 도시들은 지속가능발전을 위한 2030 어젠다를 실천하기 위한 행동과 혁신을 구축하는 장으로서 창의적 잠재력을 토대로 지속가능발전 이행에 기여하는 중요한 플랫폼 역할을 하고 있다. 여기서 말한 2030 어젠다란 유엔 창설 70주년을 맞이하여 열린 제70차 유엔총회에서 전 세계의 빈곤을 종식시키고 지속가능발전을 실현하기 위해 국제사회가 2030년까지 힘써 이루어야 할 과제로 채택한 개발 어젠다를 가리킨다.

'인간의 창의성=아이디어'는 21세기의 사회와 경제를 만드는 귀중한 자원으로서, 지금 세계의 많은 도시가 아이디어의 중요성에 주목하고 지역의 활성화를 위해 활용하고 있다.

앞으로 우리에게 필요한 것은 아이디어로 형태를 만들어내는, 창의력을 살리는 도시 건설을 추진하는 것이다. 풍족한 환경 속에서 시민 한 사람 한 사람이 창의력을 발휘하여 생활, 문화, 산업 분야를 비롯하여 도시의 거리 등이 건강하고 활기에 넘쳐 사람들이 도시로 모여들고, 그럼으로써 도시가 성장을 지속하는 데 목표를 두어야 한다.

미디어아트 창조도시에서 말하는 미디어아트(media art)란 대중매체를 미술에 도입한 것으로 신문, 잡지, TV 등의 매스미디어를 통해 일정한 메시지를 전달하기 위한 예술 활동을 뜻하며 '매체예술'(媒體藝術)이라고도 한다. 사회가 고도로 산업화될수록 미디어는 일상생활 속에 광범위하게

자리 잡고 있기 때문에 매스미디어를 매개로 한 조형 행위는 그만큼 파급 효과가 크다고 할 수 있다.

미디어아트에는 전시장에서 개개인의 신체로 체험하지 않으면 안 되는 국부적인 작품 전시 형식에서부터 읽기 전용 콤팩트디스크 기억장치(CD-ROM)나 플로피디스크로 배포된 것과 통신망을 이용해서 개인용 컴퓨터(PC)로 참가할 수 있는 프로젝트까지 폭넓은 형태가 있다.

미디어아트의 종류는 미디어아트를 다루는 매체에 따라 영상이나 설치 위주의 비디오아트, 컴퓨터 기반의 컴퓨터아트나 디지털아트 그리고 인터넷 커뮤니케이션 기반의 웹아트 등으로 나눌 수 있다.

미디어아트 창조도시 광주는 창의성을 살린 광산업·CGI(컴퓨터 영상 합성 기술) 등 새로운 관련 산업의 발전을 통해 경쟁력을 높이고, 예술 및 디자인이 생활 속에 넘쳐 감성을 자극하고 감동을 주는 공간이 탄생하고, 창의력이 넘친 인력이 양성되며, 끊임없이 새로운 일거리가 창출되고, 창조도시 간 교류를 활발히 추진하는 도시가 되어야 한다. 그리고 창의력 넘치는 광주의 거리는 전 세계 사람들이 방문하고 시민들과 교류함으로써 광주의 창의성을 높이도록 해야 한다.

창조도시는 새로운 단계에 들어섰다. 창조도시는 기후 변화·식량 위기·건강·자원·빈곤·불평등 문제와 마주해야 하며, 이러한 문제를 해결하려면 창조도시가 시민 참여형이 되어 공공 관리 운영의 충실·환경 의식의 함양·건강한 도시계획·이문화 커뮤니케이션·아름다움의 추구(미의식의 제고)에 관심을 기울이려는 자세가 필요하다. 이로써 하드웨어와 소프트웨어의 융합과 혁신을 통한 창조도시의 가능성과 더불어 창조 산업의 발전, 지역 예술가들의 역량 강화 및 국제무대 진출 활성화, 주민들의 문화 향유 및 삶의 질 개선과 지역문화에 대한 자부심 향상 등 많은 효과를 기대할 수 있다.

창조도시의 성공을 위해서는 행정 부문에서부터 아마추어 수준이 아니라 프로 이상의 수준으로 공격적이고 창의적이며 열정적인 자세로 접근하여 창조도시로서의 품격과 역량 및 발전 가능성을 자랑스럽게 보여줘야 할 것이다.

#58
문화유산

우리 민족의 문화적 전통과 삶의 역사를 가장 극명하게 보여주는 문화재를 선조들이 물려준 그대로 우리도 후손들에게 온전히 물려주는 것이 문화재 보호의 가장 기본적인 목표라고 하겠다.

오랜 기간 동안 자연 마모된 문화재와 인위적으로 훼손된 문화재에 대하여 철저한 고증을 거쳐 더 이상 손상되지 않도록 하는 행위를 일반적으로 문화재 보수 정비라고 한다.

건조물 문화재는 오랜 세월이 경과함에 따라 풍화와 부식은 물론 기후 온난화, 대기오염 등으로 퇴락과 훼손이 가속화하고 있으며 이러한 보존 환경의 전반적 악화로 보수 정비 주기가 갈수록 짧아지고 있다.

전통건축 환경의 보전에는 역사·생태적 환경이 지니고 있는 특수성과 속성이 내재한다. 역사성과 장소성, 아이덴티티, 예술적 가치, 기술적 가치 그리고 소유주의 성향과 특성이 있다. 전통건축 환경은 보존 대상 건조물과 주변 경관을 함께 고려할 수 있어야 한다. 보전은 항구적으로 그 지역과 국가의 모습에 변화를 줄 것이고, 건축은 체험, 관계성 그리고 과거 사물에 대한 기억 등에 관심을 강하게 기울이게 하며 자긍심을 키워줄 것이다.

건축문화재는 여러 부위에 의장적·역사적·학술적인 가치가 인정되므로 일률적인 기준에 의하여 개수하는 것은 곤란하다. 그렇지만 건축문화재 등에는 유지 관리·정기적인 보수·입지 조건·사용 방법 등에서 재해상 문제가 있는 것이 있으므로 재해 시의 안전성 확보가 필요하다. 이러한 점에서 가능한 범위에서 구조면의 보강 등을 강구하는 동시에 소프트면의 대책도 아울러 실시할 필요가 있다.

문화재는 흔히 문화재 또는 문화유산으로 표현된다. 이 용어는 산업혁명 이후 영국에서 천연자원의 개발이 활기를 띠면서 자연의 파괴와 역사적 문화유산의 훼손을 예방하기 위하여 민간에서 자발적인 보호 운동을 펼치는 과정에서 문화적 가치가 있는 산물이나 보존할 가치가 있다고 판단되는 것을 지칭하는 의미로 처음 사용되었으며, 우리나라에서는 1962년 문화재보호법이 제정되면서 공식적으로 사용되기 시작하였다.

우리나라에서 문화재는 성격에 따라 유형문화재, 무형문화재, 기념물, 민속자료로 크게 구분하고 있다. 또한 지정 주체에 따라 국가지정문화재, 시도지정문화재, 문화재자료로 구분하며, 지정 여부에 따라 지정문화재,

일반 동산문화재·매장문화재 등의 비지정문화재로 구분하기도 한다. 그리고 지정문화재가 아닌 건조물 또는 기념이 될 만한 시설물 중에서 보존 및 활용을 위한 조치가 필요한 문화재를 보호하기 위한 등록문화재가 있다.

국보: 보물로 지정될 가치가 있는 것 중에 제작 연대가 오래되고 시대를 대표하거나, 유례가 드물고 우수하며 특이하거나, 역사적 인물과 관련이 있는 것을 지정한다.

보물: 예로부터 대대로 물려오는 귀중한 가치가 있는 문화재로서 국보 다음가는 중요 유형 문화재를 이른다. 유형 문화재 중 중요한 것을 보물로 지정할 수 있다. 보물로 지정된 건물은 궁전(宮殿)·성문(城門)·전묘(殿廟)·사우(祠宇)·서원(書院)·누정(樓亭)·향교(鄕校)·관아(官衙)·객사(客舍)·민가(民家)·불전(佛殿) 등이다.

중요민속자료: 우리 민족의 기본적 생활 문화의 특색을 나타내는 것 중 전형적인 것을 지정하며, 의식주·생업·신앙·연중행사 등에 관한 풍습·관습과 이에 사용되는 의복·기구·가옥 등 일상생활의 발전 과정을 이해하는 데 중요한 것을 말한다.

사적(史蹟): 역사적 자취가 남아 있는 현장 가운데 보존할 만한 가치가 있는 것을 지정하여 국가에서 보호·관리하는 문화재이다. 이에는 선사시대 유적(집터·고인돌 등), 제사·신앙에 관한 유적(제단·절터·향교터 등), 정치나 국방에 관한 유적(성곽·성터·고궁·도읍지 등), 산업과 교통 및 토목에 관한 유적(뚝·옛길 등), 교육 및 사회사업에 관한 유적(서원·사고지 등)이 있다.

명승: 기념물 중 경승지로서 중요한 것을 지정한다.

기념물: 성곽·옛무덤·궁궐·도자기 가마터 등 사적지로서 역사적·학술적 가치가 큰 것과 경승지로서 학술적·경관적 가치가 큰 것 및 동물·식물·광물·지질·동굴·특별한 자연현상 등 생성물로서 역사적·예술적 또는 학술적 가치가 큰 것을 말한다.

유형문화재: 건조물·전적·서적·고문서·회화·조각·공예품 등 유형의 문화적 소산으로서 역사적 또는 학술적 가치가 큰 것, 또는 이에 준하는 고고 자료를 말한다.

무형문화재: 연극·음악·무용·공예기술 등 무형의 문화적 소산으로서 역사적 또는 예술적 가치가 큰 것을 말한다.

#59
지진의 안전지대

지진의 정체는 무엇일까. 지진은 지하 깊은 곳에서 암석의 파괴에 의하여 일어난다. 파괴의 충격으로 기복이 일어나 지중으로 전해지고, 그것이 지표에 도달할 때 우리가 비로소 지진으로 느끼는 것이다. 그것은 마치 연못 속에 돌을 던졌을 때 돌이 떨어진 곳에서 파문이 넓어져 서서히 물가로 도달되는 모습과 비슷하다.

암석이 파괴된 영역에서는 어느 면을 경계로 하여 양측의 암반이 급격히 엇갈리게 움직임으로써 지진이 발생한다. 이 면을 단면층이라고 한다. 결국 이와 같은 단층운동에 의한 파괴가 지진의 발생원이 된다. 당연히 엇갈린 단층면의 면적이 클수록 지진의 규모도 커진다.

지진에 의한 피해는 직접적인 건물 붕괴뿐만 아니라 해일, 원자로 사고 등으로 연쇄적으로 일어날 수 있다. 그동안 한반도는 지진의 안전권에 있는 것으로 여겨져 왔는데, 최근 월성 및 고리 원전 주변에서 지질 조사를 한 결과 그곳이 활성단층이라는 증거가 발견되었다고 한다. 핵 폐기장 부지로 선정된 굴업도에 활성단층이 존재한 것으로 밝혀져 그 계획이 취소된 바 있는데, 가동 중인 원전 시설이 뒤늦게 활성단층 지질 구조와 관련이 있는 것으로 밝혀져 문제가 심각하지 않을 수 없다.

활성단층이란 신생대 제4기에 반복적으로 활동하고, 앞으로도 활동할 가능성이 있다고 보이는 단층으로서, 약 100만 년 전부터 새로운 지대로 움직이는 형적이 있는 단층을 말한다. 요컨대 지각의 옛 상처로서, 지진 활동의 예지에 중요하다.

활성단층이라면 언제라도 맹렬히 활동하고 있는 듯한 인상을 주지만, 오히려 그 반대로 보통은 매우 조용하고 500~3000년에 1회 정도의 비율로 움직인다는 조사 결과가 있다. 따라서 활성단층 곧 지진 발생으로 검토하는 것은 상당히 단락적이다.

지진이 단층 발생에 따라 일어나는 것은 밝혀졌지만 파괴 전파의 준비 과정에 상당하는 파괴핵이 어떻게 형성되고, 단층면상의 파괴가 어디에서 어떻게 시작되고 전파되며 정지하는가 하는 점 등은 해명되어 있지 않다. 진원 과정은 파괴, 암석의 분쇄, 마찰에 의한 가열 등을 포함하는 이른바 비선형 과정이고, 관측된 지진파 데이터에서 선형물리학에 의하여 도출되는 진원상은 매우 불충분한 것이다.

위의 여러 가지 점이 해명되지 않으면 지진 현상을 알 수 없고, 본질적 의미의 지진 예지도 달성되지 못할 것이다. 그러나 비선형 파괴론이 실험과 이론 면에서 발전하고 있으므로 가까운 장래에 큰 발전이 기대된다.

건물의 내진성이 열악하다고 할 수 있는 경우는 기둥과 보의 결합이 불충분하고, 철근이 약하고, 기둥 속의 철근이 이어져 있지 않거나 지반이 연약한 것 등을 들 수 있다.

지진이 발생할 때 구조물의 흔들림을 가능한 한 감소하는 것이 구조물의 파괴를 방지하며, 생명과 재산의 안전을 지키는 데 큰 도움이 된다. 최근처럼 고층과 초고층 건물이 보급된 도시에서는 제진과 면진이 특히 바람직하다. 또한 강풍에 의한 건물의 흔들림을 방지하는 것도 중요하다.

원자력발전소의 내진을 위한 입지 조건으로서 원자력발전소 건설 후보지 주변의 지진 활동을 조사한다. 장기간에 걸쳐 미소 지진을 관측하여 지진이 특정의 선상 또는 면상에 집중되는지 여부를 확인한다. 문제 부지의 반경 100km 정도의 주변에서 과거의 지진 활동 및 활성단층을 조사하고, 지진 발생을 가정하더라도 지진동이 설계 진도를 상회하지 않는가를 확인한다. 또한 철저한 지질 조사로 부지에서 1km 이내에 활성단층이 존재하는지 여부를 확인한다.

표층 지반은 현저히 지진동을 증폭한다. 원자력발전소에서는 이와 같은 지반을 벗겨내어 암반과 건물이 일체가 되도록 건설한다. 여기서 암반은 대략 제3기 이전(약 200만 년 이전)에 형성된 지층을 말한다.

장래 예상되는 해일에 대해서는 부지가 충분히 높고 안전성이 보장되고 있는가를 확인하여야 한다. 또한 예상되는 지진동으로서 과거의 대지진, 활성단층, 지진 지체 구조 및 직하 지진 등을 고려하여 내진 기준을 정한다.

일본열도 및 그 주변에서는 지진이나 화산 분화의 에너지가 지구 전체의 약 10분의 1에 해당하는 양으로 발산되고 있다. 일본열도가 세계에서도 유수의 변동대에 위치하고 있기 때문이다. 한반도가 지학적으로 반드시 안전지대에 위치한다고는 할 수 없다. 이에 따른 대책을 철저히 세워야 할 것이다.

#60
4차 산업혁명을 맞이하며

우주는 매우 넓고 멀다. 우주에는 아직 인간의 눈으로 볼 수 없는 것들이 많다. 예를 들어 암흑물질은 우주에 널리 분포하는 물질로 전자기파, 즉 빛과 상호작용하지 않으면서 질량을 갖는 물질이다. 암흑물질이 분포하는 곳에서는 그 중력에 의한 일반 상대성 이론의 효과 때문에 주변의 항성이나 은하의 운동이 교란되기도 하고, 빛의 경로가 굽어지기도 한다. 암흑물질의 존재는, 은하 등의 총 질량을 계산할 때 광학적 관측을 통해 얻어진 값이 중력 효과를 통해 계산한 값보다 현저히 작다는 사실로 유추할 수 있다.

아직 암흑물질이 어떤 입자로 만들어졌는지는 알려지지 않았다. 현재

학계에서는 아직 발견되지 않은 입자(초짝입자나 액시온 따위)일 것이라는 이론이 주류이다. 물질만을 고려하면 암흑물질은 우주 전체 물질 중에서 가시광선으로 관측할 수 있는 물질보다 훨씬 더 많을 것으로 추측된다.

인간과 달리 과학은 젊어지며 발달하고 있다. 인간이 볼 수 없는 것도 보여주고, 할 수 없는 것도 가능하게 해 주고, 먼 거리도 단축해 주고 있다. 가시광 영역을 벗어난 복사의 스펙트럼 중에서 FM, TV, 방송 전파는 우리의 주변에 널려 있어 기기를 통하면 시청취가 가능하다.

산업구조의 변화는 1차로 1784년의 증기기관에 의한 기계화, 2차로 1870년의 전기의 힘을 통한 대량 생산화, 3차로 1970년대의 컴퓨터를 통한 자동화 그리고 4차로 2011년의 사물 인터넷과 빅데이터를 꼽을 수 있다.

우리는 지금까지 우리가 살아오고 일하던 삶의 방식을 근본적으로 바꿀 기술 혁명의 직전에 와 있다. 이 변화의 규모와 범위, 복잡성 등은 이전에 인류가 경험했던 바와는 전혀 다를 것이다.

4차 산업혁명을 이끄는 10개의 선도 기술이 제시되고 있는데, 물리학 기술로는 무인 운송 수단·3D 프린팅·첨단 로봇공학·신소재 등 4개, 디지털 기술로는 사물인터넷·블록체인·공유경제 등 3개, 생물학 기술로는 유전공학·합성생물학·바이오프린팅 등 3개다. 이러한 기술을 기반으로 클라우드 컴퓨팅, 스마트 단말, 빅데이터, 딥러닝, 드론, 자율주행차 등의 산업이 발전하고 있다.

이들 기술은 소프트웨어 기반의 초연결성을 핵심적 특징으로 한다. 모바일기기에 의해 실생활의 수요 패턴이 디지털 정보로 전환되고, 센서와 사물인터넷을 통해 물리적 운동도 역시 디지털 정보로 실시간 전달되면서 빅데이터가 되고, 이들이 인공지능에 의해 새로운 가치 창출과 스마트화를 가능하게 한다.

사물인터넷은 다양한 플랫폼을 기반으로 사물(제품, 서비스, 장소)과 인간을 연결하는 새로운 패러다임을 창출하고 있고, 이러한 환경에서 생성되는 다양한 데이터를 처리하기 위한 클라우드 컴퓨팅 및 빅데이터 산업이 발달할 것이다. 또 이에 인공지능(AI)이 더해지며 다양한 서비스 제공이 가능해질 것이다.

이러한 기술이 제조업 현장에 적용되면, 공장은 컴퓨터와 네트워크에 연결되어 자율적, 지능적으로 제어되는 CPS(사이버물리시스템)로 운영되어 생산성이 극대화되는 '스마트 공장'으로 변화할 것이다. 사이버물리시스템은 컴퓨터와 네트워크상의 가상세계와 현실의 다양한 물리, 화학 및 기계 공학적 시스템을 치밀하게 결합한 시스템이다. 이러한 체계가 적용된 공장인 '스마트 팩토리'는 자체적으로 정보를 교환하고 독립적으로 작동할 수 있다.

미래에는 기계와 인간의 모호한 경계가 더욱 파괴될 것으로 예측된다. 인공지능 등이 기반이 되는 인공지능 기술이 발달하고, 데이터가 비주얼화되어 눈으로 직접 볼 수 있는 시대, 즉 무형의 데이터가 아닌 유형의 데이터를 직접 만지고 느낄 수 있는 시대가 다가올 것이다. 기계가 하나의 물체가 되어 인간과의 경계가 무너져 새로운 인간 진화가 이루어질 것으로 예측된다.

이미 일어난 과거를 알려면 검색하고, 현재 일어나고 있는 것을 알려면 사색하고, 미래를 알려면 탐색하라. 검색은 컴퓨터 기술로, 사색은 명상으로, 탐색은 모험심으로 한다. 이 삼색을 통합할 때 우리의 삶은 변화할 것이다.

우리의 인생에서 절호의 기회는 어느 때일까? 젊어서 계획을 세우고 실천하는 때가 절호의 기회일까? 나이에 상관없이 결과가 좋으면 그 과정이 절호의 기회이고, 결과가 좋지 않으면 절호의 기회는 없었던 것으로 보아야 할까? 성공한 사람은 절호의 기회가 자주 찾아왔을까? 절호의 기회를 놓치지 않고 활용했을까?

목표를 향하여 열심히 땀 흘리는 때가 절호의 기회 아닐까? 목표 없는 절호의 기회는 존재할 수가 없다. 절호의 기회가 전제 조건이 아니라 목표가 전제 조건이다. 정한 목표를 향하고 성공을 위한 전략으로 계획표에 따라 노력하여 알찬 결과를 도출하는 과정 속에 절호의 기회가 존재한다. 알찬 결과가 도출되지 않으면 결국 절호의 기회는 무의미하다고 할 수밖에 없다.